U0594891

民国武侠小说经典 插图版

江湖小侠传

平江不肖生◎著

中国友谊出版公司

图书在版编目（CIP）数据

江湖小侠传 / 平江不肖生著 ；赵苕狂评． － 北京 ：
中国友谊出版公司 ，2012.2

ISBN 978-7-5057-2986-5

Ⅰ．①江… Ⅱ．①平… ②赵… Ⅲ．①侠义小说－小
说集－中国－现代 Ⅳ．①I246.5

中国版本图书馆CIP数据核字(2012)第017826号

书名：江湖小侠传
作者：平江不肖生
出版：中国友谊出版公司
发行：中国友谊出版公司
印刷：北京楠萍印刷有限公司
规格：880×1230毫米　32开
　　　　10 印张　267.4千字
版次：2012年3月第1版
印次：2012年3月第1次印刷
书号：ISBN 978-7-5057-2986-5
定价：29.00元
地址：北京市朝阳区西坝河南里17号
邮编：100028
电话：64678009
传真：64662649

序：民国旧派武侠小说简论

孔庆东

我的老乡于学松，为人为学，低调质朴。穷数千日之功，潜心衷辑民国时期的武侠小说，点校正义，终成硕果。今有煌煌《民国武侠小说经典》系列出版，嘱我作序，实感愤愤。我于武侠小说研究界彳亍多年，浪得虚名，其实很多秘籍珍版，未尝读过，此番也正是补课之大好良机。至于说三道四，颇感资格不够，遂将旧稿，改头换面充数，名为序言，实乃虚言耳。

提及民国旧派武侠，虽然从民国建立那年便有，但若以"现代"武侠论，则一般都以"南向北赵"为开山。南向者，即平江不肖生向恺然，一生撰写武侠小说十余种，而以《江湖奇侠传》、《近代侠义英雄传》最为著名。本经典丛书所收之《江湖小侠传》，则属罕见之佳构。

向恺然（1890—1957），名逵，笔名不肖生，湖南平江人，故署平江不肖生。青年时代两度赴日留学，并撰有长篇黑幕小说《留东外史》。向恺然知拳术，说起武林掌故如数家珍，寓居上海时为世界书局老板沈知方探得底细，根据自己对文化市场的预测，登门求稿，"极力地挖取向恺然给世界书局写小说，稿资特别丰厚。"不肖生遂有《江湖奇侠传》之作，1923年1月《红杂志》22期开始连载。连载时版式即为出单行本而预作设计，连载到一定段落，即推出单行本。1923年6月，不肖生同时在《侦探世界》上连载《近代侠义英雄传》。由此可见，《江湖奇侠传》的出现，是一个现代商业策划的成功案例，民国武侠小说第一个创作浪潮的到来，实赖文化

1

市场推动之功也。

《江湖奇侠传》流传愈广，平江不肖生名声益震。1928年春，上海明星电影公司将《江湖奇侠传》改编为《火烧红莲寺》第一集。"五月，正式上映，哄动一时，大收旺台之效；同年拍摄二、三集……十八年（1929），拍摄四至九集。十九年（1930），拍成十至十六集。二十年，续拍十七、十八集；《火烧红莲寺》艺术价值不高，开中国电影史武侠神怪片之先河……"《中国电影发展史》中说："据不十分精确的统计，1928—1931年间，上海大大小小的约有五十家电影公司，共拍摄近四百部影片，其中武侠神怪片竟有二百五十部左右，约占全部出品的60%强，由此可见当时武侠神怪片泛滥的程度。武侠神怪片的第一把火是明星影片公司放的，……于是红莲寺一把火，"放出了无量数的剑影刀光'，'敲开了侠影戏的大门墙'……"

从《江湖奇侠传》和《近代侠义英雄传》的连载开始，到《火烧红莲寺》的盛极一时，是平江不肖生的黄金时代。

这种奇观是怎样形成的呢？民国之后，中国人的侠义精神大规模恢复生机。再经五四新文化运动，人民重新觉得自由是一件很重要的事情：皇帝已经没有了，虽说有些人可能还要复辟，但是已经不成气候。社会主流是要共和、要民主，人民要个性解放。就当此时，"现代"武侠小说开始登场。1923年产生了几部重要的武侠小说，除了平江不肖生的作品外，还有一个北方的作家叫赵焕亭，他写了《奇侠精忠传》，时人遂呼为"南向北赵"。"南向北赵"的崛起是中国武侠小说恢复生机的重要标志。《江湖奇侠传》被改编成电影《火烧红莲寺》，因为当时没有电视连续剧，便拍了十八集电影，其火爆程度，是今天无法想象的，根据茅盾先生的记载，影院内外挤满了人，电影院充满了喝彩、叫好的声音。当时人们看这个电影，还由于女主角是由著名的影后蝴蝶来扮演的，那是当时最流行的大众文化。

"南向北赵"之外还有一个叫姚民哀的作家，著有《山东响马传》，题材是当时发生的一件真实的新闻。民国的时候国家比较混乱，山东有一支响马——就是现代的土匪，首领叫孙美瑶。孙美瑶所部在山东的津浦列车沿线，劫持了一辆列车，列车上有很多外国游客，被孙美瑶扣为人质。晚清政府也好、民国政府也好，最怕的就是外国人。当时有一种说法：洋人怕百姓，百姓怕官府，官府怕洋人，这是一个循环。劫持的外国人中，有很多重要的人物，包括美国总统罗斯福的侄女，还有些外国的大款都绑在里面，所以轰动一时。最后政府无能，只好答应了土匪的要求：交钱赎人。政府后来把孙美瑶部队给招安了，变成了正规军；招安之后又把孙美瑶给暗杀了。这个故事是非常曲折精彩的，姚民哀就在这个故事发生后不久写出了《山东响马传》。姚民哀是非常了解当时中国社会的一个奇才，他是说书人出身、走南闯北，所以"南向北赵"加上姚民哀，构成了旧派武侠小说早期的"三足鼎立"，他们奠定了现代武侠小说早期的艺术风貌。

　　平江不肖生本人，是真懂得武术的。现在的武侠小说家，大多数不会武术，包括金庸古龙梁羽生。而在旧派武侠小说作家中，确实有几个是懂得武术的。平江不肖生不仅懂武术，还出版过武术方面的著作。现在武侠小说中的一些重要概念、思想都是从他那里开始的或者光大的。比如说，他把武功分为"内家"和"外家"——我们现在讲的"内功"和"外功"。这在古代的武侠小说中是没有的，《水浒传》就没有这一套理论，李逵、林冲都没有讲怎么练"内功"、打坐、呼吸吐纳……都没有，上来就打。也就是说武功理论从平江不肖生开始细化了。另外，他的小说中把"家国之忧"、把近代以来的民族忧患意识加进去。比如《近代侠义英雄传》，其中的主要人物是大刀王五和霍元甲，从此就产生了一系列的关于霍元甲的作品，霍元甲成为以后武侠作品中一个重要的人物。在这里，他把"侠义"和"民族尊严"结合起来。他写了霍元甲打擂，打败了外国大力士；但是他没有把这个故事简单解说成弘扬民族精神。他通过霍元甲的口说：我打败几个外国人有什么了不

3

起！我一个人强不能说明这个国家就强大。今天有一些文学和影视作品，喜欢写中国的武术家打败外国的武术家，以此来证明中国比外国强，这有时是一种阿Q精神。而霍元甲本身是清醒地认识到这一点的。在"内功"和"外功"这个问题上，平江不肖生也通过霍元甲的武功，进行了精彩的论述。霍元甲虽然武功很高超，但是壮年就去世了；为什么很早就去世了，平江不肖生认为是"内功"练得不好；他说霍元甲的功夫都是很凶猛的"外功"，他在武侠小说中塑造了很多"内功"高手——不轻易出来打架的。他评论"内功"和"外功"的区别是什么呢？他有两个比喻：一个比喻是，一个铁箱子，里面装的都是玻璃，外面看上去坚固无比，怎么打这个铁箱子都不会坏的，但是里面的玻璃已经碎了。还有一个比喻是，一艘商船，上面放着大炮——这一炮放出去，固然能够把敌人的船打沉，但是自己的船也给震坏了。他说霍元甲的武功就是这样的，威猛无比，但是自己的五脏六腑没有练好——你这一拳打出去，固然把敌人伤得很厉害，但是自己的内脏也受了伤；天长日久，这些伤就积累下来，积劳成疾，成了不治之症。这些理论，后来在新派武侠小说中得到了系统的继承。我们可以看到金庸小说中有很多类似的论述，比如说谢逊的"七伤拳"就是这样，要想伤人先伤自己；每打一次敌人，自己就受一次伤。还有《倚天屠龙记》里神医胡青牛的理论，都和这个是有关系的。这是在平江不肖生那里开创的，所以平江不肖生的武学理论是非常重要的。

　　赵焕亭是河北人，他在武学理论上也和平江不肖生一样，强调"内力"、强调"罡气"，总之是强调人内在的修养能够作为"外功"的基础。赵焕亭还有一个功绩，就是他为所有的这些搏击腾挪修炼的技术取了一个统称，叫做"武功"。我们今天说"武功"这个词的意思，不是古已有之的。古代也有"武功"这个词，是指一个人、一个统治者在军事方面的成就，说他的"文治武功"。比如说乾隆有十大"武功"，不是说他有十项打人的技术，是说他"平新疆"、"平西藏"、"平尼泊尔"……说他有十次功劳而已。到了赵焕亭这里，他把技击、打坐、轻功、暗器等所有这些加起来，叫作"武功"，今天成了我们谈论武侠的核心术语。现在世界上统称为"功夫"，还成了一个英语词，成为一个世界通行的词。

"南向北赵"加上姚民哀，他们的武侠小说合起来，恢复了侠的自由精神。在晚清的时候，"侠"不自由，变成了朝廷鹰犬，所以受到了鲁迅先生的批判。是他们把"侠"解放出来，所以武侠小说就变成了"现代"的了。他们发明了一批武学术语，采用了许多新式的技巧，从而促进了武侠小说的类型化，使武侠小说渐渐成为通俗小说的主力之一。新文化运动之后，新文学界不断地批判通俗小说，在理论上通俗小说是辩论不过新文学的，只有靠自己的创作实绩、靠自己的市场，来证明自己的价值。就是在这种背景下，武侠小说为通俗小说撑起了半个天下。新文学尽管进步、先锋，但大半个市场是被通俗小说占领着的。所以我们要清楚，四万万中国人，有一万万去读鲁迅的小说，中国早就不是今天这个样子了。正因为鲁迅的小说印出来，只能卖两三千本，对中国来说这不是个数。四万万人民有几千人读鲁迅，没有太大的作用，读者都是知识分子，我写了你看，你写了我看。而通俗小说一印就是几万、几十万，这才是威力巨大的。

武侠小说发展到30年代的时候，姚民哀形成了自己的一个庞大的系列，叫做"会党武侠小说"——就是专门写帮会、党派。今天的武侠小说，已经离不开这种题材了，一写就是什么帮、什么派，这是从姚民哀那里奠基的。这样写也是有历史根据的，因为从明清两朝，特别是从民国以来，中国民间的社会团体特别发达。中国的历次农民起义和革命都和这些帮会有关系，同盟会、国民党、共产党，都和这些民间团体有千丝万缕的联系。他们共同参与了中国走向近代、走向现代化的过程。而姚民哀就把这些武侠传奇和帮派历史结合起来，既增加了神秘性，又增加了纪实性。本来这些帮派里的规矩、语言都是内部的黑幕，社会上的人是不知道的；慢慢通过武侠小说流传开来，进入日常的语言，所以我们这些日常的人也学会了很多黑社会的切口，比如说把眼睛叫"招子"，把撤退叫"扯呼"，这都是从武侠小说来的，本来这都是黑社会内部的秘密。姚民哀还开创了一个新的写法，就是在不同的作品中让人物和情节互相照应。在这部作品中出现的人物到了另一篇作品中还有，在这里是第一号人物，在那里可能变成第五号人物了，互相提示。这样所有的小说合起来变成一个大的作品，互相连环起来，叫作"连环格"。这也对后来的武侠创作产生了深远的影响。比如金庸的小说中就有很多"连环格"：在这部小说里提到那部小说的人物，这样就使整个的创作形成一个有机的整体。

到了30年代，又出现了与向、赵、姚齐名的一个人，叫做顾明道，他20年代末创作了一部小说，叫《荒江女侠》。这部小说在武侠小说史上的意义是什么呢？它把武侠和情爱融为一体。书中写了男女双侠，主人公方玉琴和岳剑秋，他们不仅是一对除暴安良的好搭档，而且在出生入死中经历了很多缠绵误会，最后琴剑和谐，结成美眷。中国传统的武侠小说，是排斥女性的，《水浒传》一百单八将里面只有三个女的，其中两个形象都不太好，只有一丈青扈三娘形象比较好，而作者还把她嫁给矮脚虎王英了。一百单八将之外的女性，则多是反面形象，什么潘金莲、潘巧云、阎婆惜都是被杀的对象，都是用封建观念把她们写成淫娃荡妇。后来到了清朝，好不容易出现了一些女侠，可这些女侠也是作为男侠的一些陪衬。所以，《荒江女侠》有一个划时代的意义，它首次写男女双侠共闯江湖，这分明体现出它的现代性来。正因为这个原因，其轰动程度直追《江湖奇侠传》，也被改编为13集电影和其他的许多艺术形式。顾明道是把爱国、武侠、言情结合在一起，形成一个新的模式，从此之后作家们发现，把武侠和爱情结合在一起，是一条很好的路子，所以我们看现在的武侠一般都离不开言情了。本经典系列就选了顾明道的《草莽奇人传》，从中可以领略作者的风格。而金庸先生少时，便是读过顾明道的作品的。

还有一位武侠作家叫文公直，他是把武侠和历史结合起来，写了"碧血丹心"系列。这个系列的主人公是明朝的忠臣于谦，写于谦保家卫国的忠烈精神，实际上是借古喻今，弘扬中华民族抵抗外侮的精神，因为到了30年代，中国日益面临着日本侵略的危险。至此，我们可以看到武侠经过了多方面的融合，与帮会、与爱情、与侦探、与历史都结合起来了。所以说，向恺然、赵焕亭、顾明道、姚民哀、文公直这五个人就代表了旧派武侠小说前期的成就。我把他们命名为"旧派武侠前五家"。

旧派武侠小说到了后期，特别是40年代，出现了影响更大的五个人，学术界称为"北派五大家"，我把他们命名为"旧派武侠后五家"。其中最早成名的是还珠楼主，今天还有很多老"还珠迷"，提起来仍然津津乐道。还珠楼主原名叫做李寿民，四川人，自幼博览群书，佛教道教兼通，会气功和武术。他命运坎坷，经历传奇，是一个武侠小说方面的全才。从1932年开始，他在天津连载著名的武侠小说《蜀山剑侠传》。

《蜀山剑侠传》可以说是20世纪最著名的武侠小说，按单部作品的影响来看，《蜀山剑侠传》超过金庸的任何一部小说，今天有些网络游戏都是从《蜀山剑侠传》那里获取灵感的。该作品一边连载，一边一册一册的出版，一直到1949年新中国建立，还没写完。写了多少字，很难统计。按照旧式排版，不分行不分段的，一个字一个字的数下来，是五百多万字。如果按照现在的排版方式，分了行分了段排起来，大概就得有七八百万字了。假如说按照古龙的写法，一句话一行，一句话一段，那就不知道多少字了。这是古今中外规模最大的一部小说，而且还没有写完。此书把神话、志怪、剑仙、武侠结合为一体，写出一个宏伟的艺术世界来。书中的剑仙是无所不能的，几乎超出了《西游记》的境界，他们可以操纵人的生死——他们拿的武器都是类似现代高科技的法宝：什么东西一发光，可能大海就煮沸了；一掌打过去，可能喜马拉雅山的雪也会融化——所以批评者说，完全是荒诞不经。但他写的是一个神话世界，这个世界是合乎自己的逻辑的。

小说创作的背景，是针对着"九一八"事变后中国被侵略、国土沦丧的事实。还珠楼主是一个非常有民族正义感的人。华北沦陷后，由于他很有名气（周作人当时作了汉奸），有人劝他出来为日本人做事；他拒绝不做，后来就被抓到监狱里面，拷打折磨了七十多天，据说武功都给打废了，所以他出来之后就更加痛恨侵略者。在写《蜀山剑侠传》的时候，充满了对邪魔歪道的憎恨。他最喜欢写正邪两道的斗法，突出邪不压正的观念。书中的风光描写、知识描写的精彩，也是文学史上罕见的。后来的梁羽生、古龙等人，都从还珠楼主身上得到了很大的教益。包括金庸笔下的若干武功，也是直接从还珠楼主那里拿来的，例如"蛤蟆功"和黄药师、黄蓉的一些武功，就是还珠楼主写过的。

本经典系列所收《蜀山剑侠新传》，亦为还珠楼主的著名佳作。还珠的作品形成了一个庞大的"连环格"系列，可以看做是一个浩大无比的"蜀山"文化工程。虽然作为主干的《蜀山剑侠传》没有写完，但是其他这些前传后传外传旁传，五花八门地读起来，也别有风味，引人入胜。

还珠楼主之外还有几人很著名，一个是白羽（宫白羽），他的成名作是《十二金钱镖》，当时达到家喻户晓的程度，号称"家家谈钱镖"。白羽的代表作是《偷拳》，写的是太极拳的杨派创始人杨露蝉的故事。杨露蝉痴心学武，不是碰壁就是受骗，后来他装成哑巴乞丐，在陈氏掌门家中做仆人，偷偷学艺，终于感动了师父，得到真传，后来成为一代宗师。白羽的武侠小说具有明显的"反武侠"意味，他和还珠楼主正好相反，他写的人物不但不神奇，都是普通人，而且很懦弱很世故；他们除了会一点武术外，经常胸无大志、丢乖出丑。这反映出白羽的一个思想：武侠不能救国。白羽年青时代追随过鲁迅，是鲁迅的学生，受新文学观念影响很大。他的小说，是对社会道义沦丧、侠义不张的批判。比如小说中有这样的情节，两个侠客比武，其中一个已经失败了，胜利的这人拱手说："承让！"这是武侠小说中常见的情节。按照江湖惯例，高手已经说承让了，低手就应该承认自己的失败，然后两人重归于好。可是白羽写的是，恰恰在这个时候，趁高手不注意，低手突然出招，把高手打死了。也就是说，不讲道义的人获得胜利。白羽所写的正是我们社会的现实，前面讲的那种君子风度，恰恰是理想。所以，他的小说是具有社会反讽性的。另外，据说"武林"这个词是白羽发明的，以前有"江湖"、"绿林"，但是没有"武林"这个词。"武林"包括了好人、坏人，黑道、白道，这是白羽的发明。

还珠、白羽之外，第三位重要作家是郑证因，白羽的好朋友，天津人。以往学界重视不够，本经典系列收其作品《七剑下辽东》。郑证因的武侠小说以刚猛见长，基本没有男女情爱，也不写复杂的历史。他最著名的小说是《鹰爪王》，以此为核心形成一个"鹰爪"系列。郑证因的小说里，发明了很多奇怪的武功，还有很多江湖术语，他本人也会武术。郑证因的小说，以阳刚粗豪之气自成一家，但也吸收了赵焕亭、姚民哀、宫白羽的一些因素。喜欢纯粹武打风格的读者，会从他的作品中得到更多的享受。

再一位重要的作家，是多年湮没无闻，现在重新著名的王度庐，就是《卧虎藏龙》的作者。我1994年读他的小说，就感觉此人了不得，他的小说成就相当高。我后来在韩国首先看到了李安拍的《卧虎藏龙》，那个时候大陆还没有公映。我看后说，这个影片有可能获奥斯卡奖，果然后来获奥奖了。我还写了第一篇影评发表在韩国的《文化日报》上。王度庐的小说为什么具有高度的思想内涵和艺术深度呢？关键在于它也是受新文学的影响，王度庐早年也是到北大去旁听，到北京图书馆自学。他既写新文艺小说，也写通俗小说，早期还写过侦探小说。抗战爆发后，为了养家糊口，才写武侠，所以一出手水平就很高。他的代表作是五部书连起来，叫做"鹤铁五部作"：《鹤惊昆仑》、《宝剑金钗》、《剑气珠光》、《卧虎藏龙》、《铁骑银瓶》，五部作品合起来是一个系列。《卧虎藏龙》这部电影，是把其中两部作品的故事融汇到一起。王度庐对武侠小说最杰出的贡献，公认是"悲剧侠情"。他的小说，武功没什么神奇，重心在于人物之间的爱情纠葛，而爱情往往是以悲剧结尾。在王度庐的笔下，对于爱情的探讨，达到了非常深刻的程度。很多言情小说写两个人相爱，往往受到什么阻碍、阻挠，因为有阻挠不能结合，或者战胜了阻挠就结合了。而王度庐的小说，直接把爱情放在你的面前，当没有人阻碍你的时候，你能够获得爱情的自由吗？不要找借口说谁阻碍你，没有阻碍，你们愿意相爱就相爱吧，这个时候你能驾驭人生的这只小船吗？在王度庐的笔下，爱情在仇恨、在侠义、在名利的面前往往是十分脆弱无力的；这个时候爱情露出它的真面目，恰恰在可以自由选择的时候，人才发现自由是不存在的。这个时候可以发现，很多情人们对情其实是怀着深深的恐惧感的。人们追求爱情，可以很深情、很挚情，可是一旦爱情之梦即将实现的时候，主人公不是死了，就是走了，退缩了、拒绝了。侠客们舍弃了现实世界的所谓幸福，保持了生命的孤独状态。什么是"侠"？它的本质意义就是孤独和牺牲。"侠"一生是孤独的，渴望着知音，可是一旦有了知音，这个"侠"的意义就没有了。所以，王度庐的思想内涵是非常深的。在他的小说中，江小鹤最后是归隐，李慕白和俞秀莲终身压抑着真情，玉娇龙和罗小虎一夕温存即绝尘而去，这不能说是封建观念，而恰恰是现代意义上对爱情的追问：什么是"侠"，什么是"情"。

"北派五大家"最后一位叫朱贞木。他的小说已经和新派武侠小说接轨了，其创作不拘传统格式，经常使用新名词，讲究推理，又喜写多角恋爱。其代表作是《七杀碑》。本经典系列收入的《飞天神龙》（含《炼魂谷》、《艳魔岛》），可见一斑。朱贞木把对人物的理想化描写与写实风格的武功细节相结合，可以说开了新派武侠小说创作的先声。学界有人将他的位置放在新派武侠的开端，但我以为还是应该视为民国旧派武侠的殿军，更为确当。

上述诸家外，还有其他一批武侠小说家，写了若干系列。比如我们今天熟悉的"黄飞鸿系列"，就是在四十年代开始的，后来成了港台影视的一个重要题材。还有"方世玉系列"、"南少林系列"，也都很有影响。这些武侠小说直接开启了五、六十年代港台的新派武侠。所以说旧派新派，本是一脉，江山代有才人出也。

今天中华民族面临着文化复兴的神圣天职，武侠精神的提倡，刻不容缓，希望我们不仅有旧派武侠、新派武侠的经典，更有新世纪的一代少侠破茧而出，光照未来。

编选说明

现代武侠小说肇始于民国时期。自1923年初不肖生的《江湖奇侠传》开始在杂志上连载起，民国武侠小说创作即进入了持续近十年的空前繁荣阶段。这期间，不但"南向北赵"双雄对峙，分执南北武坛之牛耳，姚民哀、顾明道、文公直等亦有风格独特的重要作品问世。1932年后，以还珠楼主为领军人物的"北派五大家"，更是把民国武侠小说，从故事内容到表现形式，逐步推向了一个全面成熟的阶段，并对后来兴起的新武侠文学，产生了巨大影响。

应该指出，民国武侠小说的重要意义，不仅在于其承前启后的历史地位，更在于其本身所蕴含的深厚而独特的思想、文化价值。在民国重要武侠作家的小说中，不但中国传统文化中特立独行、扶危济困、惩恶扬善的侠义观念得到了充分体现，而且在新的时代背景下，突出了刚健之气、人格尊严和情感价值；其中一些作家的作品，更是把爱国观念、民族气节和社会正义，纳入到武侠小说的视野、主题之中。就审美属性而论，民国武侠小说中的上乘之作，亦有较高的文学价值，在语言运用、意境构造和故事叙述等方面，展现出了风格上的独特性和多样性，以及表达上的自如与纯熟。

考虑到尚有相当多的民国武侠小说佳作，建国后未曾再版，从中遴选出一部分堪称经典的作品，以简体字重排、发行，既便于广大读者欣赏到更多民国时期的武侠精品，也有利于民国武侠的文化传承，更是对呕心沥血创作这些作品的民国作家们的肯定和尊重，于是，我们编选了这套《民国武侠小说经典》丛书。

本套丛书遴选了民国时期武侠小说经典之作若干部，将在近期陆续出版。编选原则是：一、以民国武侠较有代表性的作家为主，同时适当兼顾虽较少为世人提及，但其武侠小说创作达到较高水准的作家；二、风格多样，兼容并蓄。力图呈现出民国武侠小说争奇斗艳、异彩纷呈、璀璨夺目的繁荣景象；三、内容健康，可读性强，属于作者的代表作或主要作品，有较高的文化艺术价值；四、优先选择建国后内地从未再版的作品，为读者带来新的阅读体验和感受；五、对于其全部或主要的武侠小说均已发行过简体字版的代表性作家，则从其脱销已久的主要作品中选择；六、注重入选本套丛书作品的完整性和独立性。凡是作家未完成的小说，一般不选。作家的多篇小说情节、内容前后衔接，联系紧密的，或全部入选，结集为一部出版，或一概不选；七、尽量控制每部作品的篇幅，过长或过短的较少收录；八、凡是小说的真伪存疑或有争议的，一律不选。

　　本丛书的编选、校读，均援用民国时期的原刊本。小说发行单行本前，曾在期刊上连载的，一般亦将期刊连载的文本作为校勘依据；作者本人对正文的注解，均以句内括号或句外括号形式，紧排在该处正文之后；原刊本中如有脱文或故事情节上的明显矛盾，需作提示的，则在该处正文后加方括号，以楷体字标明；有关小说原刊本版本的情况，以及其他需要说明的重要问题，则以脚注的形式注明；原刊本中一般的排印错讹或作者笔误，经多方引证、仔细核对后，予以更正；标点符号和段落，均按现代规范用法重标重排；为增加读者的阅读体验和阅读趣味，每部入选作品均配以插图。其中，原刊本即为绘图版的，原版插图均予以保留。

　　选入本套丛书的武侠小说，不但体现了作家的语言风格和艺术成就，而且反映了民国时期白话文的基本特点。校读、重排中，我们坚持尊重原作，力求保持作家个人的习惯用语和民国白话文遣词造句的风格、韵味，以便读者能对现代白话文动态的发展历程有一个生动、直观的感受。对于原作中那些当时习用、现已不常见的句式或字、词用法，如"工夫"通"功夫"，"气工"通"气功"，"发见"通"发现";将指示代词"那"、"那里"等亦作为疑问代词使用;在时间副词"一会"之后,往往不加表示儿化韵的"儿"字;有时以人称代词的单数形式指代复数;故事叙述中,往往整段、整页省略主语等,只要不至于引起歧义,均不作改动。其他诸如"这们"、"借镜"、"计画"、"宝爱"一类的词汇,今日虽少再用,但并不为错,也尽量不改。

由于民国作家所处的社会环境不同,本丛书的个别作品,可能在具体情节的叙述、描写中,表现出作家与今世不同的思想倾向。相信读者阅读时会注意分析、鉴别。

于学松
2012年2月12日

目　录

江湖小侠传 1

序 1

第 一 回　白马河边争传绝技　乌鸦山畔欣睹旧家 1

第 二 回　论剑术畅谈家数　观奇传别具会心 9

第 三 回　三年学艺宝剑随身　一旦成行长甲护体 15

第 四 回　轻身术飘风落叶　金钱镖打草惊蛇 23

第 五 回　揭秘幕细述江湖事　仗内功狂走荆棘丛 29

第 六 回　雪门师荒村访旧　冲天炮闹市行凶 39

第 七 回　打痞棍大侠挥拳　劫贞孀恶徒肆虐 47

第 八 回　雄威振时伏群奸　剑光飞处惊小侠 55

第 九 回　入龙潭娇娃救父　搜兔窟弱女锄奸 65

第 十 回　道左乞怜群盗丢丑　洞前膜拜老猿通灵 75

第十一回　遇猎人坡前谈异事　张地网山口守淫猴 85

第十二回　惊神力小侠撕猿　蹈危机公差中箭 95

第十三回　止嗔戒怒名师规徒　报德酬恩爱女作妾 105

1

第 十 四 回　生艳羡公子珍破衣　致殷勤嘉宾进美馔 ...115

第 十 五 回　医怪疾高僧留县署　缔深交小侠滞书斋 ...123

第 十 六 回　水乳交融欣逢同调　沆瀣一气喜得名师 ...129

第 十 七 回　奋神威道旁斗猛豹　比剑术山下缔新知 ...135

第 十 八 回　月光下力劈大虫　山穴中生擒乳豹 143

第 十 九 回　黑夜行窃暗显神通　白日搜脏大开谈判 ...151

第 二 十 回　沁沁臂血弱女怀惭　赫赫军容老儿报怨 ...159

第二十一回　酿事变深山行猎　解纷纠宝帐盗刀 167

第二十二回　住黑店行旅惊心　诛强人师徒定计 175

第二十三回　寿筵前群雄献艺　华堂上有客传杯 183

第二十四回　人驱驴驴作人言　咒伏虎虎知咒语 191

半副牙牌 199

拳术家陈雅田之轶事 211

江阴包师傅轶事 225

纪林齐青师徒轶事 235

纪杨少伯师徒遇剑客事 249

天宁寺的和尚 267

猎人偶记 275

江湖小侠传

序

赵苕狂[1]

　　不肖生之《江湖奇侠传》，既弥脍炙人口矣。第以所述成人之事为多，则更有以续草《江湖小侠传》为请者。不肖生笑曰："奇花初胎，是为小侠。笔墨宣述，怀之久矣。会当努力一成之！"

　　比既告成，乃以相授，并郑重语余曰："本书与《江湖奇侠传》性质虽略同，而为旨乃大异。《奇侠传》重在一奇字，故所写都为剑客之异事、大侠之奇行；本书则以轻灵剽疾为归，处处为小侠留身分，亦处处不欲脱小侠本色也。明乎此，始能读《奇侠传》与本书。子亦能为我一转语读者乎？"

　　余曰："善！因为揭橥于此。虽然，余于此窃有所感矣。当余

---

[1] 赵苕狂（1892-1953）：名泽霖，字雨苍，笔名苕狂，别号忆凤楼主，浙江湖州人。民国时期著名编辑，亦著有武侠、言情、侦探等类小说多种。

序《江湖奇侠传》时，已叹光阴虚掷，百不如人，弥兴哀乐中年之感。今则裘葛三易，而余精神更日衰，四十未至，老境已臻。对此龙骧虎步之小侠，不更将怀惭无地乎！

　　是为序。

　　民国十四年仲夏，苕狂序于忆凤楼。

第一回

白马河边争传绝技
乌鸦山畔欣睹旧家

话说中华民国二年的春天，不肖生在湖南常德府经营一种普通商人都不注意的商业。经营的是甚么呢？

原来湖南岳州府有一个民国元年新设的制革厂。那制革厂因在岳州，就取名叫做洞庭制革厂。制革厂自然制造的是皮革，只是制造这种皮革，必少不得的一种材料，就是栗树皮。这栗树皮在湖南，虽是一种极寻常的东西，但是要成吨地收买起来，却不容易。因为湖南中路的森林最茂盛，栗树不是一种四季不落叶的树，人家十九拿它栽培起来，围护庄院。取其枝叶繁密，青翠可爱。谁也不肯将它的皮剥下来发卖。中路二十七县的山上，占势力的是一种松树，此外就是杉树。栗树的势力小得很，就中惟有常德栗树尚多。

不肖生便到常德，专一收买这种树皮。只因这种贸易，在常德没人经营过，无经纪人可找，只得亲自到四乡去找农人交涉。久而久之，常德四乡的农人，认识的很不少了。

在白马河附近，有一个大村落。那村落里面，有一百二三十户人家。全是姓朱的，没第二姓。这一百二三十户人家，虽然门户各别，各有各的家庭，各有各的生活，但是有一种组织，在精神上，联络得成一个极大的家庭。

白马河左边，有一座山，乡人叫它为乌鸦山。那山不很高，从山脚到山顶，最高之处，也不过三里。山势却绵长得很，左弯右曲，高高低低的，包围了二十多方里良田渥壤在里面。朱家的房屋，便完全靠着这乌鸦山接连建筑。山内二十多方里的良田，外姓人不过占了山口处十分之三，里面也全是朱家的产业。朱家在这山里，住了五百余年，不曾迁徙过。男丁大半是务农生活；读书发迹，在外做官的，也有几十人。

不肖生在长沙的时候，就曾听得人说，常德有个朱宝诚，武艺好得了不得，剑术更是不传外人的看家本领。及到了常德，脑筋里便想起朱宝诚这个名字来。一向人打听，谁知朱宝诚就是乌鸦山朱家的家长，年纪已有五十多岁了。常德人无人不知道他，并无人不恭敬他。

不肖生生性喜欢武艺，而剑术这门学问，又从来不曾遇过会的人。日本所谓剑术，不待说是完全没有一顾的价值。刀与剑，日本人尚分别不清，抵死拿着一面开口的刀，说是宝剑；又拿着匕首当剑，两人戴着鬼脸壳，横砍直斫，那里能算它是剑术？就是中国的武术家，也都是拿着舞单刀或舞单鞭的手法，来舞单剑；拿着舞双刀或舞双铜的手法，来舞双剑。至于真正的剑法，绝不曾见过会的。既是听得朱宝诚会剑，且是家传的绝技，而不肖生又已到了常德，离朱家不过五六十里路，怎能禁得住这一片好奇之心，不去见识见识呢？

那时正是五月中旬，天气已很炎热。遂向朋友处借了一匹很壮健的走马，早一日问明了路径。这日天才黎明，只等城门一开，即出城向白马河进发。在途中休息一次。果是一匹好马，到白马河才八点钟。六点钟出城，五十多里路，只两小时就到了。

过河问乌鸦山朱家，乡人指着一带树木青葱的山道："随着那山下的道路向东走去，绕过山嘴，便是朱家了。"不肖生即整理了身上的衣服，拍去了一身灰尘，据鞍上马，照着乡人指引的道路，缓缓走去，一面在马上观览四周景物。

才走了约两里多路，陡见前面一座高山，仿佛挡住了去路。相离不过三百步远近，一望分明。山脚下绕着一条小河，并无道路。顿时心中疑惑：莫是乡人有意和外乡人开玩笑，指引上这一条绝道上来么？转念一想，那指路的人，很像是一个诚实的农夫，料不至拿人作耍。一时心中正在胡想，眼望着对面的山，一

步一步的，向跟前逼近过来。猛觉得马蹄一转，身躯几乎偏倒下马来。只道是马失了蹄，连忙将腿一紧，把缰向上提了一提。谁知那马却误会了意思，以为是要快走，两耳一竖，扬鬃鼓鬣地向前急走起来。不肖生再抬头看对面的山时，已是不见了。但见一望无涯的，尽是稻田。碧绿的禾苗都在平原中，没有高下，看不出田塍来。只有那悠悠的南风，吹在禾苗上，一起一伏，如波浪一般，就仿佛与身在大海中看远来的波涛相似。只不住心里又疑惑起来：怎的明明看见一座很高的山拦住了去路，只马蹄一转，就变成了一个这般的所在呢？

立时将马勒住，回头一看，才从恍然里面钻出一个大悟来。原来那座高山，便是对面的山嘴，走这边山嘴一转，就进了村口。这座乌鸦山，天然是这个村落的城墙，团团围住，只有一个山口做出入的要道。在山口外面，看不见里面的村落；在村落里面，更看不见山口。当时，不肖生见了这种好地方，不觉失声道好。

向前行了半里多路，才见有人家。房屋都很矮小，三五间一处，靠着山下，并不联络。又走了约半里，便远远地望见前面山脚下，一片房屋连绵不断，和个大市集一般。料想朱宝诚的家，必在那一片房子里面了。

正紧了一紧缰，向前疾走，忽迎面来了两个年纪都在三十左右的人，身上的衣服虽很朴素，面上却都显出些书卷气来。令人一望就知道是两个读书人。那两人见了不肖生，即停步，用眼向不肖生打量。马到切近，两人同时拱手问道："先生贵姓？从那里来？到敝处找谁呢？"

不肖生连忙跳下马，说了姓名，以及拜访朱宝诚先生的话，并问两人的姓名。两人很客气。一个年纪稍大的答道："先生想会的，便是家父。"随用手指着旁边这个道："这是舍弟，名缙卿。我贱名国卿，寒舍就在前面不远。请先生上马，我兄弟当引道前行。"说着，复拱手要不肖生上马。

不肖生自不能不客气一点，即牵着马同行。一会儿，到了那像

市镇的地方。果有许多商店。那些商店的规模，和常德城里不差甚么。据朱国卿说，都是朱家一家人开设的。周围四五十里的人，都来这里买货物。因白马河的水路便当，虽在乡村之中，生意却不冷落。加之朱家通族的人没有欺诈狡猾的，买卖都十分诚实，所以能与常德府城的生意竞争。不肖生看了那些店家的情形，很相信朱国卿的话不是无根据的。

经过了二三十家店面，道路忽转向右边山凹里。弯弯曲曲的，作斜坡形一个很大的庄院，建在半山之中。那庄院的砖瓦颜色虽十分陈旧，却也雄壮到十分。围着庄院左右及后方的，全是合抱不交的参天古木。只有前面大门口，是一个极大的草坪，没有树木。草坪南首，竖着两条系马的木桩，地下两个上马的石蹐凳，再有几个练武的方石，及绝大的仙人担（贯二石饼于竹木之两端，用以练力者），都埋在草内，大约至少也有十来年，不经人手去挪移它了。

朱缙卿连忙过来接了缰索，拴在那系马桩上。朱国卿引不肖生进了大门。远望二门上，悬了一幅朱漆金字篆书的对联，上写"敝庐六百载，高堂八千春"十个斗大的金字。朱国卿指着二门的墙说道："这三扇墙还是南宋时遗留下来的，以外也有元朝的，也有明朝的，也有清初的。在常德没有比舍间再年代久远的房子了。"

不肖生一面点头应是，一面走近那墙跟前，看墙上虽是用白粉糊了，却因糊得很薄，能看得出砖砌的痕来。那砖每块足有一尺三寸长、四寸来厚，简直就是和上海、香港建筑高大洋房的红砖一般，比城墙砖还要长大一倍。怪不得能支持五六百年之久。近数十年来，内地建造房屋的砖，十口只怕还抵不了这一口。朱国卿即不说是南宋时遗留下来的，不肖生也能断定不是明清之物。

朱国卿又道："这幅对联，是光绪庚子年（即二十六年）家祖母八十岁寿期，家大伯写的。家祖母今年九十三岁了。"

不肖生听了，心中不觉很诧异。怎么古老人物，都聚在一块儿了？但是心里虽然诧异，却很高兴这回算不白辛苦，得见着这们古的房屋，又能遇着这们年老有福的人。便不见朱宝诚的剑术，也很值得了。不知朱家的剑术究竟如何，不肖生能不能瞧见朱家的剑术？且俟下回再写。

评：

忆凤楼主评曰：本书与《江湖奇侠传》虽同出不肖生一人之手，性质亦略复相同。然其描写之点则大异。奇侠传以雄奇为主，所写者为当世剑侠之异事。本书以活泼为尚，所写者，为一般小侠之豪情。读奇侠传，如闻虎啸深山、龙吟大泽；读本书，如见日出东海、花发南枝。明乎此，始可读奇侠传与本书。

一部洋洋十万余言之大著作，颇苦不知从何说起。因以乌鸦山朱家为之引，此提纲挈领法也，非善为文章者莫能办。

乌鸦山朱家，确为乔家世家，"敝庐六百载，高堂八千春"一联，语气又何其阔大哉！

第二回

论剑术畅谈家数
观奇传别具会心

话说朱国卿把不肖生引到一间书房里坐下，即抽身进里面去了。

不肖生看那书房中陈设，当窗一张楠木长条桌的上面，就放着一方硕大无朋的砚池，和一个用竹根雕成的笔筒。笔筒内插着十来支大小的毛笔；靠墙摆着四把楠木靠椅、两个茶几；壁上并没有悬挂甚么字画，却挂着一把四尺多长的兵器。形式像剑，比寻常用的剑足长过一倍。捏手的所在，系着两条手指粗细的丝绦。心中暗想：那有这们长的剑？然照形式看来，不分明是一把剑吗？正打算趁着没人，取下来见识见识，忽听得外面脚声响，只得仍坐着不动。

脚声渐响渐近，门帘起处，进来一个身材高大的男子。身穿八团花宝蓝纱衫，上罩一件玄青团花纱马褂。生得浓眉巨眼，神采惊人。嘴边并没有留须，望去不过四十来岁的年纪。笑容满面的，向不肖生抱拳说道："兄弟便是朱宝诚。劳先生远道来访，失迎得很！"那说话的声音，十分嘹亮，一听就知道，那声音是从丹田中发出的。不由得心中发生一种敬爱之念。随即答礼，客气了几句，彼此坐下来攀谈起来。

这一次攀谈，不肖生得的益处却不少。才知道挂在壁上的那四尺多长的兵器，竟是一把剑！据朱宝诚说，这还是短的，极长的有八尺，在临阵时才用。古人身上佩带的，不过三尺，只能作防身用，不能上阵。现在一般人用的，都在二尺以内，不是剑，是匕首。剑尖在一尺以内，便逐渐尖削起来；匕首尖削在一寸以内，和匕的头子一般，所以名叫匕首。这剑四尺五寸，是因为小儿辈没力气，使不动八尺的长剑，特铸这们短的，给他们使着玩耍。

9

　　不肖生在朱家住了七日，看朱宝诚使了一次剑，朱国卿兄弟每人使了一次。不肖生心中很疑惑：从来各种小说中，凡是写人舞剑，不是说舞得一团白光，便是说甚么兔起鹘落，甚么如风飘瑞雪；怎的朱家这种剑法，和那些小说上称赞的，一些儿也不像呢？不但没一手盘旋飞剑的，并且有时呆呆地立着，两眼望着剑尖，出了神似的，动也不动一动。就是动的时候，手足也都迂缓得一下是一下，不相联贯。他父子没动手演的时候，不肖生早已准备了几个"好"字，含在口里，等演时叫出来，助他们的兴。及至三人都演完了，一个"好"字都不曾叫得出口。非是眼界高，实在是看不懂，不知"好"字应从那里叫起。若一味瞎叫，反显得强不知以为知，更惹他们笑话。不如索性不开口。

　　三人演完了，朱宝诚拱手说："见笑！"

　　不肖生只得老着脸说道："我平生不曾见过使剑的，先生的剑法，我实在是莫测高深。还望先生念我来意之诚恳，不吝珠玉，将这剑法的奥妙赐教一二。"不肖生说这话，是疑心朱家的剑术，不肯传于外人，有意胡乱使出这些莫名其妙的手法，拿来搪塞，免得外人剽窃。

　　朱宝诚似乎看出来了不肖生的意思，即笑着答道："世间没有不肯传人的武艺，也没有甚么秘密不能给人知道的武艺。都是因为世俗教师，自己没真实本领教徒弟，却又想骗徒弟的钱，便装出有许多秘密手法，不肯轻易传人的样子来。但又故意露出些意思，使徒弟去将就他、拜求他，他仍装模作样。及至末了，多许他几十串钱，他就拣一两下比从前教的略为直截些儿的手法，传给这个出钱多的徒弟，便算是秘传。其实算得甚么？我这剑法，要说是秘传罢，手手是秘传；要说平常罢，手手很平常。剑法便再好些，没有工夫，也是枉然。世间那有工夫能剽窃到手的？莫说工夫不能剽窃，就是法子也剽窃不了。这人一看即能剽窃，则他的工夫必然在我数倍以上。工夫既在我之上，那里用得着再剽窃我的呢？即是和我差不多的工夫，他若不与我同门，彼此也都剽窃不着；工夫在我

以下的人，是更不待说了。一手一手地剖析来教，尚且还得半年、三五个月，才能通晓法门，岂是一望就得成功的吗？舍间的剑术并非不传外人，只因外人没有肯来学的，所以不曾传得。"

不肖生点头问道："适才见先生所演的剑法，其中奥妙之处，能赐教一二么？我平时虽不曾见过剑术，但每见小说中称赞舞剑的，总是说舞到好处，只见剑光不见人影，又说甚么连水都泼不进去。那些话，难道全是不在行的人，但凭理想说的吗？"

朱宝诚哈哈笑道："一点不错，并非不在行的人凭理想说的话。剑术的种类原来甚多，舞的是舞的剑法，击的是击的剑法。兄弟和小儿刚才使的，是击剑，不是舞剑。在剑术中，本分文武两派。舞剑是文派，击剑是武派。古时的文人女子，会舞剑的很多，会击剑的极少。舞剑一门，不过是古时歌舞中的一种，一般的也有许多手法，但用意不在刺人，只在好看。所以舞的时候，盘旋得异常迅速，剑光人影，上下翻飞。舞到极快的时候，是能如小说上面所说的，只见剑，不见人。至于泼水不进的话，就只怕是做文章的人，极力形容其快罢了。舞剑无须乎学，练过把势的人，都能一看就会。"

不肖生问道："会舞剑的，也有用处没有呢？"

朱宝诚想了一想，笑道："用处却难说。古时每有舞剑侑酒的。于今宴会上侑酒，都改了叫班子里的姑娘们唱几句曲子；古时文人多借舞剑运动身体，舒畅筋络；于今的文人，也都改了，用甚么柔软体操。以外却不知道更有甚么用处。兄弟不曾学过舞剑，大概还有用处，非我浅学的人所能理会。击剑与舞剑，用意既是不同，手法自然也有很大的分别。先生拿着小说上写舞剑的情形，来看击剑，那如何看得上眼呢？"

不肖生见朱宝诚说出怎么看得上眼的话来，心中很觉得惭愧，翻悔自己不应拿小说上写舞剑的话来说，以致他多心，说看不上眼。即时想用话声辩。忽一转念："我素来是拙于言词的人，倘若声辩的不得法，益发使人不快。"

一时心和口正在来回的商量，朱宝诚已接着说道："击剑一

门，不但在今时研究的极少，便是古时，用剑的也不如用戈、矛的多。因为剑是各种兵器之主，剑的本身，原已极难使用，而临阵又不能用它招架敌人的兵器，所以一般人都不大肯用它。近时枪炮发明了，连用戈矛的都没有了，更向那里去找用剑的来？兄弟说句不客气的话，莫说先生不曾见过的，看不懂舍间的剑法，便是那些小说上写的会舞剑的人，也决不知道我的剑是怎么一回事。舍间的剑法，来源远得很。六十年前，通中国有两家会这剑的；六十年后，就只舍间一家了。前年，有朋友从广西来，说都安有个土司官会击剑，剑法和舍间的一样。兄弟禀知家慈。家慈很有些疑心，将六十年前的事，如此这般的说给兄弟听，命兄弟立刻到广西都安去拜访那位会击剑的土司官。兄弟一到都安，才知道那位土司官正是家慈疑心推测的人。于是舍间的剑术，分一枝到广西去了。"

不肖生听了朱宝诚所述六十年前的事，不觉惊得目瞪口呆。若不是亲耳听得朱宝诚所说，亲眼看见朱宝诚的母亲，也断不相信，果有这们一回事。至于事实如何，且听下回书中，从头细写出来，供阅者诸君的研究。

评：

忆凤楼主评曰：未见击剑之前，先细写剑之形式。此虽为题中应有之义，而著者好整以暇之态，亦于此可见一斑。

剑与匕首完全不同，今人每不知之，辄谈匕首即剑，读此节当可恍然大悟矣。此非所谓"闻君一席话，胜读十年书"欤？

今人之为小说，其写剑也，不曰"兔起鹘落"，即曰"电掣风翻，一若非此，不足以尽剑术之奇者。盍取而一读此节，当始审其见闻之陋，而知剑术之中，固有击剑舞剑之分矣。

舞剑仅以侑酒，不知其他，快人快语！我欲为之浮一大白。然为善舞剑者闻之，不知又将何若。

一见即能将人之绝技剽窃而去者，其人必有绝高深之工夫，即亦何待于剽窃？此数语实为至理名言，愿读者其毋忽诸！

第三回

三年学艺宝剑随身
一旦成行长甲护体

这回书须从朱宝诚的祖父说起。

朱宝诚的祖父，官名一个沛字，号叫若霖。以大挑知县，在陕西做了十多年知县官。咸丰元年，升了西安府知府。朱若霖为人极精干，膝下生了三个儿子。一、二都在襁褓中死了。只有第三个儿子名岳，字镇岳。生小即颖悟绝伦。十二三岁时，文学便很有了根底。每有一篇诗文出来，不到几日即传遍长安。

一日，朱镇岳的母亲魏氏，带着朱镇岳到东门报恩寺进香。报恩寺的长老雪门和尚一见朱镇岳，就仿佛如见了甚么奇珍异宝一般。不住地用两只老眼在朱镇岳身上打量。末后合掌向魏氏说道："公子和老衲有缘，求夫人将公子舍在老衲跟前三年，必能于公子身上有很多的益处。"

魏氏一听这话，不由得心里气忿，脸上便露出不高兴的神情来，答道："我夫妇的年纪合起来差不多一百岁了，就只这一个儿子，老和尚不是不知道，怎会说出将他舍了的话来呢？"

雪门和尚笑道："老衲不是说要夫人将公子舍了，三年后仍得将公子交还夫人。不但于公子身上有极大的益处，便是于老爷、夫人身上，也有多大的好处。三年的光阴容易过去。"

魏氏不待和尚说完，即连连摇手道："这话不用提了，莫说三年，三日也不行！"

雪门和尚道："夫人今日不短舍，只怕将来要长舍呢。老衲方外人，以慈悲为本，难道对公子还有恶意吗？"

魏氏也不答话，进好了香，便带着朱镇岳上轿，回衙门去了。

气忿忿地将话告知朱若霖。朱若霖毕竟是个精明人,听了问道:"你问他为甚么要舍在他跟前的话没有呢?"

魏氏道:"谁高兴问他?无论他为的甚么,要把我的儿子舍给和尚总是不行的!"

朱若霖笑道:"话不能这们说。雪门和尚的为人,我很听人说过,是个极有道行的和尚。虽是个方外人,却干过几件救困扶危的事。并且他在报恩寺当主持也当了十多年了。从来不曾有人说他做过不法的事。他说要把岳儿舍给他三年,必有点道理在内。可惜你只顾一时气忿,也不问问他。"

魏氏不悦道:"你把儿子看得轻,你去生儿子舍给和尚,我自己生下来的儿子,只这一个,是很宝贝的。一刻也不许离开我。"

朱若霖哈哈笑道:"你生的儿子不肯舍掉,叫我到那里再生个儿子来舍呢?不用气罢。我也不过是这们闲谈,谁也不肯将自己的儿子给一个和尚去鬼混。"

次日,朱若霖正和魏氏闲谈,忽门房传报,雪门和尚来拜。朱若霖笑道:"这老和尚认真要我施舍爱子了。"

魏氏道:"老爷犯不着去见他,他是个出家人,公然出入官衙,已是不安分。老爷去见他,只怕于官声有碍。"

朱若霖摇头道:"这个和尚素来不是出入官衙、不安分的人,见见他不要紧。你放心,我不会胡乱把儿子舍给和尚。"随说随走入客厅。

朱若霖虽不曾和雪门和尚见过面,心目中却早认定雪门和尚是个有道德的高僧。来到客厅中,只见一个身高六尺以外的老和尚,须眉白得如银似雪,手腕上悬着一串念珠,合掌立在下面,真是一个活泼泼的知觉罗汉!朱若霖不由得发生一种敬爱之心,趋前拱手让坐。

和尚开口说道:"老爷今日肯见和尚,即是与和尚有缘。和尚在风尘中物色三十余年,实不曾见有如公子这般有夙慧的人。昨日

一见之下，和尚心里实在有些放他不过。当今天下大乱（当时人心目中，只知有中国，中国大乱即谓天下大乱），专读书不懂武事的人，不但不能替朝廷出力，并且不能自保身家。和尚有上可以卫国、下可以保家的技艺，非公子这般有夙慧的人，不能传授。只要专攻三年，必有大效。老爷爱公子，必望公子成个经天纬地的人物，这机缘不可错过。"

朱若霖想了一想，问道："师傅教小儿去报恩寺住着，学习三年么？"和尚点头道："虽是在报恩寺住着，与府衙相近，却不能时常回来。除三节两寿期可令公子回府，尽人子之礼外，不宜出寺门一步，致荒废学业。"朱若霖听了，忽然立起身来，向和尚深深作了一个揖道："我即将小儿交给师傅了，听凭师傅教训，我不过问。"和尚也起身合掌答礼。

朱若霖随入内室，用了无数言语向魏氏解释。魏氏虽不愿意，但因府衙离报恩寺不远，见面容易，并且儿子不能和女儿一样，终年关在闺房里，总得有出外就学的时候，遂也说不出不肯的话来。从此，朱镇岳就在报恩寺，跟着雪门和尚学卫国保家的技艺去了。

朱镇岳跟着雪门和尚到报恩寺，雪门和尚早已预备了一间静室给朱镇岳住。先教朱镇岳做了三个月内功，随后拿出一把檀木剑来，教朱镇岳击刺。寒暑不辍地练了三年，才拿出把三尺长的钢剑，给朱镇岳道："你的工夫已经上身了。这把剑是我专炼了给你的。还不曾开口，剑口是须用剑的本人亲自磨开的，用时才能合手。明日的干支是庚申，正好磨剑。你今晚将身体沐浴干净，我书房里有座胆瓶，瓶内是龙泉井的水；你等到天一交子时，向西方叩齿四十九通，将磨剑咒语默念一遍；然后以剑蘸泉水向石鼓上，以意会神，以神摄气，磨一遍，试击一遍，以圆活称手为度。这剑我炼了十年，一百斤马蹄铁才炼成十两。加以十两乌金、十两银屑，才炼成这十五两重的剑。虽不能与古时的莫邪、干将比锋利，然在今时，只怕遍中国也找不出第二把这们刚柔相济的剑来。"说时，随将磨剑的咒语传授了朱镇岳。

朱镇岳一一默记了。退后抽出那剑来一看，觉得比寻常用的檀木剑轻了几倍。剑锋约有二尺三四寸长，一面有两条血漕，一面只有一条血漕。虽是不曾开口，却青光耀目，望去已像是很锋利的样子。心中高兴，不觉展开手足，试击两下，耳边便闻得风声如裂帛一般。心中有些诧异，暗想：用了三年木剑，击刺起来虽也时常闻得风响，却不曾听过这们裂帛一般的声音，这剑果是可宝贵的东西。

朱镇岳心中正在疑惑，雪门和尚已背操着手，一步一步地闲踱进来。望着朱镇岳笑道："你正使的得劲，怎的忽然停了呢？"

朱镇岳提剑说道："弟子因闻得风声作怪，一时惊得停了手脚。"

雪门和尚哈哈笑道："你这时才知道我专给木剑你使的好处么？你使的木剑，最重的有十几斤。你能使得圆活自如，今一旦使这一斤多重的钢剑，自然比寻常要灵捷几倍，剑锋走的快几倍，破空的声音自然也跟着大几倍了。你此时试拿这剑，使出撒手刺的手法来看看，那脱手时的声音比响箭还大呢。"

朱镇岳问道："既是响声有这们大，那么敌人闻声躲闪，不是很容易的吗？"

雪门和尚大笑道："教敌人躲闪的了，还能算是剑术吗？你须知箭因有响声，容易躲闪，不能与剑作一例看承。箭的响声是由羽毛上发出来的，故响声虽大，速度却不曾快到十分。并且来势太远，所以躲闪不难。这剑术的撒手刺谈何容易！工夫不到绝顶，那能撒的出手？即出手又何能成声，岂是如射箭一般，无论甚么人都能射得呼呼的响吗？你想，剑锋能破空作响，须行得何等迅速。被杀的人，及至闻到响声，已是洞胸断颈了。莫说躲闪，能看得出剑光的，这人的工夫就不差了。"朱镇岳这夜依着雪门和尚的话，将剑磨开了。

次日，雪门和尚教朱镇岳在大殿上当面使了一会，欣然笑道："我的衣钵有了传人了！但是还须三个月工夫。你此刻就归府衙去，禀知父母说，我明日即带你出外游行。三个月后，便功行圆满了。"

朱镇岳问道："师傅将带弟子游行些甚么所在呢？恐怕家父母要问，回答不出，两位老人不放心。"

雪门和尚点头道："你问的不差，但游行的所在，我也不能预定，大概不至出陕西境界。你对父母只说游大华山就得哪。"朱镇岳连声应是。回到府衙，将话禀知了朱若霖夫妇。魏氏因儿子离开惯了，此时虽听说要跟着师傅远游，却已不似三年前的难分难舍了。

朱镇岳自从进报恩寺以来，即不曾在府衙中住过一夜。因雪门和尚怕他住在家中，耽误了功课，所以总是限定时刻，不许久留。朱若霖也绝不姑息，有时还催着朱镇岳回报恩寺去。

朱镇岳归府衙禀明了言语，当日回报恩寺中。雪门和尚拿出一个小皮箧来，给朱镇岳道："这皮箧里面，是我少时用的一副软甲、一副钢甲。于今我也用它不着了，传给你好生珍藏。不遇大敌时不必用，有它在身边，足抵一个好帮手。不要轻轻看过了。"说时，随手将皮箧揭开，取出那副软甲来。一手提着领口抖开来，像个很轻松的样子。朱镇岳见那颜色漆黑透亮，看不出是甚么材料制成的。伸手接过来，着手又轻又软。前胸后背鼓起来有一寸多厚，只是用力按去，不过三四分，也看不出里边塞的是甚。

雪门和尚笑道："你可知道这幅软甲的好处么？"

朱镇岳道："弟子并看不出是甚么东西制成的，怎能知道它的好处？"

雪门和尚道："表里都是从野蚕身上剖出丝来，织成片子，所以能伸能缩，经力最牢。海边的渔人，每用野蚕丝作钓大鱼的钓丝，一根单丝能钓百多斤的鱼。这种丝是极宝贵的。这里面塞的是极细的头发。将这甲悬在树上，尽管用鸟枪贯上丸子，向甲上打去，丸子都嵌在甲里，透不过去。刀剑是任凭如何锋利，决不能伤损它分毫。我为得这副甲，几乎送了性命。"

不知雪门和尚得这甲时，为何几乎送了性命？且俟下回再写。

评：

忆凤楼主评曰：雪门和尚与朱镇岳，殆有夙缘者，不则何以一见即欲录之门下？而朱镇岳亦幸而遇雪门和尚，得能传其绝艺，成为一代大侠；不则为禄蠹，为书呆。朱镇岳之所以为朱镇岳，亦正未可知耳。

朱若霖一闻雪门和尚之言，即肯以爱子托之，自是解人，非一般风尘俗吏可比。

写磨剑一节，曲尽个中之秘。所谓以意会神，以神摄气云云者，直于此道已三折肱矣。彼寻常一般小说家，又乌能知之耶？

剑响与箭响不同一段高论，亦能发人所未发，断非不知武术者所能道其只字。

朱镇岳既得宝剑，又得宝甲，踌躇满志，弥足自豪。我亦为之羡煞矣！入钢甲软甲事，所以开发下文。

第四回

轻身术飘风落叶
金钱镖打草惊蛇

话说朱镇岳听了雪门和尚这番话，不禁诧异问道："师傅得这甲，怎的几乎送了性命呢？"

雪门和尚笑道："这副甲原是你祖师爷的。你祖师爷姓毕，讳南山，原籍是甘肃凉州人。只是从十二岁以后便辞了原籍，在外蒙二十多年，练就一身出神入化的本领。这副甲在祖师爷手中，费了将近十年的心力才制造成功。祖师爷教了三个徒弟，一个广西人，姓田，名广胜；一个江苏人，姓周，名发廷；第三个就是我了。周发廷的本领在我之上，田广胜和我是兄弟手，没有高低。但是祖师爷因周发廷心思太深，不及我和老田坦率，便不大喜欢周发廷。

"祖师爷临终的时候，因为没有儿子，只得将平生应用的物件，分给我等三个徒弟。宝剑传给田广胜，这副软甲传给我。一葫芦丹药传给周发廷。周发廷心里想得软甲，见没传给他，已是不大愿意，只是敢怒不敢言。而祖师爷将丹药传给周发廷之后，背地又传给我和老田两人。周发廷知道，更是怒不可遏。只等祖师爷一咽了气，便仗着他本领高强，硬向我要借软甲应用。我知道他早已不怀好意。祖师爷将软甲传给我的时候，我随即穿在衣里，他向我借，我自然不能答应。他开口就骂祖师爷偏心，老田在旁听了不服，以大义责他，三言两语不合，他和老田先动起手来。我上前劝架，他猛不防向我迎头一剑，我来不及退避，只将头一偏，剑着肩上。幸得有软甲挡护，剑锋如斫在棉絮上一般。周发廷心里一惊，知道我已披上这软甲护身，不能伤损。他自己本领虽高，毕竟怕敌不了我和老田两个。当时跳出圈子，独自气冲冲地去了。

"后来，他又用种种方法，想来偷盗这甲。奈我日夜穿在身上，不曾卸下片刻。他非得将我刺死，无论如何也不能将我这甲取去。他为这甲，直跟着我半年。明劫暗偷，至少也有五十次。好容易才过了这个难关。周发廷见我防范得严密，不能得手。就把念头转到田广胜的宝剑上面去了。谁知田广胜也久已提心防备，收藏的地方，除了老田自己，谁也不能知道。周发廷去偷了几次，没有偷着，倒也罢了，每次都给老田看见了。第一次去老田家的时候，老田正在登坑。忽听得风声响，知道是同道中人来了，却没想到是周发廷。悄悄地跟着风声赶去，周发廷正倒挂在房檐上，探头探脑地向老田睡房探望，蓦然从脑后拔出剑来，施展鸽子钻天的身法，向窗孔里飘然而进。老田心想，这厮若是好意地来拜访，就用不着先拔剑，后进房。这必是我们同道中人，途中缺少了盘缠，见这所房屋高大，料定必是富厚之家，打算顺便借些盘缠的。却不知道误撞到同道的家里来了。心里这样想着，耳里仔细听着那着地的声音，不觉吃了一惊。暗想，这厮的本领不小，简直如风飘落叶一般，绝无声息。且用一个打草惊蛇的法子吓他一吓，看他怎样。

"老田有种绝技，是我和周发廷赶不上的，最会使一手好金钱镖。能连珠不断地发一百下，打二百步以外。并且能后镖接前镖，镖镖相撞，迸出火星来。他这本领，就是祖师爷也输他一着。因老田生成的一双眼睛，能于黑夜分辨五色，谁也不能及他那般目力。所以金钱镖这种暗器，虽在剑侠中不过是一种玩意儿，只是没他那般目力，也决不能练到那们神化。当下，老田既不知道就是周廷发，打算吓他一吓，却又不愿无故伤了同道的性命。随手掏了一把金钱镖，约莫有二三十个，朝着周发廷的脚后跟打去。镖才出手，周廷发已觉背后有人暗算，向前一蹿，回过头来。及至老田看出是周发廷来，第二三镖已接连向周发廷的后腿打出去，收不回来了。周发廷腿上着了一镖，气得大吼一声，一拧身，早已到了房上，开口骂道：'田广胜，好小子，竟暗算起我来了，等我来收拾你的性命！'旋说旋动手，朝老田杀来。老田忙闪开，辩道：'委实不知道

是师兄来了，望师兄恕我冒昧之罪。'周发廷骂道：'放屁，第一镖可由你说不知道，我已回头开了声，你为甚么还只管接二连三地打来？你两双狗眼黑夜能辨五色，谁也知道，偏看不出是我来吗？眼里没有我这师兄也罢，要我饶恕你么？除非立刻将师傅传给你的那把宝剑双手送给我。我看着宝剑分儿上，便不和你计较这一镖的事。'

"老田听了大笑道：'啊，师兄赐临，原来是为宝剑，怪道黑夜从房上进来！宝剑送给师兄也可行，但是我得问师兄一句话，师兄得实说。'周发廷道：'你问甚么话？我一概实说，决不瞒你。'老田就笑道：'师兄的软甲已经到手了没有呢？'周发廷见问这话，不觉红了脸，半晌才答道：'此时还不曾到手，不过随时要甲，可以随时去拿，你问它干甚么哩？'老田道：'宝剑和软甲一样是师傅传下来的，你且等软甲到了手，再来我这里拿宝剑。软甲不曾到手，宝剑也是不能送给你的。'周发廷一听这话，那里忍得住气呢？当时也回不出甚么话，挥剑就在房上和老田动起手来。老田赤手空拳，如何肯与他认真角斗哩？一连退让几步，喝住说道：'我们兄弟犯不着因一把剑，伤了多年和气。你不用动手，听我说一句话。'周发廷怒气不息的，拿剑尖指着老田道：'有话快说，你有意逼着我伤和气，不与我相干，快说快说！'老田从容笑道：'我们三个人，同跟着师傅学剑，而造诣只你一个人深远，心思也只你一个人灵活。师傅因你的本领了不得，用不着软甲和宝剑帮助。'周发廷不听提起师傅还可，一听说师傅，那气就更大了。连说："放屁放屁！世上那有这们偏心的师傅？软甲宝剑传给你们两个，我倒不气；他不应再背着我，将丹药也传给你们。这气我实在受不了。我一天留着性命在此，决不和你们甘休！'

"周发廷正在痛骂，一转眼不见了老田，忙住了口。举眼四望，只见夜色苍茫，并不知老田从何时溜跑了。暗想：'不妙！田广胜是一双狗眼，他若躲在黑暗处计算我，防不胜防。并且他已有了防范，今晚已眼见得不成功了。'想罢，飞身就跑。老田果躲在暗处，看得明白，跑出来喊道：'师兄好走，我不远送了。'周发廷听

得，更是气忿，打算回头再与老田比拼。转念：'老田是个很聪明的人，他知打我不过，必不肯和我较量。他在黑夜中东藏西躲，我也弄不过他。不如等他没有防备的时候再来。'遂忍气吞声地走了。

"过了几夜，又到老田家，又被老田看见了。一连七八次都不曾得手，才赌气回江苏无锡县原籍卖药治病去了。多年不得他的消息，也不知他的境况如何。

"这副钢甲是一个蒙古人的，那蒙古人也会剑术。闻我的名，要和我比较。他也是想得我的软甲。就拿这副钢甲和我的软甲做比赛的东西，谁胜了谁得。一动手，蒙古人就输了，这副钢甲便到了我的手里。这钢甲的好处，比软甲不差甚么。不过软甲可随时穿在衣内，钢甲非到遇敌时，穿着它不像个模样。你都好生收藏着，日后自多用处。"

朱镇岳喜不自胜地将软甲叠好，提出钢甲来展玩了一会，见甲上刀痕如蛛网。雪门和尚指着刀痕笑道："那蒙古人身经百战，做梦也没想到败在我手里，将护身钢甲输掉。你此时可将软甲穿在贴肉处，钢甲收藏起来。明日即可动身出游了。"

不知出游时究竟遇见些什么事。且俟下回再写。

评：

忆凤楼主评曰：因钢甲软甲，而述及雪门和尚之来历、雪门和尚之同门，此回叙法也。行文者不可不知。

毕南山之分遗物，未免略存厚薄之心。宜周廷发之愤愤不平矣。此后许多争端，皆由此而起也。

善轻身术者，如飘风落叶；擅金钱镖者，能打草惊蛇，皆足为我国武术界生色矣。毕门多贤，于斯可见。

周廷发虽身负绝艺，高出侪辈之上。其如田广胜之具有狗眼，能于黑夜窥人何？愤而遁去，宜也。

软甲之外复有钢甲，可谓无独有偶。一旦并归雪门和尚，复传之于朱镇岳，深为庆得所。特彼蒙古之武士，身经百战之余，偶尔败衄，遽将此珍同性命之钢甲失去，不知何以为情耳。

下文接叙出游事，为本书正文之开始。

第五回

揭秘幕细述江湖事
仗内功狂走荆棘丛

话说朱镇岳依了他师傅的吩咐，将软甲穿在贴肉处，外面披着长衫。当夜检点应用的物件，做一包袱捆好。次日早起，雪门和尚向朱镇岳说道："我们学剑的人，第一是要耐得劳苦。你是一个公子爷出身，体质脆弱，经不起风霜。剑术虽然学成了，只是精力有限，纵有行侠仗义的心思，每因精力不加，或道路太远，或事情太繁，便不能鼓起兴致去干，便失去了我们剑侠的身份。所以能耐劳苦，是我们当剑侠的第一要务。

"平常我们同道中人，传授徒弟，本来都是从拜师这日起，一年之内，专一打柴挑水，做种种劳力的生活。第二年才以内功辅助外功。第三年内外功都有八成，方传授剑术一成，即能离师独立。我因你不比他人，而内功既成，外功本属容易。所以另换一种传授之法。你现在外功虽欠些工夫，内功却已圆满。我从今日起，带你游山一月，风餐露宿，就是想完成你外功。并可借此练练你的胆气。丛山叠岭之中，莫说奇才异能之士隐居的不少，就是毒蛇猛兽，动辄食人的也随处可以遇着。若教你一个人去，我有些放心不下。不是怕你的本领不够，因你年纪太轻，太没经验，略不谨慎，便弄出大乱事来，不是当要的。"

朱镇岳问道："既是不愁弟子的本领不够，却为甚么又怕弄乱事来呢？"

雪门和尚笑道："你那里知道深山大泽，实生龙蛇。好容易说到本领二字，我说不愁本领不够的话，是对于毒蛇猛兽的说法。至于山林隐逸之士，你那里说得上本领？我自从主持这报恩寺，与同道中人少有来往。我们当剑客的，先论交情，后论本领。江湖上没有交情，任凭你本事齐天，也终有失脚的这一日。但全恃交情，自己本领不济，在江湖上也行不过去。你此时的本领，在剑客中虽算不得上等，只是也不在一般人之下；就是交情两字，太仄狭了些。除了你自己父母之外，认得的就只一个我。我这回带你出外游览，用意便是引你在交情上做些工夫。你要知道，我们同道的人最重交情。不但和自己有交情的人，不肯随意反脸，就是这人和我的朋友有交情，相见的时候，只要提起朋友的名字，都得另眼相看。有能帮忙的地方，就得略费心力，替他帮忙。若是真和自己有交情的，那怕拼着性命去帮助他，也说不得。你看交情两字，在我们同道中何等贵重！"

朱镇岳喜笑道："弟子正怀疑，师傅带弟子出外游览，没有一定的主意，那能有一定的趋向呢，不是乱跑一阵子吗？师傅这样说起来，弟子才知道这次出游，是重要得很了。"

雪门和尚点头笑道："不重要，我也不陪着你去了。平常当剑客的人，交情都是自己打出来的，所以有不打不相识的话。你的身份比别人不同。不是我心存势利，我一个出家人无端多管闲事，从你父母手中将你要了过来；你身上只要有一根毛发受损，我就对不起你父母。你的本领便比今日再高十倍，我也不放心教你一个人去。等过这次出游之后，我就可以卸却仔肩了。

"我本打算带你去刘家坡，见了刘黑子，再到石门山苏家河一带，会几个二十年前的老友。陈仓山、天台山的几个大镖师，从石门回头才去会他们。因为去刘家坡，须走一个地方经过。那地方的名字太不吉利，只得改了途径，先去陈仓、天台，再去九郎山、朱砂岭，走甘谷沟到刘家坡。不从那不吉利的地方经过。"

朱镇岳笑问道："那地方名叫甚么？有甚么不吉利呢？"

雪门和尚笑道："那地名无论是谁也得忌讳，不知是何人取的这个名字。那地名叫鬼门关，你看可恶不可恶？"

朱镇岳笑道："这名字果是不好。刘黑子是何等人物，必须去

看他哩？”

雪门和尚笑道："说刘黑子这人，本领真是了不得。他的门徒可以说是遍天下。他少时原是一个无所不为的无赖汉，三十岁才遇一个得道的高僧，传他的剑术。因他身体瘦小，人都称他做刘黑子。他不但剑术好到绝顶，内功也无人及得。有他一封信或一张名刺，无论走到甚么地方，绝不会有人为难他。这个人是不能不去拜会的。就是那些镖师的面子也很大，住在与河南交界的几个水陆两道的镖师，更是名头高大。他们的名声，全不是从武艺上得来的。交情越宽广，名声越高大。那怕这人的本领极平常，只要他的师傅或父亲是个老江湖，他一般的到处扯着顺风旗。设有人去难为他，或有时遇着新上跳板的伙计，给他下不去，把他的镖截了，他有他师傅或父亲这点面子，只拣这码头上几个有面子的绿林人物，拜望一回，叙一叙旧交，包管分文不动地将镖送回。江湖上若不是讲这一点交情、这一点义气，谁也吃不了这碗镖行的饭。你此刻的本领，很够得上和江湖人讲交情了。

"第一，你占着一门江湖上人都赶不上的本领，又是一个公子爷出身。人家都说江湖上人只知道信义，不知道势利。这是完全不懂江湖的话。江湖上人最喜欢讲的就是势利，不过他们有种极普遍的脾气，遇着有势利又有本领的人，心里是十分想结纳，面子上却是不肯显出殷勤纳交的样子来。是甚么缘故呢？因为他们存心以为自己是个粗人，恐怕这有势力的人瞧他不起。他若先显出殷勤纳交的样子来，万一有势利的人竟不愿和他做朋友，给他一个冷森森的面孔，他就失悔也来不及了。同道中谈论起来，都得骂他没有骨气。所以江湖上人从没有先存心和有势利人订交的。总得有势利的人，略去名分，与他们结交。这种举动成了江湖上的定例。因此，人家都说江湖上人是不知道势利的，这话何尝说透了江湖？"

朱镇岳问道："弟子占了一门甚么本领，是江湖上人赶不上的呢？"

雪门和尚用手做出提笔写字的样子，笑道："你占的就是这门本领。江湖上懂文墨的，虽不能说没有，只是一百人中间，至多不过十来人。这十来人，也只能说粗通文字。至于真有才华，能像你这样的，我闯荡江湖几十年，实不曾遇着一个。这门本领，不但江湖上人敬重，就是我们同道中也是很推重的；有了这门本领，无论在甚么地方，总占上风。"

朱镇岳听了这话，心中自是欢喜。他的行装昨夜已收束停当。雪门和尚只换了一双芒鞋，腰间系了一个朱漆葫芦，手中提了一支禅杖，此外一无所有。师徒二人即日离了报恩寺，徒步向陈仓山出发。

从西安到陈仓山，若是一坦平阳的道路，不过二百多里。只因山岭重叠，高高低低，弯弯曲曲，算起途程来，虽仍不到四百里，但是平常人步行，总得五日才能走到。雪门和尚和朱镇岳若施展他们剑客的本领，这三四百里路程，那用得许多时间行走？只是师徒二人随处流连山水，有时尚在日中，便投宿不走了。走了三日，才到武功。

雪门和尚说道："这三日走的都是官道，从明日起，却要走小路到郿县，由郿县穿过高店，由高店到陈仓山。若是照着驿站走，得走扶风、凤翔、宝鸡，再到凤县，折转来方到陈仓。路的远近不问，终日在管道上走，有甚么好处呢？从郿县去陈仓，一过了高店，就完全是在重山叠岭的荆棘丛中去寻道路。"

朱镇岳喜道："弟子正疑心走了三日，都是在大道上，跟随着一般挑担子、背包袱的商人行走，一些儿趣味也没有。像这样便走一辈子，于外功也没有甚么进境。"

雪门和尚笑道："你此时是这们说，只怕一走山路，不到两日，就要叫苦了呢。"

朱镇岳摇头道："弟子决不叫苦。"

雪门和尚哈哈笑道："但愿你能不叫苦。"师徒二人说笑了一会，这夜在武功歇了。

次日天才黎明，二人即离了武功。雪门和尚这日走路，却不似前三日的从容了。拖着那枝禅杖，两脚和有甚么东西托着一般，向前如飞地走去。朱镇岳跟在后面，看和尚两脚踏在灰尘上，只微微的有些儿迹印。暗想："人走路越是走的迅速，灰尘越是起的很高。怎的他老人家走的这般快，不蹴起一点儿尘灰来呢？可见得他老人家的本领，我还是不曾完全得着。"心中一边想，一边施展自己的工夫，尽力追赶。看看的越离越远了。朱镇岳少年气盛，只是要强，不肯叫出"师傅慢走"的话。虽累得一身大汗，仍鼓着勇气拼命地追赶。

略一转眼，已不见和尚的踪影了。朱镇岳心里一急，两脚更快得如飞。直追了半个时辰，才远远地望见前面一株大树底下坐着一个人，在那里打盹。定睛一看，正是追赶不上的师傅。朱镇岳见追着了，心里才略安了些儿，走到跟前，身不由己地就坐下来了。雪门和尚睁眼一看，打了一个呵欠，笑道："来了么？我们又走罢。"说罢，立起身来。

朱镇岳气还不曾喘匀，那能又是那们飞跑？只得用那可怜的眼光，望着和尚说道："师傅已歇息了这么久，弟子还不曾歇息，并且口渴得十分难受。请师傅多坐一坐，弟子去寻一点儿水喝，喘匀了气再走。"

雪门和尚道："这里的凉水不能喝。再走一会儿，寻个人家，讨一杯茶给你喝。"朱镇岳望着雪门和尚，待说话，又忍住了。雪门和尚问道："你有甚么话要说？尽管说呢，为何要说又停住哩？"

朱镇岳嘴唇动了两动，仍是不说。爬起了，紧了一紧包袱，问道："师傅知道前面有人家可讨茶喝吗？"

雪门和尚笑道："讨杯茶喝的人家，那里没有？"朱镇岳道："这回弟子要在前面走，使得么？"和尚道："这有何使不得！"原来朱镇岳实在有些走乏了，心中打算要和和尚慢些儿走。他是要强的人，又说不出口，因此只得要在前面走，免得追赶不上。

二人又走了一会，渐渐走上了山路。尽是些鹅卵石子，圆滑异常，上前一步，得退后半步。朱镇岳身上的包袱，起初背着不觉

得很重。此时走得力乏了，便觉越驼越重起来。又遇着这上山的小路，再加上这些圆滑不受力的鹅卵石子，只走得朱镇岳弯腰曲背的，连气都接不上了。回头看雪门和尚，仍是和没事人一般，神闲气静的，反将禅杖挑在肩上，并不用禅杖扶手，比寻常行路倒显得安逸些。忍不住随地坐下来，问道："师傅到底练的是那种工夫，能这们走得路，为何不早些传授给我呢？"

雪门和尚道："我素喜在运气的工夫上用力，刚才走路，也是运气的工夫。我们学道的人成功之后，各人总有一两门绝技，无人赶得上。就是这性情相近的道理，不能勉强的，连自己都不知其所以然，这种绝技无论如何是不能传授给人的。你此后专攻十年八载，所成的绝技，便是我也赶不上，也做不到。你不要因此就以为自己的工夫不济，以为我没有把工夫尽行传授给你。我此时的气工，非是我夸口，不但周发廷、田广胜二人不及，便是你祖师爷也不到这一步。"

朱镇岳听得，心里才高兴了。一时鼓动起兴来，立起身又向山上走。这时举步却不似刚才那般艰苦了。一则因坐下来休息了片刻，一则听了师傅的话，把先时懊丧的念头扬开了。

走过了山峰，在山腰里寻着一所茅屋，朱镇岳进去，讨了杯茶喝了。下山走不到十来里路，就是郧县了。在郧县用了午膳，雪门和尚从外面提了一个很大的纸包儿进来，交给朱镇岳道："你将这东西裹在包袱里，到明日就用得着它了。"

朱镇岳接在手中，掂了两掂，约有四五斤重，捻去像是很软，忙问："这里面包的甚么？"

雪门和尚道："这是我们同道中人用的干粮。与行军用的大不相同，这一包干粮够我师徒二人充饥一月。这一包共是五斤，无论多大食量的人，每日有二两决不会犯饥。"

不知这种干粮到底是甚么东西制成的。且俟下回再写。

评：

忆凤楼主评曰，朱镇岳学艺三年，内功已臻美善。雪门和尚复导之出游，使完成其外功。苦心孤诣，至不可得。得师如此，朱镇岳又安得而不大成耶？

先论交情，后论本领二语，最能得江湖中之真相。作者特借雪门师徒之谈话，一为表出，复不惮辞费而引申之，盖亦欲读者未深读此书以前，先将江湖中之情形，一瞭然于胸耳。

江湖豪客，亦惟是势力是趋。我欲为之浩叹！然非有势力者，略去身份，先与纳交，彼终将掉首不顾。是则差强人意，而江湖豪客之所以为江湖豪客，终有异于常人耳。

雪门师攀山越岭，步履如飞。朱镇岳奋力追随，尚瞠乎其后，健哉此老！其地行仙欤？而作者写此节时，弥极酣畅淋漓之致，笔锋之健，亦正不让此老也。

第六回

雪门师荒村访旧
冲天炮闹市行凶

话说朱镇岳听了这话，便问道："这是甚么东西制成的，吃下这们饱肚，可解开来瞧瞧么？"

雪门和尚笑道："有甚不可解开来瞧？这种干粮是不容易制成的，不是我们同道中人，也制不出；不是我们同道中人，也买不着。"朱镇岳随即将纸包解开，见酒杯大小一个，和淡黄色的馍馍相似的。里面约莫有四十来个，也看不出是甚么食料制成的。雪门和尚指着一个说道："你瞧了只这们大一个，吃下肚里去，还不能喝水呢。喝了水就得发涨，肚子都得涨痛。不喝水由它慢慢儿消化，一个对时以内，自然不觉得腹中饥饿。但是若喝下水去，一两个时辰以内，便觉得腹内涨闷得难过；经四五个时辰，就消化完了，腹中就觉得饥饿了。"

朱镇岳道："整天的不喝水，不会口渴吗？"

雪门和尚道："这却不会，吃这干粮之前，只须略喝些水，吃下去，即不会有十分觉着口渴的时候。若没有这宗好处，也不是贵重的东西了。这干粮有两种，一种荤的，一种素的。素的不及荤的能耐久。这里面荤素都有，我能服气，三五天不吃甚么，也不觉饥，才能吃这素的；你此时还只能吃荤。荤干粮中最主要的食料，就是黄牛肉，素干粮是黄豆。"

朱镇岳拿了一个，送往鼻端嗅了一嗅，说道："怎么一些儿气味也没有？并且一般的颜色，一般的大小，从何分得出荤素来呢？"

雪门和尚道："好处正在没一些儿气味儿。若有气味，便有能吃不能吃了，并且凡是有气味的食物，多不能持久；天气一热，不到几日，即朽坏不能吃了。荤素很容易分别，你仔细看上边，有两颗牙齿印的便是荤的，没牙齿印的便是素的。"

朱镇岳听了，觉得奇怪。仔细一看，果然一大半上边有牙齿印的，不由得笑问道："怎么分别荤素，却用这们一个使人恶心的记号，不是希奇得太厉害了吗？"

雪门和尚笑道："这是江湖上的古话，说起来没有凭据的；但一般同道的都是这们说，以讹传讹的，传了两千多年了。我也只好说是这们一个来历。我报恩寺的观音殿旁边，不是有一座小小的龛子吗？那龛里的神像，就是我们剑客的始祖崆峒祖师。祖师是汉宣帝时候的人，制造这干粮的法子，是由祖师传下来的。相传当日系用一个模子制造，荤素都没有分别。崆峒祖师原是吃素的，有一次拿着一个荤的，往口里一咬，咬下去才知道。从此荤干粮上面，就永远留传这个齿痕了。"

朱镇岳笑问道："崆峒祖师只咬下一个，应该只一个上面有齿痕，怎么几千年来，每个上面都有呢？这不是奇闻吗？"

雪门和尚笑道："这本是荒诞无稽的话，我们也不必管它，只要知道有齿痕的是荤干粮就得哪。你且将它包裹起来，我们再走罢。今夜得赶到高店歇宿。从明日起，就得完全走山路了。"朱镇岳即将包袱打开，裹好了干粮，给了饭钱，于是师徒二人出门向高店进发。

从郇县到高店，虽是小路，险陡的山岭却少。因此朱镇岳不觉吃力，黄昏时候就到了高店。雪门和尚道："我有个多年的老友住在这里。平常我也难到这里来，今日打这里经过，正好顺便去探望探望。但不知他近年来境况如何。"

朱镇岳道："师傅的老友，也是和师傅同道的吗？"

雪门和尚摇头道："他是一个打铁的人，姓周，行五，人家就叫他周老五。他虽是打铁出身，却有两种不可及处，第一是能孝母；次之，两膀有千多斤实力。他那力气是天生的，并不曾练过工

夫，但是寻常三五十人也近他不得。他小时候也曾读过书，不到十岁，他父亲便去世了。家里又贫寒，没钱给他从先生读书。他母亲因见他生成的神力，要他跟着一班武生习武。他既没有钱，即不能认真从师，只能一面替那些武生做做箭杆、背靶子的粗事，一面跟着练习。后来投考，居然被他进了武学。他那人却有一宗奇怪：天生他那们大的神力，武功件件来得，就只不能骑马。无论那马如何纯善，他骑在上面，马向前走一步，他的身子便向后仰一下；马向前走两三步，他身子便从马屁股上一个跟头栽下地来了。每次骑马，每次如此，再也学不会。这也是他命运不该发达，才有这种大缺限，使他不能下场。如他没有这种缺限，怎得做一辈子的铁匠呢？"

师徒二人旋说旋走，至此走进一所茅房。雪门和尚停了步说道："这就是周老五的家了，你立在门外等一会儿，我先进去看他在不在家。"朱镇岳应着是。雪门和尚正待举步往门里走，就在这个当儿，不先不后的，从门里走出一个身躯高大的汉子。迎面见着雪门和尚，似乎有些吃惊的样子，随即双手一拱，哈哈笑道："雪大哥，今日是一阵甚么风，吹到这里来了？几年不见，见面几乎不认识了！"

雪门和尚也合掌哈哈笑道："你倒还是几年前的模样，不露出一点儿老态来。"说笑时，随回头指着朱镇岳，给周老五介绍道，"这是小徒朱镇岳。"

朱镇岳走向前行礼。看周老五身穿蓝大布短衣，赤着双足，靸一双破烂的双梁布鞋；面皮黄中带黑，额下没有髭须。虽是一个粗鲁人的气概，精神却较寻常人满足，一望就知道是一个富于膂力的人。一面举手和朱镇岳答礼，一面向朱镇岳遍身打量，即现出十分欢喜的样子，说道："大哥何时收了这们一个好徒弟？见面不用问工夫，只看这样好的模样儿，就知道是个魁尖的脚色了，难得难得！"

雪门和尚道："老弟不要过于夸奖了，好容易说是魁尖的脚色，只求马马糊糊在江湖上混得过去，不给我现眼就得哪。"

周老五高高兴兴地把师徒二人请进了大门。雪门和尚见屋里没有打铁的器具了，问道："你的手艺歇业不做了吗？"

周老五直将二人引到自己的卧室内坐下，才长叹了一声答道："大哥快不要提我的手艺了，今夜住下来，慢慢地谈罢。这时才见面，阔别了好几年，要说的话多着呢。"周老五说着话，转身出房外去了。

雪门和尚向朱镇岳道："看他这房里的光景，可见他近年的景况是很萧条的。"

朱镇岳点头答道："照这家里的情形看来，还好像是才遭了横事一般。"

雪门和尚道："你何以见得是才遭了横事哩？"

朱镇岳道："这房里的什物都乱糟糟的，上面堆积这们厚的灰尘，不是才遭的横事，怎的成这般样子？"

雪门和尚举眼向房中四处一望，点了点头道："不错，你看床底下两口木衣箱，那盖不是打破了吗？唉，这人的命运也就太不济了。一个素来安分的人，想不到竟有甚么横事到他头上来。"

雪门和尚没说完，周老五已走了进来，听了这话，即开口问道："大哥已知我遭了横事吗？"

雪门和尚答道："我从何知道？不过看了你这房里的情形，是这们揣度罢了，果是遭了甚么横事吗？"

周老五道："确是遭了横事，只是我这横事是我自寻烦恼，不能怪人。大哥与令徒都长途劳倦了，且等洗了脚，休息休息再说。"即有一个二十来岁的女子，立在房门外，探首进房，向周老五呼着爸爸道："水已打好在丹墀了。"周老五回头说道："铁儿，不进来向大伯请安吗？"

雪门和尚知道是周老五的女儿，即立起身说不敢当。铁儿已走进房门，叫了一声大伯，叩头下去。雪门和尚也合十鞠躬答礼。铁儿起身，向朱镇岳也福了一福。

周老五望着雪门和尚说道："我这次遭的横事，很亏了这个小丫头。若没有她，我此时还在牢里坐着，何能坐在这里陪大哥谈话呢？"

雪门和尚看这铁儿虽是穿着青布衣服，一双大足，眉目间英气逼人，倒很有大丈夫气概。容貌也极端庄，没一些儿小家女子态度。随笑着点头答道："我也用得着你刚才说的那几句话，不必问工夫，只要见了这模样，就知道是魁尖的脚色了。"

周老五引师徒二人到外面洗了脚，扑去了身上灰尘。铁儿已在厨房里弄好了饭菜，虽没有甚么山珍海馐，像那些富贵人家宴客的排场，几样蔬菜却整治地十分可口。师徒二人又在旅行之中，但能吃得上肚，便觉得舒畅了。

饮食既毕，周老五仍陪师徒二人回卧室坐下，从容说道："我可将我所遭的横事，说给大哥听了。今年八月十四日，我因出外收账，走一家门口经过，听得里面有妇人号泣的声音，夹着又听得有男子殴打和怒骂的声音。当时以为是人家夫妻口角，我自己有事，也就懒得过问。刚要向前走，只见那妇人已哭着跑出门来了。我不由得就停住脚一看，那妇人年纪在三十岁左右，衣服虽是破旧，容貌并不粗恶，一面披散头发往门外跑，一面口中喊天，背后跟着一个男子，追赶出来。我看那男子的年纪不过二十来岁，生的凶眉恶眼，打着赤膊，一身火腿也似的皮肉，伸开两手要抓那妇人。那妇人向我跟前跑来，我正打算让路给她好跑，她却向我跪下，求我救命。我心想，男女的年纪相差太远，决不是夫妻。男女之间，既不是夫妻，那有相打之理？

"我一时见得那妇人可怜，便上前一步，阻止那男子，举手劝道：'老兄有甚么事，尽好理论，她妇人家怎经得起老兄动手？'谁知那男子不识高低，见我阻住了他，即朝我两眼一瞪，恶狠狠地说道：'我的家事不与外人相干，请你不要多管闲事，免得自讨烦恼！你去打听打听，我冲天炮可是好惹的？'我一听这话，更觉得事情有些蹊跷了，心里越不由得不管，便笑答道：'我是外乡人，

不知道老兄的名头，不要见怪！我生性喜欢多管闲事，今日的事我管定了。请问老兄，这妇人是老兄的甚么人？有甚么事，老兄定要给她过不去？'那男子也不回答，劈面就是一拳打来。我伸手接了他的拳头，笑道：'这就是老兄的冲天炮么？已经领教过了！'随将手一松，他就栽了一个跟斗，爬起来就跑。我也懒得去追赶，回头看那妇人，吓得在一旁发抖。我就盘问他们闹事的原因。那妇人诉说出来，真是要把我气死了。"

不知这妇人究竟诉说些甚么话，且俟下回再写。

评：

忆凤楼主评曰：一馍馍而能充饥三五日，其功实同辟谷仙丹，惜其制法今已失传。不然，当此米价腾贵之时，一为仿制，其加惠穷黎将何如？吾又安得起雪门师于地下，而一问之耶？

齿痕一语，颇近神话，然姑妄言之，亦惟姑妄听之。小说本以消闲，正不必断断推求其究竟耳。

周老五天生神力，艺亦超群，而竟不善骑，诚为毕生缺憾，其天之所以困之耶？抑天之所以全之欲！

于写周老五遭横事之前，先写其室中凄凉之状，闲闲而来，曲折有致，非善为小说者，决不能好整以暇乃尔。

冲天炮有名无实，煞自好笑，此即为汝之冲天炮乎一言，洵属快人快语，当时冲天炮闻之，不知何以为情？

第七回

打痞棍大侠挥拳
劫贞媚恶徒肆虐

话说周老五说了这句话，雪门和尚便问道："究竟是怎么一回事，这们可气？"

周老五长叹一声道："近年人心之坏，真可算是坏到极处了。那妇人是混名冲天炮的寡婶，二十二岁守节，遗腹生了一个儿子，想刻苦抚养成人，度过这下半世。今年儿子还只有八岁，那妇人全靠替人做针指、洗衣裳，弄几文钱度日，并没有亲房叔伯可以帮助。那冲天炮虽是同宗，已是五服之外的侄儿。

"冲天炮年纪虽小，只是生性凶横无常，一望就使人知道是个不务正业的东西。平日结合着一班赌棍，赌输了就偷扒抢劫，无所不为。近来输得太多了，没法弥缝，就转起寡婶的念头来了。串通了一个坏蛋，做六十两银子，连娘带子，卖给那坏蛋作妾。那妇人既守了八年寡，如何肯由一个远房侄儿卖掉呢？自然是抵死的不依。

"冲天炮用甜蜜言语劝诱，凶恶手段威逼，都不成功。直延到那日，八月十四，冲天炮的节关实在不得过去，又跑到他寡婶家，挟个破釜沉舟之势，非逼着他寡婶依遵不可。几言不合，就抓着他寡婶打起来。打一会又放开手，问依不依他。寡婶见松了手，就拼命向门外逃跑，恰好不前不后的，遇着我打那门前经过。我将冲天炮打跑，她即把前后情形哭诉给我听。大哥是知道我的性格的，亲眼见了这种伤天害理的事，能忍得住不过问么？"

雪门和尚点头道："这是自然不能不问，就是我也得管这闲事。后来怎么样哩？"

周老五笑道:"大哥猜,那冲天炮被我打得跑向那里去了?"

雪门和尚笑道:"我如何猜得着!"

周老五道:"他也不知道我是谁,以为多来几个人,便可将我打翻。我当时正立着和那妇人谈话,忽听得身后一声喊嚷。我回头一看,足有二十多个人,每人手中都抄着家伙,也有拿刀的,也有拿棍的,高高低低,长长短短,一窝蜂似的向我围裹拢来。我虽是不及大哥那们好的工夫,但凭着我两膀的实力,他们那一窝子脓包货,怎放在我眼里?

"我一看冲天炮在人丛中,手里挽着一个流星,却不敢向前,只推别人的背。我气上来了,放开喉咙,向他们一声吼。走头的几个,早吓得退了两步。我那时也有些怕打出人命来,干连着自己不好,不敢动手打他们;只伸开两膀,蹿入人丛中,一手将冲天炮提了起来,举在头上舞了两下,对那些人说道:'你们谁敢动手,这就是榜样!你们不相信,我做个样子给你们看看。'我说罢,用力把冲天炮往空中一抛,足抛了两丈多高。落下来,我又一手接住。冲天炮只叫饶命。

"那些人见了,那里还有一个人敢动手呢?狡猾的就偷着溜跑了,几个立在我跟前的,不敢溜跑,见冲天炮求饶,也大家向我作揖。我仍将冲天炮提在手中问道:'要我饶你容易,但是我饶了你之后,你给我甚么凭据,永远不再上你寡婶的门?'冲天炮哀告道:'我如果再上这里来,你老人家尽管将我活活打死!'那几个帮打的汉子也都齐声哀告说:'冲天炮若敢再对他寡婶无礼,便是我等也不饶他。'

"大哥,你是知道我性格的,平生服软不服硬。见他们如此哀求,我的心肠就软下来了,立时把冲天炮放下地来。那小子还向我叩了一个头。我又告诫了他几句,他才爬起来,领着一班凶汉去了。

"我那日讨账很顺利,身边有几十两碎银子,当时望着那寡妇可怜。一个七八岁的小孩子,知道自己的娘被人打出来了,也追了

出来，搂着那寡妇哭泣。那们炎热的天气，我看那寡妇身上穿的一件蓝老布单衫，补丁叠补丁，比一件夹衫还要厚得多；下身的小衣也是如此。那小孩身上就更可怜了，用一块做米袋的麻布，围着腿和屁股；上身赤膊，一丝不挂。那小孩的模样，却生得很是可爱，齿白唇红，眉清目秀，全不像是穷家小户的儿子。并且我听他劝慰他母亲的话，竟和大人一般，说的有情有理。

"我就往怀中摸出银包来，拈了几块碎银子，大约有四五两轻重，交给那小孩子道：'这点银子给你明天过节，买件新衣服穿穿。'那小孩真好，见我给他银子，连忙跪下来说道：'你老人家救了我母亲，怎敢再受这银子！'那妇人也是这般说。我就说道：'你收下来罢，我不是讲客气的人。这几两银子，我虽不是富人，却不在乎这一点。'那妇人还要推辞，那孩子便双手接着，泪眼婆娑地说道：'请问你老人家贵姓？住在那里？将来我长成了人，好报答你老人家的恩典。'我见他一个孩子能说出这种话来，心里又是爱他，又是替他难过。岂真有望他报答的心思？不过我也想知道那孩子的造就，便将姓名、住处说给他听了。

"我从那日回家，也没将这事放在心里。直到八月二十日，我一早起来，才就将大门打开。这时，小女铁儿还在刘黑子那里学武艺，不曾回家，家中只有我和一个多年帮我打铁的曹秃子。因此早起开铺门，打扫房屋，都得我亲自动手。那日我正将大门打开，只见那个小孩子靠大门立着，一见我的面，就双膝跪下来，叫了一声周老爹。接着流泪说道：'我母亲被人抢去了。'这句话才说完，就掩面哭得不能成声了。我看那孩子身上，却穿了一件白大布单短衫，下身裤子也有了。

"我听得他说母亲被人抢去了，料知没有别人，必就是冲天炮。当下在大门外面，不好说话，即将那小孩拉进屋子，劝他止了啼哭。问他母亲被何人，在甚么时候抢去了。他说道：'昨夜，我母亲带着我睡了。也不知道睡了多久，大约已到了半夜，忽然听得

外面有人敲门。我和母亲都从梦中惊醒，母亲教我睡着不要做声，她轻轻爬起来，下了床，从门缝往外张望。昨夜的月光很明亮，母亲看见外面立着一大堆的人，吓得不敢开门，退回床上，抱着我哭道：一定又是那个丧绝天良的东西，带人来逼迫我了！你不用害怕，我开门让他们进来，求他们放了你，你快去找寻周老爹，请周老爹来救我。我母亲对我才说到这里，外面的门已敲的如雷一般响。那大门本来不大牢实，几下子便打破了。杨启成已带着一群拿刀枪的人拥进了房。'

"我听了，就问那小孩，杨启成是谁？那小孩道：'杨启成就是冲天炮，他们一进房，那由我母亲分说？一齐动手，将我母亲用绳捆了。我见那情形，捆好了我母亲，必然就要捆我。我趁人多纷乱的时候，溜出大门就跑。在山上树林里躲到天亮，才一路逢人便问你老人家的住处。到这门口好一会儿了，因怕差错，不敢敲门。'我当时便向那小孩问道：'你求我去救你母亲，但是你可知道，你母亲此刻被冲天炮抢往甚么所在去了呢？没有一个地名，教我从那里下手去救？'那小孩说道：'冲天炮家里，我曾去过，你老人家同我去他家，就可知道我母亲在甚么所在了。'我听了，就忍不住好笑，这真是小孩子说的话！冲天炮既做了这种事，岂有坐在家中等人去找寻的道理？"

雪门和尚道："这事也是叫人难处，但是除了去冲天炮家追问，也就没有旁的道路可走了。"

周老五点头道："后来毕竟是在冲天炮家，才得了那寡妇的下落。原来冲天炮自八月十四日被我打服之后，他不甘心就那们罢手。知道我是个过路的人，不能时常跑去替他寡婶打抱不平。因此又勾一班凶恶的痞棍，竟于黑夜用强，将那寡妇抢去。大哥是不知道这高店乡下的风俗的。就是谋财害命，杀死了人，也照例没有官府来过问，那些痞棍还有甚么忌惮呢？我知道那寡妇有些烈性，恐怕被逼不过，寻了短见。因此连早点都不敢吃，即跟着那孩，跑到一个村庄里面。

　　"那小孩指着一所房屋向我说道：'杨启成就住在这房子里面。'我看那所房子很是不小，冲天炮既是个无赖，那能住这们大的房子呢？遂问那小孩子道：'这房子是杨启成一家人住的吗？'那小孩道：'杨启成寄居在这里面，只有一间房子。'我问杨启成家里有多少人，小孩说就只杨启成一个。我心想，进去找杨启成，三言两语不合，说不定会动起手来，带着那小孩在身边不便。当下又回头将那小孩寄顿在一个偏僻的山岩里，吩咐他无论如何不要走动。

　　"我一个人走进那所房屋。跨进大门，就看见两旁横七竖八地堆了许多刀枪叉棍，却不见一个人。进了二门，才听得里面有许多人说笑的声音。我即高声咳了一咳，开口问道：'杨启成在里面吗？'话才说出，就像约好了似的，里面的人一齐应声而出，约莫有三五十个人，登时将我围在当中。我举眼看去，一个也不认识，并没冲天炮在内。人丛中有一个身躯高大的，睁开两只铜铃般的眼，向我喝问道：'你来找杨启成做甚么？他的婶娘已嫁给我做老婆了，劝你安分些儿，赶紧回家去，不要多管闲事。我说的是好话，你若不听，管教你后悔也来不及！'请大哥说，我能受得了这般嘴脸么？"

　　雪门和尚笑道："这般嘴脸，谁也受不了。你当下怎么说呢？"不知周老五怎样回答，且俟下回再写。

评：

　　忆凤楼主评曰：杨寡妇未被冲天炮挟去以前，幸而得遇周老五，始免误落虎口，否则其结果正未可知。虽然天下妇女，类杨寡妇之处境者亦多矣，又安得如周老五其人者，出而一一拯救之哉！

　　冲天炮，炮其名，实则人耳。妙哉周老五，竟目之为真炮，挟之于手，舞之空中以御敌。而敌乃为之辟易，于是乎冲天炮之效用大著，而周老五亦宜可膺炮手之称。

　　当冲天炮率其徒党，蜂拥而来时，声势何其雄也！及夫炮舞空中，群伏肘下，又何不振乃尔？脓包货脓包货，诚为若辈之定评矣。

　　杨寡妇之子，聪明伶俐，令人爱煞。当杨寡妇二次被劫时，非彼往告急于周老五，则杨寡妇且终堕于恶人之手。又非彼作周老五之向导，则恶人之巢穴将终不可觅。是则杨寡妇之得脱厄运，与其谓出周老五之赐，毋宁谓出自其子之赐耳。

第八回

雄威振时伏群奸
剑光飞处惊小侠

话说雪门和尚问了这句话，周老五便道："依得我的性格，他们是这种样子对付我，我就得动起手来，那里还有和他们说话的工夫？无奈那时有几个原因，使我不能立时动手。一则没有得着那寡妇的下落，不能就是一打了事；二则冲天炮并不曾见面，和他们打不出一个结局来，反使冲天炮好闻风逃跑；三则他们的人也太多，并有几个很像是有工夫的在内。我一个人赤手空拳，万一打乏了，既没一个来助拳的人，又已深入他们的巢穴，想打出来却不容易。所以当时只得勉强按捺住火性，向那睁眼对我说话的人，拱拱手说道：'请教老兄尊姓大名？杨家守节的寡妇，老兄凭甚么可以勒逼她做老婆？难道全不顾一些儿天理和国法吗？我看老兄也是一个汉子，犯不着做这种不当人子的事。'旁边即有个三十来岁的人答道：'你要问我们大哥的姓名吗？你立稳了脚听罢，他是刘黑子的首徒，有名的何大胆何金亮便是。杨家寡妇自愿嫁给我大哥，不与你相干。你若定要多管闲事，管教你来时有路，去时无门，我们早安排着等你了！'

"我还不曾回答，就听得冲天炮的声音，在里面喊道：'诸位老哥们，不要多说闲话，动手做了他就完事！'我一听这话，那里还忍得住呢？知道那何金亮是个为首的贼徒，刘黑子决没有这种无赖的徒弟。并且小女在刘黑子那里好几年了，从来没听他说过这名字。

"料定是个冒牌的。凡是冒牌的人，那有真实本领？我就用那擒贼先擒王的手段。冲天炮话才说完，他们还迟疑不肯动手的时候，猛不防一伸手，便将那何金亮捞在手中。论武艺我是打不过人，若讲蛮力，谁也弄不过我。我一手才捞着他的臂膊，他就想施展他的几手毛拳，打算一下将我的手洗落。我如何肯容他施展？只把三个手指头一紧，已将他提起来，两脚离了地，便没着力处。我一换手，抓了他的腰带，举起来悬在空中，和那日举冲天炮一般。只是这何金亮毕竟比冲天炮强些，他手下的人也不是冲天炮那日纠合的那一群脓包货。

"何金亮见我将他举起，并不害怕，高声向众人喊道：'诸位兄弟，尽管动手，不用顾我。'何金亮一语才出，大家就真个动起手来。这一来，却把我弄苦了。何金亮练得一身好气工，锤打锥舂都不怕。他把几句话说完，就鼓着气，一声不言语，听凭我拿着东挡西架，总不开口。有时手脚忽然一弹，有时拳作一团。我一心想冲出重围，身上就受他们几下，也不作理会。只是地方太小，围了三五十人，又都存心要让我累乏。大哥请想，何金亮的身躯高大，足有一百五六十斤，又是那们乱弹乱动的，我的气力即便再大些，也有困乏的时候。冲了好一会，那里冲得出呢？"

雪门和尚跺脚道："你为何不将何金亮向外面用力抛去，好打出重围，再作计较呢？"

周老五叹道："我那时心里不知怎的糊涂了，若是能照着大哥的话，早把何金亮抛出去，也不会弄得我精疲力竭，还受了几处重伤，才拼命打了出来。"

雪门和尚笑道："当下竟被你打出来了吗？"

周老五道："若不打出来还了得，此刻那有性命在这里陪大哥谈话！那时亏得有两个人，见我拿着何金亮当兵器，横冲直撞，恐怕把何金亮撞伤了，一拥上前，一个抢脚，一个抢手，死不肯放。我因占了双手，不好施展，只得将手一松。我手中丢了那一百五六十斤重的兵器，立即觉得身体灵动了。好在他们不曾将大门关上，又都没拿兵器，所以虽受了几处伤，还不至于跌倒。我打出之后，到山岩里寻找那小孩，幸得那小孩不曾走开。我只得将他

带回家中，好再做计较。

"谁知冲天炮那种坏蛋，居然恶毒到了极处！破了一个寡妇的家还嫌不足，乘我被围困的时候，复统率一群恶棍跑到我家中，将帮我打铁的曹秃子捆了，口中塞着一团棉絮，使他叫唤不出。到我这房里，翻箱倒箧，把我积聚的几百两银子和四季衣服搜括得一干二净。

"我带着那小孩回家时，他们已经远走高飞了。我看了这情形，几乎气了个半死。当下只得将捆曹秃子的绳索解了，问共来了多少人，抢去了多久。曹秃子道，才来了十二三个人，手中都不曾带长大的兵器。因在白天，各人只带了一把尺来长的解腕尖刀；抢劫之后，都从后门逃走，此时大约还跑不到三四里路。

"我听了才逃去不久，那能忍住不去追赶呢？便随手拖了一条木棍，也从后门追赶下去。好在他们只道我被困，打不出来；曹秃子已经捆倒了，必不会有人追赶，因此跑的不快。我追了六七里路，就见冲天炮率着一群恶棍，在前面缓缓地走。我追到切近，他们听得脚步响，一回头看见是我，那里还顾得性命？都飞也似的往前跑。

"我也只得拼命地追赶。他们见我追赶得急，就分开来，四散奔逃。我心想，这些恶棍就追着了，也不中用，须追着冲天炮，事情方有着落。便紧一紧脚步，牢牢地盯着冲天炮追赶。冲天炮径向着自己家里跑，我也顾不得他们人多势大，又进了那个村庄。这一来，却险些儿把我性命，送在村子里了。

"我这日从大清早起来，水米不曾入口，第一次冲出重围，早已打得精疲力竭，身上的伤还在其次；来回跑了几十里，又气又急。肚中虽不觉得饥饿，只是身体疲乏极了。当时一鼓作气，也不暇顾及利害，追进了大门。心里才想起，我已这们疲乏，如何能再和他们交手，不是枉送了性命吗？立时就打算抽身退出来。谁知才回身走了几步，里面那班恶贼已追赶出来，便在大门外面一个草场里，又动起手来。我不曾施展几手，毕竟因为力乏，被他们打倒了。

"依冲天炮没天良的恶贼，就要动手将我打死。亏得何金亮不肯，七手八脚地把我捆绑起来，抬进里面一间四面不通风的房内，监强盗一般地监禁我。到了那时侯，也只得听凭他们处置，闭眼合口，一声不作。若不是小女铁儿这日跑回家来，听了曹秃子的话，由那小孩带领前来救我，纵然我没有性命之忧，这时只怕还监禁在那房里，不能脱身呢。"

雪门和尚问道："杨家的寡妇救出来了没有？"

周老五点头笑道："若不曾救出来，我就肯罢手吗？今日才将那寡妇母子安置妥当，就在我这隔壁租了两间房子，给他母子居住。那小孩定要给小女做徒弟，小女倒也喜爱他伶俐，情愿收他做个徒弟，替他取个名字叫杨天雄。现在定了每日早晚，跟小女练工夫。"

雪门和尚喜笑道："我看这个徒弟，将来练成功，一定是不凡的。我且问你，你那日被冲天炮一班人抢劫去了的银钱和衣服，都夺回了么？杨家寡妇你们怎生救出来的？冲天炮、何金亮等一帮恶棍，此时怎样了？你都不曾说出来，痛快的话一概不说，真叫我纳闷得很！"

周老五笑道："我那日打也打得乏了，此时说也说得乏了。我想大哥和令徒长途跋涉，也很劳倦，应休息了。我因此更不敢多说。"

雪门和尚回头看朱镇岳的神气，也实在是有些支持不来了，便答道："就此休息也使得。"随用手指着朱镇岳，向周老五说道："他自出娘胎，所受的辛苦，今日算是第一次。我因是有意使他历练历练，才引着他走这小路。我和刘黑子多年不见了，想带他去拜望一回，将来在江湖上，也多少得点儿照应。"

周老五道："大哥带他去拜会刘黑子，怎么从西安跑到这里来了呢？就是有意走小路，也不应该绕这们大的一个圈子。"

雪门和尚才将朱镇岳初次出门，忌讳鬼门关地名，并先到陈仓山看几位镖师的话说了一遍。这夜，师徒二人就在周家安歇了。

次日天才黎明，朱镇岳醒来，正待起身做工夫，忽听得院内有呼呼的风响。仔细听去，知是有人在院中舞剑。心想："必就是昨晚见面的周铁儿。他是刘黑子的徒弟，我正打算领教她的本领，只苦于不好开口。此时何不悄悄去偷看她一回？"

主意一定，连忙下床，穿好了衣服。走到丹墀里，一跃上了房屋，就伏在屋脊背后，伸出头来，向后院中探看。只见铁儿用青布包头，短衣窄袖的，正提着一把寒光射人的剑，在院中从容击刺。旁边立着一个眉目如画的小孩，凝神注意地望着铁儿。铁儿偶一抬头，见有人在屋脊上偷看，立时脸上变了颜色。

朱镇岳见已被铁儿瞧着了，退下来似乎无礼。正想立起身，索性和铁儿见礼。猛见白光一闪，那剑已直向头顶飞来。

朱镇岳不曾安排和人动手，自然是赤手空拳。幸得贴肉穿着那副软甲。当时进退都来不及，只得将头一偏，那剑在肩上刺了一下。虽不曾伤损，心里却是气忿不过。脱口骂道："好丫头，你等着罢！"随即飞身进房，伸手从壁上取了宝剑，翻身仍从屋脊上跃到院中。

铁儿已拱手陪笑说道："得罪得罪！我实在不知道是朱大哥，幸恕唐突。"

朱镇岳怒道："你两眼不曾瞎了，分明是存心欺负人。此时我和你没甚么话说，你刺了我一下，我也刺你一下就完了。"一面说，一面举剑刺下去。

周铁儿何尝不知道是朱镇岳。也是朱镇岳一般的心理，想领教领领教朱镇岳的本领。因昨晚听得她父亲对她说，雪门和尚的本领如何高妙，并说就看他这徒弟的气概，也像是个很有本领的。她父亲夸奖朱镇岳，她心里已有些不服。她父亲夸奖之后，又叹息自己没有福命，没有这们好的儿子，铁儿因此更加气忿起来。只因自己是个女孩儿，不便说出来要和朱镇岳比试，纳闷了一夜。

次日早起，在院中教杨天雄的剑术。偶然抬头，见朱镇岳在屋

60

脊上偷看，立时又羞又忿。举剑向朱镇岳头顶撒手便刺。及见朱镇岳居然不曾受伤，心里这一惊才是不小。暗想："我的剑刺天空飞鸟，百不失一，如何倒刺不着人了呢？这人的本领果是不小。我今日若败在他手里，将来怎好见人！没法，只有装作不知道，向他谢罪一声，免了这场羞辱。"所以朱镇岳向她动手，她只是闪开身子，连陪不是。

朱镇岳见一下不曾刺着，正待使出看家本领报那一剑之仇。猛听得雪门和尚立在屋脊上喝道："岳儿不许无理！强宾不压主的话都不知道吗？"说着已飞身下来。

朱镇岳忙丢了铁儿，跑到雪门和尚跟前诉道："这丫头无端刺弟子一剑，师傅得替弟子做主。"

周铁儿见雪门和尚下来，知道不妨事了，也连忙跑过来，向和尚福了一福道："求老伯替侄女做主，侄女实在不知是朱大哥，冒昧动了一下手，已向朱大哥再三谢罪。"朱镇岳不待她说完，也不等他师傅答话，朝着铁儿呸了一口道："你刺我一剑，就是一句空话谢罪可以完事吗？我若被你杀死了，你不也是说一句对不起，就不教你偿命吗？"

雪门和尚道："胡说！你就挨姑娘刺一下，又算得甚么事，值得这般认真？罢了，不许你再说了，大家见个礼完事。"

周铁儿听得，即向朱镇岳行礼。朱镇岳不好意思不睬，只得答礼。雪门和尚见杨天雄立在旁边，随用眼打量了一会，笑对朱镇岳道："这孩子的骨格正和你相似，只要他肯用功，将来的造就也是未可限量的。"杨天雄见和尚奖励他，即过来向和尚行礼。

此时，周老五听得院中有说话的声音，料是雪门和尚师徒起来了，也走了过来。见朱镇岳提剑在手，只道和自己女儿比较剑术，笑着问道："你们动手比试么？怎的不给我一个信？等我也好来看看热闹呢。"

雪门和尚也笑着答道："你还想看热闹？若不是我这徒弟生得顽皮，几乎被你姑娘一剑刺死了。看你我兄弟这本账将怎生算法。

你不知道我这个徒弟，我费了九牛二虎之力，才收在我门下。我肩上这副千斤重担，须待我的浮屠七级成功，方能放下。若在此时有个差错，我回不得西安还在其次，可怜他父母两条性命就活活地断送了。你说这本账，算得清么？"

周老五因不知就里，还不曾回答，铁儿已笑说道："怪不得老伯传朱大哥这一身惊人的本领，宝剑都不能伤损毫发，侄女拜服极了！"

周老五望着朱镇岳，笑得合不拢口来，心里十分想招做女婿。只因自己的身世过于寒微，明知朱镇岳是个贵家公子，必不肯娶一个铁匠的女儿做老婆，只得勉强将这念头打消。朱镇岳见周老五望着他，张口只是笑得合不拢来，虽不知道正在转他的念头，但他是个不曾在交际场中混过的人，面上很觉有些难为情。

雪门和尚看了这个情形，自然猜得周老五的用意，心里也就觉得这事办不到。见自己徒弟调转脸望着空处，料是被周老五看得难为情起来，即笑向周老五道："我们不要耽误了他们练工夫的时刻，到前面去漱洗罢。昨夜没有谈了的话，趁早就说给我听。我师徒用过早点，还要赶路呢。"

不知周老五怎生回答，且俟下回再写。

评：

忆凤楼主评曰：何金亮自承为刘黑子之首徒，夸之于他人之前可耳，奈何夸之于周老五之前。吾知其一旦得审周老五之底蕴，当不知若何懊丧也。

"凡是冒牌的人，那有真实本领？"数言可谓快人快语。虽然今世之喜冒牌者亦多矣。一己本领如何，固非所计，又宁一何金亮而已哉。

冲天炮，炮耳，宜可持之以为兵器。不图周老五竟以前之所以施于冲天炮者，复施之于何金亮。循是以往，凡与周老五对垒者，固无人而不可为周老五之炮。而周老五炮手之能名，且将轰传天下矣。

朱镇岳精于剑术者也，周铁儿亦精于剑术者也。一旦相遇，又安得不跃跃欲试，欲相一较高下，矧又皆在少年气盛之时乎？然而此飞一剑，软甲之功用何神！彼飞一剑，老师之叱声忽至。于是比剑之事终无成，徒令一般读者目眈眈、心跃跃，空劳一番盼望耳。作者亦狡矣哉！

第九回

入龙潭娇娃救父
搜兔窟弱女锄奸

话说周老五听了这句话，才把视线离了朱镇岳，点头应是。于是三人撇了周铁儿、杨天雄，到前面来。

漱洗完毕，周老五指着打铁的炉锤，向雪门和尚笑道："我这家铁店，在这高店地方开了三十多年。就为冲天炮这东西，硬给我把台拆了。只是我这台虽被他拆了，我却不曾吃亏，还多少得了一点便宜。"

和尚问道："这话怎么说呢？杨家寡妇被你救出来了，冲天炮抢劫了你的衣服银两，也被你夺回来了，冲天炮怎的倒拆了你的台呢？"

周老五哈哈笑道："他们那日将我捆倒在一间四面不通风的房里，却又不敢饿坏了我，喂了几个又粗又黑的馍馍给我吃。我那时心想，铁儿在刘家坡轻易不大回家，她不得着我被困的消息，断不能前来救我。惟有养足精力，扯断绳索打出去，到刘家坡去找几个帮手来，出了这口无穷之气。叵奈那捆我的绳索，他们当强徒的人很有讲究，是用头发和苎麻结成的，有大拇指粗细，又柔软，又牢实，比铁链还不容易扯断。用尽平生之力，扭了几次，松动是松动了些儿，只是扭不断，手脚脱不出来。倒被那看守的王八蛋看出来了，跑去报知了何金亮，又在我手脚上加了两条小些儿的头发绳。这就无论是谁，也别想能扭得断了。我那时心里自免不了有些着急，但是想不出脱身的法子来，也只好听天由命。

"到了半夜，我正在睡梦中，忽觉有人将我推醒。我一转动，见手脚的绳索已解了。睁眼一看，只见一个穿黑衣的人立在旁边，手中扬着火筒，照得那人脸上和戏台上的花脸一般，颔下一部红胡须，有尺来长。我素来胆大，见了那个模样都吓得心惊，心里还疑惑是在梦中遇见鬼了呢。那人见我转动，忽然低下头，凑我耳边呼道：'爹爹醒了么？你女儿救你来了呢。'

"我一听小女的声音，连心花都开了！满想一翻身爬了起来，好去找何金亮、冲天炮一班杂种算账。谁知捆绑太久了的人，手脚都不由自主了，那里翻得起来？只得说道：'我醒了，只是动弹不得。你为甚弄成了这般模样？'小女道：'爹不能动弹不要紧，你女儿背着到外面再说。'亏得小女天生和我一般的力气，背着我从屋上出了村庄，跑到我日间安顿杨天雄那山岩里，才将我放下。

"那杨天雄即跑过来问安，我见了不觉吃惊问道：'你怎么还在这里？我不是曾带你回家去，我一个人追到这里来的吗？'小女答道：'不是这小孩，女儿怎知爹被困在这村庄里？女儿黄昏时候来，才回到家中。见了家中那种七零八落的情形，曹秃子又被捆坏了手脚，倒在床上动弹不得。幸亏这小孩子把前前后后的事，对我说了一遍，我才知道爹追强盗，追得没有下落了。小孩引我到这里来，说强盗就在这村庄里面。我说，我进去等强盗，你这小孩怎样呢？小孩真聪明，对我说：老爹白日曾将我寄顿在这山岩里。我于是就将他留在这山岩里，我一个人进村庄。各处都寻遍了。及到那间房上，听得下面看守的人说话，才知道爹在那房里。好在我身边带了鸡鸣香，把两个看守的人熏过去了，才下来替爹解了绳索。此时爹的意思要怎么办呢？'"

雪门和尚听到这里，忍不住插口笑道："你那时的心里，想必是快活到极处了。"

周老五打着哈哈答道："快活自不消说得，不过心头还气得很。杨家寡妇没下落，抢劫去我的银钱衣服，我都不气，我气的就是将我捆绑那们久，是我平生第一次受的羞辱。这口恶气不出，我死不甘心。我当下对小女也是这般说，小女道：'没要紧，我且去把被抢劫去的银钱、衣服找回来，再寻杨家寡妇的下落。'小女

说完，复翻身进村庄里去了。我就带着小孩，坐在山岩里等候。不多一会儿，只见小女笑嘻嘻地走来，向我说道：'爹手脚可以动了么？'我立时跳起来说道：'我手脚早已活动了，要怎么办？'小女道：'我已将一群恶贼都制服下来了，请爹去处置他们便了。'小女又对那小孩说道：'你也同去，好认你的母亲。'

"于是三人一同进那村庄。只见从里达外，一路的门户都开着了。小女在前面扬着千里火筒，照得明明白白。二门以内，每间房里，酣睡着五七个大汉，也有睡在床上的，也有胡乱躺在地下的，都和死了一般，并没一人能睁眼瞧看。小女在那些人脸上每人照了一照，问我认得出冲天炮及何金亮么？我说，这两个坏蛋便是死了，我也认得出来。一连照了几间房，看了三五十人的脸，就只不见那两个坏蛋。寻来寻去，杨家寡妇倒被我们在一个小小地窖子里寻着了。却好，据寡妇说，何金亮并不曾向她逼奸。抢去之后，就将她禁在那地窖子里，手脚用镣铐锁了，也没人看守。他们这回举动，全是因冲天炮受了我的羞辱，哀求那班强徒替他出气的。其实何金亮虽然无赖，并没有想强逼杨寡妇成亲的心思。我们当时既把杨寡妇救出来了，又各处搜寻了一会儿，看寻得着我失去的银钱衣服么。

"一个庄子都寻遍了，不但寻不见银钱，几个破橱里连好点儿的衣裳都没有。我失去的财物是丝毫也见不着。小女道：'银钱衣服事小，只要何金亮及冲天炮不死，总有和他们算账的一日。且将他母子送回家去，爹也回去。女儿明天一个人再上这里来，还愁何金亮、冲天炮不双手把我家的东西送还吗？'我听了，也只好如此，既见不着他们为首的人，就在那里等一夜也不中用。

"我们出了村庄行不到一里路，忽见前面来了六七个人。杨天雄眼快，一见就说有冲天炮在内。话不曾说完，前面的人果然折转身就跑，分明是已看出我们来了，知道决不与他善罢甘休。这时和冲天炮同走的人又少，如何敢不跑，硬来和我们对敌呢？小女听说有冲天炮在内，也不说甚么，一手将杨天雄提起，放开脚步便追，真是比飞鸟还快。看看要追上了，他们又分途四散逃跑起来，杨天雄仍是认得出，指给小女看。小女就单追冲天炮一人，那里消得几步就追上了前，回头一声喝道，'你再不停步，你姑娘就用飞剑取你的狗头了！杀你这个坏蛋，只当踩死一个蚂蚁，费不了你姑娘半丝力气！'小女边说边亮出剑来，顺手一剑，将路旁一株合抱不交的大树削做两段，哗啦啦连枝带叶倒了下来，遮了半亩大的地面。冲天炮一见，魂都吓得冒出来了，怎敢回头再跑？来不及地跪下来，只管叩头求饶。小女骂道：'你这坏蛋，也求姑娘饶你么？容易！何金亮现在那里？你快将他交出来，这是一件；还有一件，你抢劫了我家的银钱衣服，也得快些交出来。若少了一钱银子、一件衣服，姑娘取定了你的狗命！'

"冲天炮哀求道：'何金亮是刘家坡刘黑子的徒弟，有了不得的武艺，我如何能将他交出来呢？我只将他住的地方告诉姑娘，请姑娘自己去找他。'小女不等他说完，又骂道：'胡说！他住的地方我都抄查过了，那有何金亮在内？你这混账东西，想骗着我好脱身么？'冲天炮不慌不忙地答道：'姑娘是在大村庄里抄查他么，那怎能见得着他呢？那大村庄是他白天赌钱和聚会同伙的所在，他收的几十个徒弟都住在里面。他自己夜间却不住在那里，他住的地方离这村庄有三里多路，他有老婆儿子，都住在那里。'

"那时我见小女追赶冲天炮去了，心里有些放不下，教杨家寡妇在僻静地方等着，我也追下去。冲天炮说完这话的时候，我正赶到了。小女便将杨天雄交给我，要我先带着杨家母子回去。我想，有他母子在眼前，动手时多有不便，又没有好地方寄顿，只得依了小女的话，先带领他母子回家。

"小女就押着冲天炮，跑到何金亮家里。劈开门进去，何金亮不认识小女，还只道是江湖上的人来讨盘缠的，又向小女拿出刘黑子的招牌来。小女哈哈笑道：'好不害臊！刘黑子有你这种不成材的徒弟？我且问你，你既称是刘黑子的徒弟，你可知道你师傅是何时的生日，你师母娘家姓甚么，也是何时的生日？只要你说的不差，我就认你是他的徒弟。世上大约没有徒弟不知道师傅师母生日的。'何金亮既是冒牌，如何能知道这般详细呢？竟被小女问住了，开口不得，恼羞成怒，就和小女动起手来。大哥请说，他可是小女的对手？绝不费事的，几下就打服了。小女向他追冲天炮抢去的赃物。我的衣服都在何金亮家，银子何金亮分了一百。小女自己动手，翻箱倒箧，搜出一千二三百两银子来，连衣服一并包了。提得回来，已是天光大亮。这就是昨日早起的事。

"小女说我年纪老了，家里有这千多银子，也可以过活了，劝我歇了手艺。我心想，这手艺本来没多大的利息，冷天还好，就是六七月的炎天难受。就只因我没有旁的本领，可以混饭吃。而我这店子又开了几十年，所以不肯随意歇业。小女既是这们劝我，身边又有了这些银子，我就活到七十岁，也只二十年了。这些银子还不够我吃喝吗？"

雪门和尚至此才笑答道："你有这们出色的一个女儿，便没有这点银子，那里就愁了吃喝？这种辛苦手艺，不干它也就罢了。"

周老五听得夸奖铁儿，心中异常高兴，望了望朱镇岳，又低下头。略停了一停，即起身向和尚使了个眼色，自己先往里面房中走。雪门和尚已料定必是想将铁儿许配朱镇岳，一面跟着起身往里走，一面心里打主意，应怎生回答。

二人同进房中，周老五握住和尚的手说道："大哥知道你侄女还没有婆家么？这高店地方，实在没有相匹配的孩子。大哥应得替你侄女留神择一个好孩子才好。"

和尚连连点头笑道："我应得替她留神，只是我的心目中也是和你一样，一时想不出堪匹配的人物来。"

周老五见和尚故作不明白自己用意的样子，只得明说出来道："不知大哥这位令徒已经定了亲事没有？"

和尚道："亲事是好像还不曾定。只是这时还说不到这事上面去，因为他有父母在西安，亲事尚轮不到我做师傅的作主。不过老弟既托了我，我总得留心物色。回西安后，自有信来。"

周老五问道："大约在何时，大哥可回西安呢？"

和尚道："原定了在外面游三个月，大约至迟也不会过一百日。"

周老五道："我本多久想去西安一行，三个月后，我到西安来看大哥好么？"和尚只得点头应好。

二人仍回到外面，朱镇岳已将包袱结束停当。于是师徒二人别了周老五，向陈仓山进发。

才走了半里多路，朱镇岳道："师傅看周铁儿的工夫比弟子怎样？"

和尚笑道："你此后对于工夫不懈怠，她一辈子也赶你不上。只要放松半年，就不是她的对手了。刘黑子和我的路数不同，铁儿若是和你同在我门下，她有天生的那般神力，成功自不在你之下；因她的家数不同，今早如果你两人动手，你有软甲护身，不至受伤，她必被你削去一足。"

朱镇岳喜道："弟子也是这般想。她若动手招架，弟子即用翻云手杀她，料她也逃不了。"

和尚道："她逃是逃不了，但叫我怎生对得住她父亲？更怎生对得住刘黑子？你此后在外须得小心谨慎，不到万不得已，决不可轻易和人动手。须知在江湖上行走的人，凡是有些声名的，必然有些来历。每每有因一句话得罪了一个不相干的人，弄得结下无穷之怨，到处是和你为难的人，简直是遍地荆棘，开步不得。便有天大的本领，也莫想在江湖上混。即如今早的事，你若真和周铁儿动手，打输了自己吃亏是不待说；就是打赢了，削了她一只脚，周老五已是五十岁的人了，只有这一个女儿，被你弄成了残废，你说他心里甘也不甘？刘黑子是她师傅，得了这消息，能放手不替铁儿报仇么？眼见得刘家坡就不能去了。所以江湖上、绿林中的朋友最讲信义，不专尚本领，就是为的本领不足靠；任凭你本领登天，也当不了大家与你为难。只有信义两个字，百万人千万人，也敌他不过。"

朱镇岳听了，心里不大悦服，问道："周铁儿无端刺弟子一剑，险些把命都送了，难道在江湖上讲信义的人便白送给她刺了，因怕结怨就不回手么？"

和尚大笑道："真能忍住不回手还了得！忍不住要回手也是人情。但人家既已向你低头，你身上又没受伤损，落得做一个大量的人物，却又不曾示弱于她，岂不把上风占尽了，还待怎样呢？你不见周铁儿那一双眉毛，足有三寸长，斜飞入鬓，两眼也带着杀气，在男子中都算是很英武的像。她性情之不肯服低就下，一见面就可看得出几成来。好容易叫她两次三番地向你赔不是吗？她因不知道你身上穿着软甲，只道你是练就的这种刀剑不入的工夫，才不敢和你动手。我其所以不将软甲的原因向她说出来，并不是怕她翻脸，放胆和你动手；仍是怕你伤了她，损了人，害了己。"

朱镇岳见和尚如此说，心里才高兴了。一气走了二十多里，山岭崎岖的道路，觉得比昨日走得更加吃力。雪门和尚用肩挑着禅杖，从荆棘丛中劈开道路。朱镇岳跟在后面，只苦力乏。但见师傅这们老的年纪，还走前面替自己开路；自己年纪轻轻的，实在不好意思说出困乏的话来。只是雪门和尚见他不说困乏，便不停步地只向前走。这座山上并没一株大点儿的树木，尽是人多高的荆榛之类。上山的时候，尚有一条弯弯曲曲的羊肠小道可走。虽是被两边的荆榛长满了，还望不出路径来，然循着那路，一步一步地走去，比没有蹊径的毕竟好些。

谁知正走得力乏的时候，雪门和尚忽然停住脚，举眼向四围看了看山势，对朱镇岳说道："我们要改方向了，这是一条附近山民打柴的路，围着山腰，和替这山系了一条腰带相似。走来走去，仍得退归原来的路，没有三四日，绝行不了一周。我们此刻须改途向山顶走去。不过没了这条路，又难走些，你且就这块石上坐下来歇息歇息，吃点儿干粮，再打起精神走罢。你要知道人身的力气和井里的泉水一样，十年不取水，也不过是一满井，或者还有干涸的时候；每日取水，每日仍得浸满一井，并且还是新鲜水，比十年不取的水好得多。气力不用，不会增长，更有退下去的时候。今日把气力用尽，明日的气力便得增加许多。我这次带你出游，访友在第二，领着你习劳耐苦是第一。"

朱镇岳坐下来，解开包袱，取出两个荤素干粮来，双手掰了一个素的给师傅，自己吃了一个荤的。问道："陈仓山有几个甚么样的人物，住在那里呢？"不知雪门和尚如何回答，且俟下回再写。

评：

忆凤楼主评曰：周老五被困敌巢之中，绳索系其身，自以为绝望矣。忽飞将军从天而下，救之而出，此其欣喜为何如？矧救之者又为其爱女乎！

恶徒喜破人室家，劫人财物，今即以其人之道还诸其人之身，令人阅之拍案叫绝，浮一大白。而周老五于是乎因祸得福，可以鼓腹而嘻，歇业不为矣。

周老五之于杨寡妇，既拯之于水火之中，复登之于衽席之上，确是侠客行径，令人肃然起敬。

天下未有执贽门下而尚不知其师之生日者，其理至当，其语至趣。铁儿即据是而向何金亮作咄咄逼人之举，尖利哉此小姑娘！何金亮又安得不大窘而特窘哉！

周老五欲引朱镇岳为坦腹，虽嫌太不自量，然故人情之常，盖为父母者孰不愿其爱女得一乘龙快婿？于是一切都非所计矣。

雪门和尚以人之精力与井水相喻，其义至为精确，愿一般青年取而一细味之。

第十回

道左乞怜群盗丢丑
洞前膜拜老猿通灵

话说雪门和尚见朱镇岳问陈仓山住了些甚么样的人物，便也就一块石头上坐下来，笑道："说起住在陈仓山的人物，真是一时也算不清。老的少的，强的弱的，从前当保镖达官的，从前在绿林的，总共有二十多个。还有天台山也住了十来个。不过我打算带你去拜会的，只有杨海峰一个。以外的见面不见面，都没要紧。讲到那个杨海峰，也是江湖上一个很奇特的人物，声名不在刘黑子之下。

"他原籍是安徽人，小时候在安徽一家当店里学徒弟。那时开当店是很不容易的，动辄就被强盗抢劫了。因此稍为大点儿的当店，总得请一两个好工夫的教师，一面保护，一面教当伙计的工夫。一家大当店至少也有十来个能动手的人，才能保得住，不被强盗抢去。杨海峰十七八岁的时候，在那些伙计徒弟当中，就没人及得。几次来了强盗，只有他一个人出力最多。他的声名在当徒弟的时分，就喧传得很远。他的师傅本是个有名的保镖达官。一次，他师傅病了，恰好一起大客商来找他师傅保镖，算是一笔很大的生意。他师傅待不承接罢，心里实在有些割舍不下；承接了罢，又病得挣扎不起来。

"正在左右为难之际，杨海峰跑来看他师傅的病。他师傅一见面，心里高兴，也不和杨海峰说明，一口便把生意承接下来。杨海峰听得说，也绝不畏惧，许多人倒替他捏着一把汗，劝他不要出马，这不是当耍的事。他只笑着，也不回答。那时他才二十岁，毕竟押着十几辆货车，从安徽到达河北，在路上并不扯他师傅的旗号。

"一日，遇着五个劫镖的，欺他年轻，隔两丈远近一个，和把守关卡一般的，不让他过去。他却不和五人交手，拿出五把箬叶般小的尖刀来，每人脚背上一把，牢牢地钉入土中。五人都动弹不得，只得一个个哀求他，并请问他的姓名。他尽情告诫了一顿，才说出自己姓名来，将五人放了。一路把镖押到河北，不曾损失丝毫。

"于是杨海峰三个字，在江湖上，便是绿林中老前辈，也怕弄他不过，坏了自己的名头，不敢轻于尝试。从这次起，虽仍在那家当店里做伙计，只是投他保镖的，一月多似一月，一年多似一年。后来他师傅一死，河南直隶一带差不多成了他管辖的地方了。李秀成慕他的名，卑辞厚礼地把他接到南京。听说他很帮李秀成做了几件大事。不过既弄到一败涂地，他仅仅逃得了性命，便对人再也不敢承认这助逆的话。虽明知我是个世外人，他也不肯多说。他在陈仓山已住了四五年，他从前的部下和徒弟，很有不少的人找来想和他同住。人品不大端正的，他都用好言辞却；和他关切得很的，才肯留下来。就在陈仓山底下耕种了几亩地。"

朱镇岳问道："几亩地够他们衣食吗？"

雪门和尚说道："说到他们的衣食，又是很好笑的了。几亩地能供给了多少？他们又都是不会耕种的人，不过挂个名儿罢了。杨海峰一生不曾在绿林中混过，他自到陈仓山，居然有些绿林中朋友按年按月的，贡献些银钱给他，却又不是想招他入伙。他们这几年的衣食，大半是这样没有来历的来源，你看好笑不好笑！"

朱镇岳道："可见人不可无本领。杨海峰若没有这点儿本领，绿林中朋友为甚么要拿着自己辛苦得来的银钱，去供给他们呢？但是依弟子的意思，这种没有来历的银钱，杨海峰既是一个豪杰，就不应该承受。虽说是出于绿林中朋友一番敬慕的心思，只是绿林人物那有义取之财？无非是打家劫舍、杀人放火得来的。杨海峰当日且曾做保镖的达官，今一旦失志，不应便如此苟且。"

雪门和尚听了，登时现出极欢悦的颜色，说道："好呀，你知道如此着想，我真不愁你有非分的举动了！但我此次带你去拜杨海峰，并不是倾敬他的品格，也不是恭维他的本领。他那种本领，在江湖上混饭，对付绿林中人物则有余，拿来和我们当剑客的比较，还够不上本领两字呢。我的主意，原是要借着山路崎岖跋涉之苦，圆成你的外功。而他们这班人，领你认识认识，异日或也有得着益处的时候。你到了那里，却不可因瞧不起他们的行径，露出傲慢的样子来，犯不着无端把一干人得罪。"

朱镇岳连忙说道："弟子怎敢如此？就是弟子刚才所说的意思，也因为把杨海峰当个豪杰，方用得着这《春秋》责备贤者之义。若换做一个寻常保镖的人，和绿林中人通同一气，本来不算甚么。"

师徒二人谈罢，朱镇岳已觉休息够了，都立起身，改道向山顶上走。仍是雪门和尚在前开道，朱镇岳跟在后面。用尽平生气力，一步步如登天一般，好容易爬上了山顶。一看这山背后，朱镇岳不觉失声叫道："好了！"

雪门和尚问道："甚么事好了呢？"

朱镇岳笑道："刚才所走上山的路，都是在荆棘里面钻爬，上头刺面孔迷眼睛，下头勾衣服，刺得脚板生痛；连两只手掌都因为拔开这边，撩开那边，把皮也划破了。山这面尽是石头，草都没长着一点在上面，下山不省许多气力吗？"

雪门和尚笑道："怪道你这般高兴叫好了，既是可以省却许多气力，便再歇歇也没要紧。今夜就在这山底下，寻个可以栖身的岩穴，胡乱睡一觉，明日就好翻过对面那座山了。"

朱镇岳随着和尚所指的方向，看对面那座山，和自己脚底下踏的这座山峰，高下似乎差不多；只因相隔太远，看不出那山上有无树木。但是一眼望去，凡目力所到之处，绝不见一户人家，也不见有人行走，连飞禽的影子、走兽的足迹都不曾见着。

正待问这几座山怎么这般寂寞，和尚已指着对面那山说道：

"那山本名西太华山，与太华山、少华山遥遥相对。后来叫变了音，都叫做西陀佛山。因在宝鸡界内，又叫做宝鸡山。就有许多好事的人附会其辞，说那山上有一只宝鸡，时常出现，立在山顶上报晓，离山几十里的人，也都常说亲耳听得那宝鸡叫过。

"山上确实有一个石洞，十五年前，我走那山上经过。因天色不早，便歇在那洞里。正是十月二十九日，将要下雪，夜间彤云四布，不但没有月光，并一点儿星光也没有。我拿包袱做枕头，正待睡觉，猛听得洞口有极轻微的脚声，向洞里走得很快。我的耳贴在地下，听得明白。若是兽类，应有四脚踏地的声音，这分明只有两脚落地。若是人，没有那们轻快的脚步。猜度必是一种怪物，才住在这石洞里。当下即翻身坐了起来，拔剑在手，听那声音走到离我约有两丈远近，仿佛向左边转了弯，一会儿就听不着声息了。

"我那时心想，我进洞的时候，是曾看见前面还有一个小洞，洞门只有尺来高，七八寸宽；里面有多大，虽不曾探头去张望，但是那洞口不能给人出进，是可一望而知的。这怪物向左边转弯，必是钻入那洞里去了。此时天黑如漆，又在石洞之中，若动手去杀它，给它逃走了，我还不知道它是一种甚么形状的怪物。不如且堵住那个小洞口，等天光大明了，再和它计较。我主意想定，就轻轻将身躯移到那小洞口边，挨身睡下，把做枕头的包袱紧紧地塞了洞口。

"次日，东方才白，就听得小洞里有脚声跑得乱响。我举剑安排好了，才一手将包袱扯出，却不见甚么怪物出来。急低头一看，倒把我吓了一跳，原来是一只五尺多高的大马猴，通体毛色和漆一般的黑中透亮。可是作怪，它好像知道我已安排了，等它一出来就要下手杀它似的，双膝跪在洞口里面，不住地向我磕头。那磕头的神气和人一般无二，只差了口里不能说话。我当下见了那可怜的样子，那忍再下手杀它呢？即收了剑说道：'这山上常有行人经过，不是你栖息之所。今日幸是我遇了，若在寻常人，不要吓送了性命吗？你得去深山人际不到之处，遁影藏形地去修炼，下次休在这里再撞着了我！你去吧。'那猴子竟像懂得人言，又向我磕了个头，我先退出洞外，他随着出来，只跳跃两三步，就跑得看不见影子了。自后我不曾再从那山经过，不知他已听我的话，去深山大泽修炼没有。"

朱镇岳听了，喜得甚么似的，笑问道："师傅怎的不把它拿了，用铁链条锁着，带到报恩寺，养着好玩呢？"

雪门和尚道："罪过罪过，这岂是我出家人做的事？那猴子的岁数至少也有二三百年，才有那般身躯、那般毛色、那般灵性。若被我锁起来，不上一年就得忧郁而死。"

朱镇岳道。"怎么有许多人家养猴子，都是用铁链条锁起来，养十年八载还不死呢？"

雪门和尚道："那些小猴子怎能和这猴子相比！这猴子在深山之中二三百年，平日适性惯了，一旦受人束缚，它又不是冥顽不灵的兽类，怎能受得了呢？"

雪门和尚虽则是这般说，朱镇岳还是有些孩子气的人，心里仍是觉着可惜，就不由得发生一种守株待兔的思想来。立起身，望着雪门和尚说道："此时天色尚早，此处离那山顶至远也不到一百里路。这面下山的路是容易走的，弟子想今晚赶到那山洞里去歇宿，师傅说使得么？"

雪门和尚知道朱镇岳的用意，即笑着答道："有何使不得？但恐你受不了这辛苦。就是那猴子，也不见得还在那洞里。"

朱镇岳是少爷脾气，好奇的念头一动，那顾得行路辛苦？忙答道："弟子受得了！师傅若不相信，弟子可在前面走，师傅在后面，看弟子可有走不动的样儿！"雪门和尚听了，又见朱镇岳喜溢眉宇的神情，也觉得高兴，当下也就连连点头应好。朱镇岳弯腰紧了紧腿上裹脚，将包袱重新系好，振作起全副精神，两脚不停地下山。

山石高高低低，有许多竖起如尖刀一般，上面又长着青苔；脚踏下去，滑溜溜的，就和踏在冰山上一样，稍不留神就得滑倒下

来。若是倒在尖石头上，便得受很重的伤。朱镇岳只因好奇的念头，鼓动了兴致，两脚抽提得极快，反不觉得青苔是滑的，一气不回头，跑到了山底下。

雪门和尚喜笑道："这回你才得着运气的效用了。刚才有几处地方，你走得很好。你不要以为下山比上山容易。像这种山，爬上不要工夫，跑下来就非有工夫不可。只要一口气没提上，身子往下一沉，脚底下就滑了。你此刻回头，看这山是如何的模样。"

朱镇岳回头朝上一望，但见一层一层的，如石笋密布，且峻峭无比。回想刚才从上面跑下的情形，忍不住打了一个寒噤。再看这面的西太华山，比这山几乎高了一半。遂问道："西太华山比这山还高吗？"

和尚笑道："你在这山顶上望着差不多，自然高多了。但是那山洞不在山顶上，在半山之中。你若能照刚才这般跑法，不过黄昏时候就到了。"

朱镇岳道："弟子一些儿也不疲乏，索性跑上了山洞，再行休息。"说毕，拔步又走。

西太华山虽然高大，却不甚陡峭，又有一条很宽的道路，不似在荆棘丛中钻爬的吃力。约莫走了六七里，只见一个山岩里，坐着十多个猎户装束的人，在那里谈话。旁边靠山岩，竖着些鸟铳叉矛之类，地下放着一个大包袱。那些猎户见一僧一俗走来，即停了话不说，都注目望着师徒二人。

朱镇岳一见那些猎户，心里分外高兴了，回头叫着师傅问道："弟子可在这里歇一歇脚么？"

和尚点点头，笑向众猎户道："诸位施主，猎了甚么野味没有？想必很获利呢。"旋说旋倚了禅杖。朱镇岳已拣了一块光平的石头，拂去了上面灰尘，让和尚坐了，自己也坐在一旁。

猎户中一年约四十、雄壮的汉子，望着和尚答道："老师傅说得好自在！还说甚么猎野味获利，于今就有一只野鹿打这里走过，我们也只能当作没瞧见，不敢动它一动。我们只求皇天保佑，破了这回的案子，便都要改业了。"

和尚听了这话，觉得有些稀奇，正待追问缘由，朱镇岳已开口说道："原来你们都是衙门里的公差，不是打猎的么？"

那汉子道："我们怎么不是打猎的？若是公差倒好了呢！"

不知道这句话到底是怎生讲究，且俟下回再写。

评：

忆凤楼主评曰：杨海峰之绝技，即于雪门和尚口中道出，此虚写法，亦过渡法也。

朱镇岳援《春秋》责备贤者之义，谓杨海峰不应收受绿林中之馈饋。义正词严，识见自是高人一等。此盖作者欲为朱镇岳之人格出力一写，初非故抑杨海峰，读者幸弗为其所蒙。

老猿畏诛，竟在洞口苏苏膜拜，不可谓非能通灵性者。然终不免下文一节事，此则山野之性，终未克驯耳。

朱镇岳一闻山中有猿，即思擒而得之，狂越而前，顿忘攀爬之险。活写出一天真烂漫、活泼泼之少年，令人喜煞爱煞！

第十一回

遇猎人坡前谈异事
张地网山口守淫猴

话说朱镇岳听了这种奇怪的说话，便问道："不是公差，有甚么案子要你们来破哩？"

那汉子长叹了一声道："连我们自己也都解说不来。我们宝鸡县景大老爷，把我们拘了去说道，这宝鸡山上有一只大马猴，给我们三天限，要拿这马猴到案，也由不得我们做百姓的分辩。我们已在这山上守了半个月，都受过了六七次的追比，两腿只差打断了。我们若是公差，像这位的样，倒不曾受过一次比。"

朱镇岳看汉子指的那人，虽然穿着猎户一般的衣服，容貌、态度却都和猎户不同，面上很露出凶狡的样子。遂向那公差问道："景大老爷为甚么定要拿那马猴到案，你知道么？"

那公差翻着一双白眼，对着朱镇岳瞟了一下，即将脸扬过一边，爱理不理的，半晌，鼻孔里先哼了一声才说道："谁知道为甚么呢，你亲去问我们大老爷罢。"

朱镇岳平生那见过这种轻侮的嘴脸，禁不住心头火起，伸手就要拔剑。和尚已拉住朱镇岳的右臂道："犯得着和他较量么？等我问他们，你且坐着不用躁。"随掉过脸，向那汉子道："你可知道那马猴犯了些甚么案件？说给我们听了，我们可帮着你拿它。"

那汉子道："那孽畜犯的案件多着呢。人家的奶奶、小姐被它奸死了的，有十几个；被它掳去不知下落，过十天半月方在这个宝鸡山寻着尸身的，也有六个。"

和尚道："如何知道是个大马猴哩？"

汉子道："怎么不知道？有两个种地的人，看见一只五尺多高、漆也似黑的马猴，肩上扛着一个妇人，向山上飞跑。妇人还在它肩上拼命地叫救命呢！种地的人胆小，不敢追去，因此人都知道是个马猴。"

和尚又问道："你们在这山上守候了半个月，也曾遇着这个猴子没有哩？"

那汉子道："若不曾遇着，也不守候这们多日子了。那孽畜跑起来比飞鸟还快，莫说药箭射不着它，就是鸟铳也打不着。它又机巧得了不得，有陷坑、有药箭的地方，它通灵似的，再也不打那地方经过。若在白天里见着，还好一点儿，因为头一次拿它，是在白天见着，只怪我们手脚慢了些儿，给它逃了。它自从那一次受了惊吓，那里还敢在白天里现形呢？夜间仗着毛色漆黑，才敢到这山上来。我们守候了半个月，还是不知道它的巢穴在那里。"

雪门和尚问道："你们初次是在甚么所在遇见它呢？"

汉子道："这山上有个石洞，我们料想他必在石洞里面，便径向洞口围拢去。果然还离洞口有两箭远近，这孽畜就如得了消息一般，从洞口里冲了出来。说起人也不信，简直是登云驾雾似的，比流星还快。我们猎野兽，豺狼虎豹，獐兔麋鹿，以及豪猪野猫，只要闻得一点儿气味，或是见了足迹，或是见了影子，听了叫声，但能分得出是甚么兽来，我们就有一定把守的地方，它必得走我们所把守的地方经过。一种兽一种守法。有应对面打的，有应侧面打的，有应从后面打的，百不失一。惟有猴子这种东西，我们打猎的，从来没有把守的法子。因此只有大家围裹去。谁知一围裹，就坏了事。它的身体和人一般大，用铳打它的脚罢，又难中，又不济事，自然要向头上、身上打去。但是一则它跑得飞快，不容易打准它；二则我们自家人围了一个半边月的形式，一铳打去，必会伤着自家人。所以见它冲出来，我们的手脚松了一点。只见它一起一落的，三五下，便连影子也不见了。

"自后一连几夜，我们躲在洞里洞外守候，满山都掘了陷坑，安了药箭，只不见它到这山上来。直守到第八夜，它来了。有星光

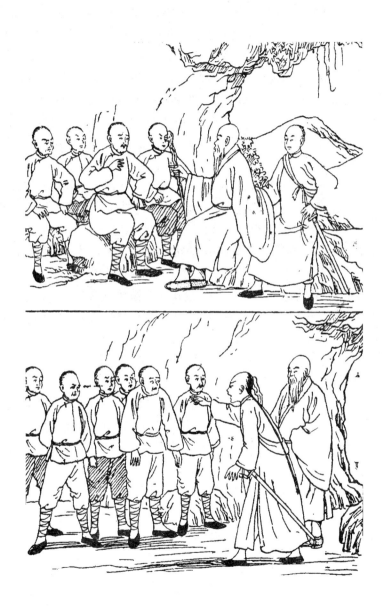

照着，见它走几步，向两边望望，想往洞里走。离洞还有十多丈远，它就像看见我们，却并不十分害怕的样子。我们在地下布了很多豆子、花生；它望望两边，就低头拈了豆子、花生，往口里塞。"说时，随指着那公差道，"就是这位大爷，性子急了点儿，他跟着我两个徒弟躲在洞外一个大石头背后，见了那孽畜，来不及地扒火就是一铳。我不敢恭维他的铳法，又隔得太远，好像是不曾伤着一根毫毛，倒是给信，教它跑了！我们一听那铳的声音，就知道是这位大爷放的。不曾打着，大家急忙跟着追赶。老师傅说，可是追得着的么？"

雪门和尚正待答言，那公差已回过脸来，睁起两眼，向那汉子喝了一声，呼着王长胜道："你再敢胡说乱道，我明日包管你两条狗腿上剜下两个肉窟窿来！你们吃着猎户的饭，几次见着猴子不敢放铳，害得我陪着你们整夜的受露水，担惊害怕。若不是我给它一铳，你们有甚么能为打它？此时对这秃驴编排我的不是！好，我就回衙消差……"公差的话才说到这里，朱镇岳见骂他师傅是秃驴，那里再忍耐得住，跳起身来，一伸手便将公差提小鸡似的，举在空中，待向山底扔下去。

雪门和尚忙一手把公差的衣扭住，轻轻接过手来，向朱镇岳道："你这孩子，真是淘气！这样高的山，扔下去还有命吗？"

朱镇岳气忿忿地答道："像这种混账东西，不扔死他，留他在世上也是个害人精。他借着县衙里的势焰，作威作福的，也不知讹诈了多少人的钱财，谋害了多少人的性命。弟子不扔死他，谁敢扔死他哩！"雪门和尚已将公差放下。公差只吓得失了魂魄，脸色由黄变白，由白变乌。朱镇岳随指着那铁青色的脸骂道："今日若不是我师傅慈悲，不许我收你的狗命，此时你的头骨，已扔成粉了！且饶你多活几时，我自有收拾你的时候！"

众猎户见师徒二人的举动，一个个都吐出舌头来，又开心又害怕。开心的是因为这公差借着奉了县官的命，来监着猎户办案，时常欺侮众猎户，众猎户畏他的势，敢怒不敢言。此时有人代他们出气，自然见了开心；害怕的是公差受了这场羞辱，只等师徒二人一走，必迁怒到他们身上。这些猎户的头目，就是这说话的汉子，叫王长胜，他毕竟乖觉些儿，见朱镇岳指着公差怒骂，即过来向朱镇岳叩头道："求老爷不要动怒，这位大爷实是个心直口快的好人。"

雪门和尚知道众猎户畏惧公差，便笑着拉起王长胜道："好人坏人都不用说了，你且说，你们今晚打算怎么去拿那猴子？我两人可以帮帮你们的忙，天色已是不早了。"

王长胜指着地下那个大包袱道："我费了许多力，借了一副网来。那孽畜的来路，我们这几夜已看出来了。是从西方狮子峰那边来的，去也是向那边去。我想把这网装置在那条路的卡子上，大家都伏在网的两边，鸟铳对准这网。网上有许多小铜铃，那孽畜不来则已，来了没有不触着网的。一触了网，就会飞也枉然。"

朱镇岳不曾见过猎户用的网，听了王长胜的话，喜得立刻教解开来看。雪门和尚摇手道："这时打开来，要收很不容易，等到去张设的时候，你再看不迟。你瞧，这们大一个包袱，岂是寻常的小网吗？不要耽搁了，看来路在那里，我们就此同去罢。"朱镇岳喜得几乎跳了起来，众猎户各人拿各人的兵器，大包袱就有两个猎户用竹杠抬着。公差也托了一枝鸟铳，王长胜在前引道，一行人向山上走来。

这时已是黄昏月上，晚风吹得满山树木齐鸣。不一会走到一处山洼。王长胜停了步，说道："就在此地，是最紧要的处所。"

雪门和尚看那山势，惟此处最低，两边高起，和马鞍形式一般。朝西望去，远远的一座山峰，高耸云表；两个峰头向南斜伸出来，一高一下，远望就像是一只大狮子，张开大口；峰头上长的树木便和狮子头上的毛一般；山脉与西太华山连绵不断，相离约莫有二十来里远近。即向王长胜问道："你刚才说狮子峰，就是对面那两个峰头么？"

王长胜点头应是道："并没有两个峰头，实在就是一个。此时天色将要黑了，看不分明，似乎是两个峰头。因那山峰全身岩石，上面伸出一块大石头，下面就成了一个大石岩，可以坐得下五六千人，里面还不知有多深。人若睡在地下，往里面爬，也可以爬进去，只是没那们有胆量的人。那孽畜十九就在那里面藏身。下面伸出的石头略小些儿，所以望去像个狮子口。"

王长胜和雪门和尚谈话，众猎户已将大包袱打开，抖出那副猎网来。朱镇岳看那网，是用极细的丝线结成的，铜钱大小一个的眼，抖开来那们一大堆，大约至少也可围上两里多路。网边上一面安着许多小铁钩，一面许多五寸来长的铁钉，隔几尺远悬一个小铜铃。朱镇岳也看不出有甚么作用。众猎户提开那网，底下还有一大叠，形状和那网差不多，只丝线粗些，网眼儿有茶杯大小一个，每一个眼儿上系着一个铁钩。朱镇岳更不知怎生个用法，便问王长胜道："这也是猎网么？"

王长胜摇头道："这东西名叫铺地锦，是张在地下的。无论甚么猛兽，只要一走入这里面，被网眼儿绊得它身躯一歪，就莫想逃得出来了。越是凶猛想逃出这网，这网越缠着它的身躯，缠来缠去，可以缠得它动弹不得。"

王长胜说时，众猎户已将那副大网张起来了。原来那许多小铁钩，是用着挂在树枝上的，铁钉是插入地下的。从那山洼向两边渐渐包围，两挡相抄拢来，仅留了一个两丈来宽的地方，仿佛是给那猴子走进网的门户。铺地锦就平敷在网内。布置停当，众猎户各人自寻埋伏的所在。

王长胜腰上带了一把钢叉，手中托着一枝鸟铳，向雪门和尚说道："请老师傅和令徒藏身在离这网十丈以外的石头后面探看，免得我们的铳子误伤了二位。只是请二位不要高声说话，今晚若再放那孽畜走了，它知道我们张了网在这里，必不敢再上这里来了。向别处去寻它是和在水里捞月一样，便看得见，也抓不着了。"

朱镇岳不服道："你还怕铳子误伤了我们么，哈哈！打猴子都打不着的铳，能打得着……"

雪门和尚不待朱镇岳说完"能打得着我们"的话，忙抢着向

王长胜点头道："你说的不差，今晚给它逃跑，以后要拿它就为难了。你去用心守候，我二人自有好地方藏躲，用不着你们分心。"说完，引朱镇岳直往西走。约莫离网三十来丈，向朱镇岳道："你把背上的包袱解下来，趁这时吃些干粮，将包袱捆在树枝上，等和那东西动起手来，免得背上驮着包袱累赘。"

朱镇岳一则因初次试验本领，技痒难搔；二则因试验品是一个很有能为的异类，触动了他少年好奇的念头，竟是分外的高兴，把疲乏也忘了，饥饿也忘了。当下师徒二人吃过了干粮，朱镇岳将包袱捆在树枝上，亮出剑来问道："就在此地等那猴子吗？"

雪门和尚笑道："幸得这里没外人，若是有人见了你这来不及的样子，一望就知道你是一个新手，必不是久经大敌的人。此时猴子还不知在那里，来与不来，尚在未定，你就来不及似的把剑亮了出来，不是要给人笑话吗？"朱镇岳一听，登时自觉不好意思，随即将剑入了鞘。

和尚道："我们在此处守候最好。此处的山势比张网的所在高了十来丈，那猴子不来则已，只要将近山洼，我们在这里居高临下，它的来路去路都看得分明。他们虽设了围网和铺地锦，我看只能猎得了旁的猛兽。猴子这种东西虽也是兽类，心性却灵敏得和人一般，是兽类中最有心机的。至于这猴子，比寻常的猴子更是不同。这种网罗，只怕不见得能将它绊住，所以我带你守在这里。我再向西半里寻个地方守着。必须两面夹攻，方能除却这害。但是它过去的时候，你不要急于动手。等它遭了罗网，回头打这里经过，你方从它后面杀它。它入网便不受伤，也必受了很大的惊吓。猴子的性情最急，一次受惊，就慌得有路便窜。若接连几处，见都有人阻拦，它心里更加慌急，两腿自然会瘫软下来，伏着不能动了。你就坐在这棵树下等罢，我到前面去了。"雪门和尚叮嘱已毕，拖着禅杖往西去了。

朱镇岳坐在树下，独自寻思道："一只猴子又不会甚么武艺，未必值得这般安排等待它。师傅教我等它入过罗网，回头打这里经过，方出去截杀它；倘若它受了惊吓，向旁处跑了，不打这里经过，我不白放它过去了吗？并且它若逃不出罗网，我也算是在此白等了半夜。我不相信一只猴子有这们难于对付，我不可尽信师傅的话。只等它在这里经过，我就下去杀它，不见得便给它跑了。"朱镇岳主意已定，便坐在地下等候。不知结果若何，且俟下回再写。

评：

忆凤楼主评曰：可恶公差，竟敢倚仗官势，专横乃而！非雪门和尚老成持重，出而为之调解者，其不毙于朱镇岳老拳之下者几希！吾读至此，辄为之浮一大白。

张罗设网，煞费经营，宜可擒此淫猴矣。讵其后有大谬不然者，于以知作者之喜用曲笔。而朱镇岳之神勇，于此更得加倍演染，大显特显焉。

第十二回

惊神力小侠撕猿
蹈危机公差中箭

话说朱镇岳独自坐在山中，等候那只大马猴。约莫等了一个时辰，只是不见一些儿动静。他年少性急，惟恐那猴儿今夜不来，便是白费心机，空劳精神。

等到心焦气躁，就在那棵捆包袱的大树底下，提了一口气，即涌身上了树颠。手搭凉棚，遮住了照眼的月光，竭尽目力，朝西对狮子峰那条路上望去。烟雾朦胧，也辨不出有无兽类行走。渐渐将眼光移在近处，想看师傅藏在甚么地方。寻了半晌，也不曾寻着。猛然想起师傅平日传授绿林中空谷传音的法子来，不觉暗喜道："我又没生着田师伯的夜眼，这夜间能看得见多远呢？并且听说那猴儿生成遍身漆黑的毛，更是难得看见。我若将耳朵贴在地下，去听它的脚音，在这万籁俱寂的时候，至少也可听到一两里路。"随想，随跃下地来，看了看山势高低，拣了一处没有阻遏西来音浪的地方，伏身下去，贴耳细听。许多猎户呼吸之声，都一一听得分明。

伏不到一刻工夫，即有一种极细碎的脚音渐响渐进了。那脚音一入耳，不待思索，便能断定是一只大猴儿，因为又轻又快。有时是四脚落地，有时是两脚落地；有时跑一会，又停了；有时向前跑几步，又折转身向后跑几步，仍然回身前跑。兽类中惟有猴子是这们宗旨不定地乱跑。

朱镇岳虽则伏下，以耳贴地，两眼却仍是不转睛地钉住西方路上，随着那不定的脚音望去。估料必已在半里之内了，两眼更不肯略瞬一瞬。忽然觉得有一件雪也似白的东西触眼。初疑是两眼望久了发花，急忙揉了几揉，仔细凝注。那件白东西竟直向自己眼前走了来，只是相离尚远，看不十分明白。然照那行步的态度去推测，确是一只大马猴。便是听了那脚音，也确是从那白东西的处所发出来的。心里就不免怀疑道："怎的师傅和那些猎户都说那猴是漆黑的，这里又是一只白的，难道有两只吗？漆黑和雪白是极容易辨别的，不应这们多的眼睛连毛色都看不出来。若是真有两只，倒好耍子，可以拿到家中，用铁链条锁着，好好地圈养起来；一牝一牡，将来生出几个小猴子，不是很好的玩意儿吗？"

朱镇岳是小孩脾气，越想越得意。眼见那白东西走得很快，看看相离不过二十来丈了，正伸手拔出剑来，偶一瞬眼，却不见一些儿踪影了。急得朱镇岳不住地揉眼，猫儿捕耗子一般的两边张望。再听那脚音，更响得切近了，不由得暗恨道："你这孽畜，难道会障眼法？怎么听得着声音见不着形影呢？"一面想，一面跟着它脚音，定睛一看。

这番可被他看见了！原来那马猴遍体的毛都是漆黑，就只胸前一大块雪白的。竖着身体行走时，对面能看得见；四脚落地的时候，便谁也看不出了。黑毛在夜间不容易见着，它刚才因是立起身子走，所以朱镇岳远远地就望见一件白东西。及走到面前，忽改了用四脚走。朱镇岳所注意是白的，不到十分切近，怎能看得着漆黑的兽来？当下朱镇岳见那猴子，打自己所伏地方的下面经过，相隔不及一丈。恐立起身来，把它惊跑了不好，就在地下，用两手一按，两脚尖一垫，对准那猴子，掣电相似的，凭空飞扑下去。

因存心要活捉了，带归家喂养，不肯用剑去杀。这一扑下去，不偏不倚，正扑在猴子身上。猴子也真快，朱镇岳还不曾扑到它身，它已知道逃跑不了，急仰天躺下，四脚朝天，预备抵抗。这是猴子最厉害的本领，因为它后脚的效用和前脚差不多，立起来和人斗，后脚得踏在地下，不能拿人；所以猴子无论和甚么兽类相角，一到危急的时候，总仰天躺下。并且猴子的背脊躺在地下，生成如磨心一般，前后左右旋转自如，最便于角斗，百兽都弄它不过。

朱镇岳那里知道？自以为这一下必将猴子按住了，谁知身躯才着落在猴子的脚上，猛觉得胸前一动，"喳"的一声，外衣已被撕破，手中的剑也同时被夺，脱离了手心。亏得有软甲护身，胸前方没受伤损。朱镇岳大惊失色，此时也就顾不得要活捉了。两手适靠近猴子的两条后腿，抓住就向两边用力一撕。只听得猴子大叫一声，已连腰带腹，撕作两半个，心肝五脏都流了出来。朱镇岳一手握着一半说道："可惜可惜！你却不能怪我，我原是想将你活捉，带回家养着好玩的。只怪你自己不好，抢了我的剑，又撕破我的衣，不由我不生气。"

朱镇岳正在自言自语，雪门和尚已飞奔前来。见朱镇岳已将猴子撕开，才放下一颗心，说道："我在前面守着，见这东西走过没一会。我一听声响不对，料知是你不听我的话，不等它落网回头，就动起手来了。委实放心不下，所以跑来看看，果是你这孩子不听话。你看，你的剑还在它手上，你说险也不险？你身上外衣都撕破了，若不仗着这副软甲，只怕你的前胸已被它裂开了呢，还有给你动手撕它的工夫吗？我教你等它落网回头，方动手杀它，岂是胡乱说着玩的？自然有些道理在内。幸喜这猴子撕着你的上身，若抓在软甲遮护不到的地方，说不定你此时已成了它这个样子，那还了得！你以后若再不听我的言语，我可真要恼你了！"

朱镇岳被和尚责备得面红耳赤，半晌低头不语，心里仍是可惜不曾将猴子活捉得，把两手提着的两个半边猴子掼在地下。雪门和尚弯腰去猴子手中取剑，尚是握得牢牢的。拨开猴子的五指，才取了下来，亲手插入朱镇岳剑鞘之内。

师徒二人在这里说话，和猴子被撕裂时的叫声，众猎人都已听得了，只想不到已被朱镇岳撕开了。王长胜教各人仍紧守机网，独自提枪到这里来探看。雪门和尚已呼着王施主说道："我徒弟已替你把案子办活了，淫猴已被裂成两半个，你将去消差罢。"

王长胜一见，喜出望外，正待道谢，并问朱镇岳裂猴子时的情形，猛听得后面山坡里，有人大喊"哎哟"一声，接着喊道："痛杀我了！"三人同时都吃了一惊，王长胜便顾不得和师徒二人谈话，掉转身向后就跑。

雪门和尚向朱镇岳道："不知又出了甚么乱子，我们也去看看。"朱镇岳指着地下道："这东西掼在这里没要紧么？"和尚笑道："有何要紧，难道还愁它逃了不成？"朱镇岳听说，即提步往前走。和尚道："且慢。你就是这们走吗？"朱镇岳怔了一怔，问道："不这们走，要怎么走？"和尚笑道："就这们走，只怕走到明日，仍得倒回这里来。你的包袱不要了吗？"朱镇岳才连"啊"了两声道："弟子真糊涂了！"

随上树解下包袱，跟着和尚来到张网的地方。见一个人都没有了，不觉诧异起来。朱镇岳道："替他们杀了猴子，他们倒都跑了，真不是些好人！"和尚道："他们那得就跑？必是出了甚么乱子。刚才不是有人叫'哎呦'吗？"和尚旋说旋四处张望，已听得左侧山坡里有人说话，于是师徒二人就向山坡里走来。只见众猎户都在那里。

原来那个公差，同众猎户守候机网。忽然一阵腹痛，就跑到山坡里去出恭。这山坡里装了药弩，公差屎急了，便不曾留神装弩的记号。和他同守一处的猎人，以为药弩是公差同在一块儿装的，知道记号，并且大家都在屏声绝息地守着机网，唯恐有声音给猴子听了，不进网来，因此不敢发声，叫公差注意药弩。公差一脚误触了弩机，但闻"飕"的一声，一箭正射在小腹上。公差因是急于出恭，边走已边将裤头褪下，小腹露在外面。一箭射来，连可以挡格的一层布都没有。猎户所用药弩，极毒无比，是用卢蜂（形似黄蜂，比黄蜂大三四倍，螫人极痛，螫至三下能使人昏迷）螫人的时候，尾针上所发出的那种毒水，和几样异常厉害的毒草熬炼成膏，敷在箭钚上。无论有多凶猛的异兽，一中上这种毒箭，就得立时昏倒，通体麻木得失了知觉。

且慢！看小说诸公看到这里，心里必要怀疑，卢蜂尾针上的毒水虽是毒得厉害，但如何能取的出来呢？终不成把卢蜂捉来，一只一只地从它尾针上挤出毒水来？也不能把卢蜂破开，捏出水来应用。并且卢蜂既蜇人如此厉害，又有谁敢去捉它呢？这不纯是一种理想，是不能见诸事实的荒唐话吗？哈哈，在下从前也有这种怀疑。谁知世间的万般物事，只要人类有用得着它的地方，就自然会有弄得着它的法子想出来。那怕就要舍却性命去取办，也是有人愿意去牺牲的。何况这取卢蜂的毒水，并没有性命的危险。按照他们猎户想出的这个法子，确是妙不可言。

他们预备许多猪尿泡，吹起来，身上穿着棉衣服，头脸手脚都遮护好了。只留一双眼，还带上眼镜，将许多吹起的猪尿泡系了一满身，两手也抓着好几个。白天寻着卢蜂的窝，等夜间带上一个小火把，跑到窝跟前，将火把扬上几扬。卢蜂是最忠心拥护蜂王的，见有火来，只道是来烧它王的，大家一齐飞了出来，拼命向拿火把的人乱蜇。这人通身是气泡，卢蜂的毒水，点滴蜇进气泡之内，火把不灭，总得围着蜇个不了。直等到身上所有气泡都被蜇得泄了气，不鼓起来了，才丢了火把，悄悄地离开。归家，将气泡中的毒水聚做一处，每一次所得不过几分。积累数年之久，才可和合几种毒草，炼成膏药，所谓见血封喉的药箭。

当下那公差既误中了这种毒箭，只叫了一声"哎呦"，说了一句"痛杀我了"，便倒下地来，人事不省。众猎户赶来一看，都慌了手脚。因为他们制造这种毒箭，是装在深山穷谷之中杀猛兽的，并没有解救的药。明知道这毒箭上身，不到一个对时必得身死；这公差若是死了，他们如何能脱得了干系哩？因次大家面面相觑，没有方法。

雪门和尚和朱镇岳来到了跟前，问了原由。朱镇岳道："这囚头本来早就该死了，白天若不是师傅拉住他，已死在前面山下了。该死的始终免不了。"

雪门和尚不乐道："岳儿，这不成话！他当公差的，不是有学问、有身份的人，你怎的和他一般见识，认真与他较量？并且他此刻误中了毒箭，性命只在呼吸，你应该怜惜他才是人情，有甚么深仇旧恨？他遭了这种惨祸，你心里都不能解开？你于今虽是年轻，但已在我门下成了剑客，总要时时存在一丝仁慈之念。不问人家待

你如何，你总始终是要以忠恕待人的。"朱镇岳听了，心中顿觉愧悔。

雪门和尚走近公差面前一看，只见蜷伏做一团，看不见伤处的情形。王长胜此时已敲着火镰，烧燃了一束很长大的竹缆子火把，照着公差。和尚向众猎户说道："你们把他的身躯扶正，让我看看伤痕，或许还救得活他，也未可知。"

王长胜道："多谢老师傅。我看用不着费神了，我家这种毒箭，从来是没有解药的。"

和尚笑道："只因你没有解药，才轮到我来救。若你有解药，不早已救活过来了吗？"

朱镇岳受了他师傅一顿责备，知道是自己错了。此时听得师傅教猎户将公差扶正，连忙走过来，弯腰一手扶着公差的肩膊，一手按着大腿，慢慢地掀转来，仰天睡着。和尚放下禅杖，接过王长胜手中的火把，照那伤处。正在肚脐旁边，青肿了一块，有茶碗般大。弩箭已拔了出来，伤口流出一点儿黑血。伸手在胸前摸了一摸，不觉得动了。和尚摇了摇头，随跪下一脚，一手支在地下，用耳贴在公差的心窝。听了一会，立起来说道："还好，大概不至送了性命，不过必须养十天半月方能复原。"

说时，将手中火把递给朱镇岳道："你照着伤处，我好给他敷药。"遂从腰间取出一个小包裹，就地下解开来。有十多个小瓷瓶，和尚拣了一个，拔去塞子，倾些猩红的药粉在伤口上；又换了一个瓷瓶，倾出一粒粟米大的丹丸，扭头问王长胜道："你们带了水来没有？"

王长胜道："我们只带了两瓶白酒，要水离这里不远，有一股山泉，即时可以去取来。"

和尚笑道："既有酒就更好了，我以为在此，酒是决取不到的，才问有水没有。快把酒拿来罢。"王长胜取酒交与和尚。和尚用树枝撬开公差的牙关，先把丹丸放入他口中，再灌了一口酒。

和尚收了药包，对王长胜说道："你们此时可去将猎具并那猴儿的死尸收起来，只等这人清醒过来，今夜就回宝鸡县，去把差销了。"王长胜心里感激和尚师徒，口里也说不出，只趴在地下，向师徒二人捣蒜一般地磕头。朱镇岳拉了他起来。定要请问姓名、法号，朱镇岳只得说了。

不知这公差生死如何，且俟下回再写。

评：

忆凤楼主评曰：猿之来也，由远而近，先见其腹，后见其身。缓缓写来，曲折有致，文心之细，无与伦比。

剑被夺矣，外衣被撕矣，此时之朱镇岳，去死盖间不容发。而神威一奋，竟将淫猴撕而为二，快哉此举，吾直欲为之三呼万岁也！

写公差中毒弩，为本回之余波。

第十三回

止嗔戒怒名师规徒
报德酬恩爱女作姜

话说公差自服下那粒丹丸，不到一刻工夫，果然清醒过来了。王长胜在旁说道："你这条性命，若不是这位报恩寺的雪门大师傅给你服下灵丹妙药，已是活不成了。"公差哼了几声，听了王长胜的话，把两眼一翻，开口骂道："原来你们安心装着毒箭来射我啊？好，回到衙门里，我不愁不打断你们的狗腿！哈哈，画虎画皮难画骨，知人知面不知心，我真没想到你们恨我监守了，设这般毒计来害我！"

王长胜只急得仰面呼天道："你老人家同在一块儿装的药弩，怎么说是安心害你呢？我们就有天大的胆量，也不敢是这们存心。你老人家是县太爷打发来的，我们都敢谋害，不是要造反了吗？"公差仍是恶狠狠地骂道："你们这些东西，知道甚么王法？都是一班反叛！"

朱镇岳那里再忍耐得住，大喝一声说道："你这种没天良的东西，依我早将你结果了。你可知道，我杀一个你这种没天良的东西，只当踏死了一个蚂蚁。你自问你有那只马猴那们厉害么？马猴尚且被我撕做两半个，结果你算得甚么？你中了毒箭要死，我师傅拿药救你转来，你不感谢也罢，倒放出这些屁来。你仗着谁的势？我此时且将你宰了，再去宝鸡县向你的瘟县官说话！"说时，已掣剑劈下，亏得和尚用禅杖架格得快，不曾劈着。

公差听了朱镇岳已把马猴撕做了两半个，又猛然记起白天的事来，早已吓得胆战心惊。更见掣出剑来要杀他，他原不过一个倚势鱼肉乡民的恶役，那里有多少真实胆量？不由得就哀声告饶。

　　和尚向朱镇岳道："你既然知道杀了他和踏死一只蚂蚁一般，又何必真要杀他呢？俗语说的好，恶人自有恶人磨。我们犯不着多事。他们猎户，只要将上面交下来的案子办活了，就没有他们的事了。难道宝鸡县的县官，也是和这公差一类的人吗？若是案子不曾办活，公差就好在那县官面前，说众猎户如何奉行不力，害得众猎户受比。此刻再想到衙门里，打断众猎户的腿，这是他做梦的话。"

　　朱镇岳虽则被他师傅拦住，不敢硬要结果公差，只是心里的火气，仍是不能消灭。收了剑，对王长胜说道："我师傅不教我杀这畜牲，只得暂饶了他。不过我料他回宝鸡县，必仍是要在县官面前诬害你们的。你们照实说了，若是那县官不信，竟听了这狗差一面之词，要如何为难你们时，你们赶快打发一个会跑路的人，尽夜赶到陈仓山来找我。到那里问杨海峰，大约没人不知道。我此去就住在杨海峰的家里。"

　　雪门和尚听了这种公子口腔，心里不免好笑，口里正待说不能是这们办，王长胜已笑着问道："朱公子就是去陈仓山杨海峰那里吗？"朱镇岳点头应道："是的，你认识杨海峰么？"王长胜哈哈笑道："岂但认识，我家还和他沾着几重亲呢。我们常有往来。公子这回幸在这里遇着了我，不然要白跑许多山路。大约公子和老师傅是初次去陈仓山，才绕着大圈子走到这里来了。两位也是从扶风、凤翔来的吗？"

　　雪门和尚笑道："若走扶风、凤翔，如何能绕到这西太华山来呢？我们是有意从郿县、高店、穿山过岭到这里来的。你刚才说幸在这里遇着了你，不然要白跑许多山路，这话怎么讲？难道杨海峰此时已不在陈仓山了吗？"王长胜道："怪道两位没照官道走，所以在路上错过了。若是走官道，不在扶风，必在凤翔，遇着他父女两个。"雪门和尚诧异道："他父女俩上那里去呢？"王长胜道："老师傅从西安来，不知道杨海峰遭官司的事吗？"雪门和尚更是吃惊，说道："遭甚么官司？我实在不曾知道，若知道也不上这里来了；

并且他自从搬到陈仓山居住，从不与闻外事，便是保镖的生意，也久歇业了，怎么会遭官司呢？这不是奇了么？"

王长胜长叹一声说道："天有不测风云，人有旦夕祸福，那里说得定？他遭官司的详情，我还弄不大清楚。前日他父女俩打宝鸡县经过，遇着天色晚了，就住在舍下。他的老太太是我姑祖母，我的母亲又是他的姑母。他原籍是安徽。他祖父和他父亲都在宝鸡县生长。他曾祖在宝鸡县做西货生意，和我家先人交易最多。后来在宝鸡县落了业，与我家来往结亲。直到杨海峰的父亲不愿做西货生意，又嫌宝鸡人性情不好，才搬回他原籍去。然而两家仍是不断地来往，不过须三年五载，彼此才来住一次。及至几年前，杨海峰将全家都搬到陈仓山，我们来往更亲密了。

"前日他父女到舍下的时候，刚遇着我为这只劳什子马猴，被逼得一点好心思都没有。又没工夫陪他谈话，他也无心多说，只略把事由说了一下。他若不是急急地要去咸宁[1]，我也要求他到这里来，帮我办这案子了。他说前次因到咸宁县，看一个多年不见的朋友，那朋友留他住几日。他住在朋友家，闲着无事，就独自出外闲逛。不知在甚么所在，见了一桩不平的事，他出来调解，调解不了，他就冒起火来，竟把一个人打死了。他却不肯逃走，改了姓名，亲到咸宁县出首。那县官很好，说他是个义烈汉子，极力设法替他开脱。只在监里住了几月，这回万寿大赦，就把他赦出来了。他心里非常感激那县官，知道那县官五十多岁了，还没有儿子，平日杀绿林中人，又杀得最多。绿林中人恨那县官到了极处，只因在咸宁县任上，奈何他不得；一等他下任，便要动手劫杀他全家。杨海峰早知道这些情形，于今既感激那县官，自然不能不报答他。

---

[1] 咸宁：古地名，明清时与长安县同为陕西西安府治。民国时并入长安县。长安县现已经改称西安市长安区。

"杨海峰的女儿，年纪虽只得一十七岁，模样儿是不待说，全不像他老子那般嘴脸。就是武艺也比他老子强得多。他老子受了那县官的恩，没法报答，回家和她商量，打算将她送给那县官做妾。一来想替那县官生一两个儿子，承宗接代；二来有他女儿这种本领，也可保护那县官全家，免得下任时，被绿林中人暗害。但是他心里有些怕他女儿不愿意。从咸宁回来，打我家经过，要接我母亲去他家劝导。我母亲因上了年纪，近来身体有些不快，不曾去得。却好，他女儿很孝顺。他在监里的时候，他女儿半夜里悄悄偷探了几次监。几回要扭断锁，放他老子出来，他老子骂她道：'我若想逃，也不自首了。你这丫头要胡闹，就真送了我的性命了！并且县太爷待我这般恩深义重，我怎忍心越狱脱逃，去害他担处分呢？'女儿见他老子这们说，才不敢扭锁了。杨海峰把想报答县官的话，向他女儿说出来。他女儿一点也没露出不愿意的样子来。这回就是送他女儿到咸宁去，但不知道那县官肯收他女儿做妾也不。"

雪门和尚大笑道："原来有这们一回事。我在西安，虽与咸宁相离不远，只是终日不出门，又少和人来往，所以一些儿不曾得着消息。既有是这们一回事，我们果是用不着再去陈仓山了。"

朱镇岳问道："不去陈仓山，就从此改道去刘家坡么？"雪门和尚摇头道："刘家坡不能就从这里去。我们已到了这里，离天台山不远了，天台山上也很有几个人物。我原来打算先带你到陈仓山见过杨海峰之后，就去天台山盘桓几日。于今只得直去天台山了。"

王长胜从旁陪着笑脸说道："老师傅和朱公子要去天台山，也是从宝鸡县去的道路好走些。今夜虽没有多久的时间了，只是在这山里，莫说安睡，便是坐的地方也没有。我想请两位就此同去宝鸡县。舍间虽逼仄不洁净，只是权且休息，比这荒山上，总得安逸些儿。并且这件案子，若不是遇着两位，办不活，受追比，还在其次，不过皮肉上受点儿苦；这位公差爷误中了药弩，不是老师傅的灵丹妙药，还了得吗？我这一条小性命就此送定了，是不待说，还不知道一死能不能了结。我一条小性命送了，却没甚么要紧，老师傅请说，舍间一家老小如何过活？两位不但是我的救命恩人，要算是舍间一家老小的救命恩人！我若就是这们放两位走了，那还有一些儿人心吗？"

雪门和尚已扬手止住王长胜，不教他再说下去，随打着哈哈笑道："我们无心替你办活了这桩案子，替地方除了一个大害，算不了甚么恩。至于治好了公差，更是我们应做的事。世间那有见人要死，自己能够救得活，竟忍心袖手旁观，不去施救的道理？况我是一个出家人，存心专以慈悲救人为本，这说得上是你家的救命恩人吗？你这些话快不要提了，要我两人到你家去，倒也使得，就拾夺了走罢。"王长胜听得肯去宝鸡县，登时欢喜得甚么似的。一叠连声叫伙伴，抬公差，搬猴尸，扛猎具，一行人循着道路下山。

走到宝鸡城，已是天光将亮了。他们系奉命办案的，不必等天明开城，随时可以叫开城门进去。当下王长胜在前，叫开了城门。王长胜向雪门和尚道："让他们先去县衙，我陪老师傅和朱公子到了舍间，再去消差不迟。我想这时分，县太爷正睡得安稳，决不会立刻升堂。"

和尚笑着摇头道："那如何使得？你是个为首的人，倘若县太爷闻报就升堂，传呼你时，怎样使得？并且公差受了重伤，县太爷听了，必更升堂得快。我和你们一阵到县衙里去，且消了差再说。"王长胜更是喜出天外。

不一会到了县衙，天光已经大亮，各店家都开市了。雪门和尚见县衙旁边有一家茶楼，进去喝茶的人已不少了，便向王长胜说道："你们去消差，我二人在这茶楼上等你。"王长胜连声应"好"。师徒二人，遂上了茶楼，拣了一张桌子，师徒分上下坐了，即有堂倌过来招呼。

朱镇岳虽昨夜曾吃了干粮，此时腹中尚不觉饥饿，只是口里淡得很。见堂倌过来，就忙着问道："你这里有甚么荤鲜的菜，可多弄几样来给我吃。吃完了，我可多给你几两银子。"堂倌听了多给

几两银子的话，忍不住两只小眼睛就和捕班遇了强盗一般，只管圆鼓鼓的，向朱镇岳遍身上下打量。雪门和尚只作不理会，掉转脸望旁边。明知自己徒弟是个公子爷出身，外面的世情，一些儿也不懂得。

在报恩寺的时候，虽不及在府衙里那般供养，只是饮食并不粗劣，因此朱镇岳不觉得十分口淡。自从西安出来，每日都只勉强充饥，那里有一样可口的东西下肚呢？一来荒村逆旅，本没有甚可吃的；二来雪门和尚这次带朱镇岳出游，原是有意要给他些劳苦受，并使他熟练些世情。所以堂倌过来招呼，故意不作理会，看朱镇岳怎生发付。听了他对堂倌说的话，心里自免不了好笑，却忍住不做声。

朱镇岳被堂倌打量得气忿起来，登时两眼一瞪，哗了一声道："你这人怎这们混账！我问你的话，你聋了么？只管打量我干甚么哦？你见我这外衣破了，只当我吃不起荤鲜，吃了不给你钱么？"堂倌见朱镇岳发怒，便连忙陪笑说道："客官不要生气，我起初疑心客官是外路人，后来却又听出是本省的口音，所以不知不觉的，多望几眼。客官快不要着恼，我们帮生意的人，怎敢这们无礼。"

朱镇岳见堂倌一赔不是，气忿就立时消了，挥手说道："只要你不是怕我没钱就罢了。好好，不要多说闲话，耽误了时候，快去拣好吃的，弄来给我吃。我师傅吃素，素菜也多弄几样来。酒不用问，我师徒二人都从来不喝的。"朱镇岳一口气将这些话说完，复连连挥手，教堂倌快去。楼上坐了好几个喝茶的客，都望着朱镇岳好笑。堂倌也就笑道："客官弄错了，我们这里是茶楼，只有茶卖，从来不卖菜的。客官要吃荤鲜，须到酒菜馆里去。"

朱镇岳不禁诧异道："你们这里专卖茶吗？"随掉过脸，向雪门和尚道："师傅，我们走错了，我口又不渴，谁要喝茶呢？"和尚道："要吃荤鲜，这时候还早，馒头饽饽，这里是荤素都有的，胡乱吃些儿当点心。且等酒菜馆开了市，我再领你去吃。"朱镇岳听了，不好再说甚，低着头，咕嘟着嘴，不则一声。堂倌和那些喝茶的客人都望着暗笑。雪门和尚向堂倌说道："你就去拿几盘荤素点心来罢，我们吃了还要赶路呢。"堂倌应着去了。

一会儿送上茶和点心来。师徒二人正吃喝着，只见王长胜引着一个公差打扮的人上来，走近跟前。公差向师徒二人请了安，立起来恭恭敬敬地说道："敝上差小的来，奉请老师傅和朱公子到衙门里去。"

公差的话说到这里，王长胜便接着说道："果不出老师傅所料，我们进了衙门，门上二太爷就说，大老爷已经吩咐下来了，办马猴案的随时办活了，要随时传报，不必等候堂期。当下门上二太爷见我们一到，立刻传报进去。不到一会儿，县大老爷已经升坐大堂，传我上去问话。我将昨夜的情形据实禀明了，老爷现出非常欢喜的样子，带着笑问我道，'报恩寺的师傅和朱公子同你们来了，此刻还在外面吗？'我回两位在高升茶楼喝茶。老爷连连说道，那如何使得？随叫这位公差爷上去，教了几句话，要我同来，请两位到衙里去。"

雪门和尚笑向公差道："我两个原是路过西太华山，无意中干了这回事，算不了甚么。承贵大老爷来请，我本应带着我这徒弟去请安。奈我们昨夜整夜不曾合眼，此刻精神已不济，并且我们还有要紧的事须得赶路。请你拜覆贵大老爷，我们回头在此地经过的时候，准带这徒弟到衙门里，向贵大老爷请安。这回恕不奉命了。"公差那里肯走呢，暗暗推着王长胜，要王长胜求请。王长胜自是说了又说，无奈和尚执意不肯。

二人只得回身下楼，打算将和尚的话去回覆那县大老爷。刚走到楼梯口，即见有两个跟班打扮的人，拥着一个十七八岁的公子上来。这公差一见，忙让路，垂手立在一旁，口里叫了一声"少爷"。那公子问道："老师傅和朱公子在那里？"王长胜知道是县太爷恐怕请和尚不动，特教自己少爷来请的。连忙用手指着答道："两位都在上面坐着。"

那公子随着指处一望，已经看见了。急走了几步，先向和尚一揖到地，回身向朱镇岳也是一揖。和尚与朱镇岳见了那公子雍容华贵的样子，不觉都立起身来答礼。不知那公子姓甚名谁，请动了师徒二人没有，且俟下回再写。

评：

忆凤楼主评曰：杨海峰遭官司事，却从王长胜口中源源本本写出，此虚写法也，较之实地叙来者，更为有神矣。

朱镇岳入茶肆而索酒食，活写出一不谙世情之公子哥儿，令人为之绝倒，宜观者之窃笑其旁矣。而雪门和尚竟不加纠正，听其自然，尤觉传神阿堵。

第十四回

生艳羡公子珍破衣
致殷勤嘉宾进美馔

话说那宝鸡县知县的少爷，向雪门和尚师徒二人行过礼之后，从袖中抽出一张大红名片来，双手递给雪门和尚道："家君听说老师傅昨夜治好衙役，朱公子赤手裂开马猴的事，钦仰得五体投地。本要亲到这里来，恭迎老师傅和朱公子，去署里略尽一尽东道之谊。奈官守有在，不便亲来这里，不得已才命弟子来迎接两位，千万要请两位枉驾。"说毕，又打一躬。

雪门和尚接过那名片一看，上面印着"景霁"两个寸来大的字，反面印着"晴初行二"四个小字。即合掌当胸，笑着说道："老衲师徒有何能德，劳尊大人这般殷勤相待？更烦劳公子亲劳玉趾。刚才遵纪已再四传达尊大人盛意，无奈老衲方外之人，与顽徒偶然除了一个地方之害，实算不了甚么事。尊大人殷勤之意如何敢当！并且老衲和顽徒弟长途劳顿，昨夜又未得安眠，正想在这里略事休息，便要赶路往天台山去。所以转托遵纪，把这点意思敬覆尊大人。于今既是公子亲来，老衲只得遵命了。不过老衲有句话，得先在公子面前告罪。"

景公子忙说道："老师傅有话尽管吩咐，弟子无不照办。"

雪门和尚笑道："老衲山野之夫，疏放成性，见过尊大人后，便须告辞起身，不能在贵衙署里留连。"

景公子笑道："谨遵台命便了。"

和尚教朱镇岳还茶点账，景公子自是不肯。堂倌们见是县太爷的少爷在这里，谁不想乘机讨好？自然齐声说："老师傅不用问。"和尚知道他们绝不肯教付，也就不再说了。

朱镇岳见景公子衣饰华丽，回顾自己身上，却穿着昨夜被马猴撕破的外衣，少年公子性情、面子上，自免不了有些觉得过不去。幸喜包袱里还带着有齐整的衣服，望着和尚说道："弟子不换衣服怎么去？"

和尚哈哈笑道："我等出门行路的人，有甚要紧！"说时，随指撕破了的外衣给景公子看道："这就是昨夜那马猴给他撕破的。"

景公子一见朱镇岳那种飘逸风神、英爽气概，又知道他负着一身惊人的好武艺，赤手能撕开一只们大、许多猎人都拿不到的马猴，心里又是敬，又是爱，又是惭愧。暗想："他是西安府知府贵公子，比我只有高贵；偏他能练出这样一身本领来，随着他师傅到处游行。我也有了一十八岁，却镇日关在家中，连要除外逛逛，都是派几个下人跟着，怕人欺负了去。和他比起来，岂不要羞死？"心中正在如此想的时候，见和尚指了撕破的衣服给他看，又见朱镇岳解开包袱拿衣，急伸手止住说道："像公子身上这样撕破的衣，依小弟的愚见，觉得穿在身上，荣幸非常，比世上一切绫罗绸缎都体面得不知有多少倍！绫罗绸缎的衣，只要有钱，谁也能穿得上身；这一件破衣，不是公子，有谁够得上穿？公子若定要更换了好看的衣才去，即是以世俗的眼睛待家君和小弟了。"

雪门和尚也笑道："是呀，景公子的话，虽是带着奉承你的意思，但是实在也没甚么可丑。我们就此走罢，累得县大老爷久等，更是无礼了。"

王长胜立在朱镇岳后面，即把包袱接过来说道："我替公子背着。"朱镇岳只索不更换了。

一行人下来茶楼。景公子侧着身子，在前引道。须臾进了县衙，一直引到里面一个小花厅内。请师徒二人坐了，正待入里面通报。门帘启处，已走进一个便衣小帽、年约五十岁的人来，笑容满面的，向师徒二人拱手说道："老和尚、朱世兄竟肯枉顾，使我得瞻仰风采，真是荣幸极了！"

师徒二人忙立起身。朱镇岳听得呼自己世兄，料道必是和自己

父亲有交谊。只因自己在衙门里的时候，一心专在读书，世交、父执，知道的、认识的很少。官场中的年谊、世谊，是最讲究的，一点儿也不能错乱。当下，便呼着老世叔，向前请了一个安。

景晴初忙伸手拉住，逊坐说道："我与尊翁本是会试同年，又同时分到陕西来。十多年彼此往来，少有间断。就只这几年，因山川阻隔，彼此又都有职守，才阔别了不曾见面。你的两个哥哥夭折的时候，我都在尊府，曾几番劝慰尊翁。想不到只几年不见，世兄便长成一个这般人物，并造诣到这般的本领，实是可喜之至。"说完，回头望着景公子说道："无畏过来，应重新叩见老和尚与朱世兄。朱世兄的年纪比你大，应称大哥。"

景无畏侍立在他父亲旁边，见他父亲招呼，真个向雪门和尚紧走几步，恭恭敬敬地叩拜下去，忙得和尚合掌鞠躬不迭。起来又向朱镇岳拜，朱镇岳已先拜了下去。两人起来，景无畏仍侍立，不敢就坐，朱镇岳遂立着不好坐下去。景晴初教他儿子在下首坐了，朱镇岳才坐下来。

景晴初望着雪门和尚笑道："我知道老和尚是有道德的高僧，并有公孙古押衙的绝艺与华佗、扁鹊的神术。我要领教的话与奉恳的事，藏着一大肚皮，不是一时能说得了。我知道老和尚和高徒昨夜一夜不曾合眼，此时不待说是又饥又乏。我已准备了荤素的几样小菜，我们大家吃过之后，两位且休息一日，我藏着的一大肚皮的话，过了明日再谈。"

雪门和尚望着景无畏笑道："公子，老衲不是曾告罪在先吗？怎的公子倒忘了呢？"景晴初听了，不知和尚先说了甚么话，复回头问无畏。景无畏立起身，将和尚在茶楼上告罪的话说了。

景晴初大笑道："老和尚也太把我父子作恶俗人看待了！我小时候也是个最喜欢使枪刺棒的，只恨不曾遇着名师，才成了今日一个这们文弱的书生。可是我的性情，今年虽已五十二岁了，仍是粗鲁，有那些武将的脾气。说话文诌诌的来不惯。老和尚若把我当一个酸腐的文人，不屑和我拉交情，那就辜负我一片敬慕的心了。至

于朱世兄，我既和他尊翁有这点儿交情，我就托大，也要留他在这里盘桓一晌，不怕他不看我一点老面子。"

正说笑时，一个跟班进来，说酒席已经安排好了。景晴初笑着起身道："仓卒也弄不着好吃的，且暂时充充饥罢。"雪门和尚逊谢了两句。景晴初引道出了花厅，到对面的一间陈设很精雅的房里，一字并排，摆了两席酒菜。

景晴初道："老和尚吃素，我也是喜欢吃素的。我来奉陪老和尚坐这一席，无畏陪你朱大哥坐那席罢。"彼此大家坐定，吃喝起来。虽说是仓卒办出来的筵席，官衙里毕竟胜过平民，若拿来和周老五家的酒菜比较，自然是天地悬殊了。

朱镇岳自出西安以来，正是水浒传上李铁牛说的，口中淡出鸟来。但是此时，喉咙眼里虽饿得伸出了手，也得装一点儿客气，不好抓着便往口里塞。你谦我逊的，闹了好一会虚文俗套，才认真吃喝起来。

吃喝已毕，景晴初父子把师徒二人带到一间书房里。那书房安了两张卧榻，以外书案、书橱和桌几上的陈设物品，都极精致。景晴初道："卧具草率得很，两位辛苦了，将就点儿，休息休息，只比荒山旷野略好些儿。"

雪门和尚合掌笑道："我出家人享受这般供养真是罪过不小！小徒在家的时候，虽是享受得不差，只是自从进报恩寺，却也很受了些清苦。至于这次随老衲出游，餐风露宿，更是老先生做官的人想不出的劳苦。小徒今日在老先生这里，就像是贫家的小孩子过年，吃的也有，穿的也有，玩耍的也有，他心里正不知有多痛快呢。老先生怎用得着再这么客气？"说得景晴初父子都笑了。朱镇岳脸嫩，倒觉有些不好意思。景晴初只略略闲谈了几句，便请师徒二人休息，自带着景无畏出去了。

朱镇岳脱去了撕破的外衣，问雪门和尚道："师傅也睡么？弟子在光未明的时候，沉沉地想睡。跟着一群猎户在路上走，几次险些儿被石子绊跌了。两眼不用劲，便睁不开来。有时分明睁开了，却一点也看不见，满眼全是黑洞洞的。既是瞧不见，只得又合起来。谁知这一合起来，就再也不想睁开了。心里究竟是明白在路上行走，不能把两眼长久合了，于是半开半合，马马糊糊地跟着大家，高一步、低一步向前乱走。只是心想，要是有一处可睡的地方，给我安安乐乐地睡一觉，这甜美的味儿必是平生不曾尝过的。及至进了宝鸡城，不知怎的，睡意就完全没有了。这时候，更像平日睡足了一般，不再睡也罢了。"

雪门和尚道："这是一种心理上的关系。你一进宝鸡城，先到茶肆中，后又到这里来，全心都被别的事物牵引着，自然把睡魔驱走得无影无踪了。不过停歇上了床，身心一放，定就沉沉睡去。那时睡中的境地，一定很甜美哩。"说了一会，也即各自就寝。

不知在这宝鸡县中，又遇见了甚么事，且俟下回再写。

评：

忆凤楼主评曰："朱镇岳顾视破衣，逡巡不前，颇欲易而去之，未免尚有世俗之态。若景无畏之一席话，视此一袭破衣为重，而以绫罗绸缎为轻，是真有豪杰之心肠矣。宜厥后雪门和尚乐为收之门下，虽然，此特二人处境之不同耳，易地则亦然。

景晴初之于雪门师徒，适馆授餐，弥极殷勤之致。人皆谓所以报其除猿之德也，实则亦不尽然，盖有求于雪门和尚耳。比观下文乃益信。

121

第十五回

医怪疾高僧留县署
缔深交小侠滞书斋

话说朱镇岳第二天醒了起来，只见师傅已不在房中，便在一张椅中坐下，两眼向房门口望着。

不一会，忽见走进一个人来，定睛一看，却不是自己的师傅，乃是景无畏公子，遂急忙立起。景无畏见朱镇岳已立在房中，即过来拱手陪笑说道："大哥已起来了吗？失礼之至！小弟已来这里看过无数次了，见大哥睡得酣美，知道是疲劳过甚，便不敢惊动。已起来了好一会么？"

朱镇岳谦逊几句，说道："刚起来不久，我师傅在外面陪老世伯谈话么？"这时见有个跟班在门边伺候着，景无畏便先教那跟班打水来，给朱公子洗漱，跟班应着去了。才让朱镇岳坐了，答道："老师傅此刻正在里面，替家姊诊病，只怕还得一会儿方能了事。这回若不是老师傅的法驾降临，家姊的性命固是不保，就是家父家母也不知要急到怎样。"

朱镇岳听了，方要问景无畏的姐姐是害了甚么病，跟班已送洗漱水进来，只得起身洗漱。一看书橱上面放着一个包袱，认得是自己的，遂伸手取了下来，就书案上解开，拿出一件衣服。景无畏喜孜孜地过来，指着宝剑问道："大哥昨夜杀那只大马猴，就是用这宝剑么？"

朱镇岳摇头笑道："若是用了这把宝剑，我身上的外衣也不至被那畜牲撕破了。"景无畏诧异道："大哥怎的不用这剑呢？"朱镇岳即将当时想活捉了，带回西安去的话说了。

景无畏拍着手笑道："大哥想的实不错，像那们大的马猴，带回西安去，倒真好耍哩。见过那么大猴子的人，只怕也少。不过须有大哥这们大的本领，方能养这猴。换了旁人见了它，就得吓软手脚，谁有这们大的胆量，敢喂养它哩？"

朱镇岳道："这却容易。我若是昨日活捉了它，今早就得在这里买一条大铁链和一把很坚牢的铁锁，锁住了它的颈项。带回西安，就锁在我们府衙后面那个大花园里的房柱上。它纵然想咬人，有铁链锁了，它能有多大的气力，可拉断那铁链吗？那时随便那一个人，送东西给它吃，都没有要紧。"

景无畏点头叹气道："可惜了，只是这也是那马猴作恶太多，天理人情都应遭这般惨死。若给大哥活捉了，说要带回西安有用处，家父碍着大哥的情面，又明知非大哥没人能制服这畜牲，也不便定要留下来正法；那么这畜牲作恶多端，不反得了好处，以后在大哥手里，不是更无人能奈何它吗？那么被它奸死了的，和因被它奸了，羞忿自尽死的妇人，皆永远含冤地下，无伸雪的日子了。"

朱镇岳听了这一派话，心想："不错，这情理我竟不曾想到。如果我真个活捉了，带回西安去，岂不是和窝藏盗匪、庇护恶人一样的犯法吗？可见得做事不论大小，都得仔细思量，免得事后追悔不及。"

景无畏见朱镇岳沉思不语，以为是自己的话说得过于直率，使朱镇岳听了心里难过，忙用言语来解释。朱镇岳笑道："我的年纪虽比老弟痴长了几岁，见地实不及老弟多了。这话不是老弟提醒，我心里说不定十年八载，还觉得那马猴撕破了可惜呢。我师傅带我出来游历，也就为我不大懂得世故。老弟不要误会了，我若怪老弟说话直率，那我就更糊涂了。老弟刚才说，我师傅替令姊诊病去了，不知令姊患的甚么症候？"旋说旋穿了外衣，仍将包袱捆好，搁上书橱。

景无畏道："说到家姊的病症，真是使家父母急得无法。邻近三五百里远近的有名医生，没一个不曾迎接到这里来，认真求他们

医治。治不好没要紧，他们那些医生诊过了出去，还得在外面胡说乱道，传到家父母耳里，直气得说不出话。"

朱镇岳性情爽直，听景无畏说了好大一会，究不曾说出一个甚么病来，不由得截住话头问道："毕竟是个甚么症候呢？"

景无畏道："毕竟是个甚么症候，连我也说不出。家父雷厉风行的，着落众猎户要捉拿这只大马猴，一半为的是这猴子犯案过多，一半也就为家姊的病症。外面谣言，说是这马猴作祟。其实何尝与这马猴相干？家姊这病，起了有八个月哪。初起是没有精神，不大能吃饭，每日就只在床上睡着。家父也略懂得些医道，自己开了几个方子，服了几帖药，精神略好了些，但饮食仍是不如从前。三四个月下来，肚子看看的大了。家里雇的一个老妈子，乱说小姐有喜，家母气不过，将老妈子开发走了。从此才延医来诊，吃下去的药也不计数，那里有一些儿效验呢？倒诊得那肚子一月大似一月。大哥是知道的，我们都是诗礼人家，怎会有这种不体面的事？家父母明知是得了甚么奇异的病，只是不遇着名医，不能得个水落石出。恰好这几个月，这马猴闹的案子又层出不穷。外面的谣言就有说家姊的病，是由这马猴作祟起的。还有些无赖，平日被家父惩责的，更造出种种奇怪谣言，说得满城百姓都见神见鬼的，竟说夜间看见一只大马猴，在这房上走来走去。家姊几番要寻短见，都被丫鬟看出来了。家母痛哭流涕地劝慰说：'你这一死，外面的谣言更不得明白。'

"天幸今早猎户来呈报，说公差中了没解药的药箭。有西安报恩寺雪门老师傅，路过西太华山给治好了。家父听了，就连忙追问，才知道大哥也一阵到这里来了。所以家父来不及地命小弟出来迎接。家父的意思，本想请老师傅和大哥且休息，到明日再求老师傅去里面给家姊诊治的。奈家姊这两日肚子胀闷得太厉害，早饭时候已昏死过去了。家母急得哭起来。家父没法，只得轻轻到这房里来，看老师傅醒了没有。谁知老师傅却已起来，并已听得家母哭声。见家父进来，倒是老师傅先开口，问甚么人号哭。家父只得将

家姊患病的情形说了。老师傅真是菩萨心肠，一句话也不推辞，即随着家父到里面。诊过脉息，据老师傅说，只须半月工夫即可完全治好，并说有喜这些话完全是胡说，明明饮食之间不当心，吃了些毒物进去，才起了这种臌胀病呢。"

说话之间，景晴初已陪了雪门和尚来到书室之中。朱镇岳即规规矩矩的，上前向二人请了早安。景晴初笑着对朱镇岳说道："如今要屈留你在这里几天了，因为已蒙尊师应允，留在敝署替小女治病。大概总有十天半月的耽搁罢。这么一来，你们哥儿俩倒可多叙谈几天了，并且我很想教无畏跟你学习一切呢。"不知朱镇岳怎生回答，且俟下回再写。

评：

忆凤楼主评曰：无中生有，捏造谣言，此为世人之通病。景小姐得怪疾，而外人之浮言即纷起，亦其一例。幸遇雪门和尚，始得起沉疴、全清名，否则景小姐一死不足惜，尚留污名于身后，岂不冤哉！

医生为人治病，所以造福人群者也。今不能治人之病，反在外散播种种流言，不恤污人之名，求卸一己之责，此其心尚堪问乎？吾恨不能食此辈医生之肉而寝其皮！

朱镇岳之于马猴，固欲得而生擒者也。愿既未偿，中心未尝不耿耿。景无畏无意中，竟得一辟其谬，使之释然于心，谢过不遑。然则景无畏诚朱镇岳之畏友哉！

128

第十六回

水乳交融欣逢同调
沆瀣一气喜得名师

　　话说朱镇岳听了景晴初的一番话，也笑着答道："老伯言重了，小侄有何德何能，好教兄弟跟我学习？倒是老伯德高望重，小侄倒可乘着在这里的时候，时常请教。这是小侄很引为幸事的呢。"大家谦逊了一番，景晴初也自去办公事了。从此，师徒二人便在景晴初署中住了下来。

　　朱镇岳和景无畏竟谈得非常投机。这一天，二人又在书室中谈天。景无畏道："此刻老师傅正在里面，亲手调药给家姊服。母亲说，非等家姊的病完全治好，无论如何，决不放老师傅和大哥动身。这真是我家的缘法好，才能在这要紧的时候，好容易遇着老师傅和大哥。这岂是寻常的遇合？就是依小弟一个人的意思，不遇见大哥则已，既是我有福分，能得遇见大哥，也断不能就是这样随随便便地放大哥走。不过若不是家姊害了这样奇怪的病，非老师傅不能治，我便得遇见大哥，也只能留大哥在这里盘桓三五日。大哥真有重大的事要走，小弟难道好不知世故的，蛮扭住大哥不放？论人情，虽不忍说幸得家姊病了，你我方有此多聚首的机缘，但就事实看来，确是亏了家姊这病。大哥不怪我这话说得太荒唐吗？"

　　朱镇岳看了景无畏这种温文尔雅的态度和殷勤恳挚的情谊，自己是个没有兄弟的人，忽然得了这般一个异姓兄弟，心里如何能不高兴呢？连忙点头答道："这话一些不错，就是我也想多和老弟团聚几天。我这回同师傅出来，甚么重大的事都没有。只是虽没有重大的事，若平白无故的，要在这里住多少日子，师傅是必不肯的。因为我的身体本来经不了多的劳苦，脾胃也浓厚惯了，好容易从西安出来，劳苦清淡地到了这里，已渐渐地习惯成自然了。再加十天半月的工夫，便可劳苦不觉了。在这里住多了日子，不是前功尽弃吗？恰为了令姊的病，绊住师傅，我也就住下来了，这真是很难得的机缘啊！不过我也有一种怕惧，生怕这一住下来，我的工夫又要懈怠哩。"

景无畏道："大哥的话说得很是。不过说怕工夫懈怠，这倒不成问题。这里署内后园中，有一块很大的旷地。大哥如果要练工夫，小弟尽可陪着大哥到那里去。小弟并欲借此一广眼界哩。"

朱镇岳听了十分欢喜，即翼着无畏陪他一同去后园中。只见那后园也小有园林之胜，地方果然很大。二人四下游了一会，便在一片旷地上立着。

景无畏笑着说道："大哥如今可以施展拳脚了。"朱镇岳把头点点，说声献丑，即把衣服一挽，在草地上打了几回拳。数日不做工夫，得这们练了一趟，血脉和顺得多，精神也觉得爽得多；却把旁观的景无畏倒瞧得眼花缭乱、心痒难熬了。便对朱镇岳说道："小弟虽是个门外汉，但瞧大哥方才练了这们一套工夫，觉得实在不错。并且以为少年人在外处世，应练有这们一种工夫的。所以很想跟大哥学习一下，不知大哥也肯收我这个呆笨的徒弟吗？"

朱镇岳笑道："我自己的工夫尚没有练成，程度还浅薄得很，怎么就好收徒弟呢？兄弟如今说这种话，不是在那里取笑我吗？"

景无畏道："小弟完全说的是实话，那里敢取笑大哥！大哥的工夫虽说还没有登峰造极到十分高深的地位，然而总算已有门径，像我这种启蒙的程度，大哥难道还怕教不下来吗？"

朱镇岳笑道："兄弟这话却说错了，越是启蒙的工夫，教起来越是为难，越是含糊不得。因为人当初学的时候，好似一只船驶行海中，茫茫然无所之，须替他定个方向。方向能定得对，那么按程前进，自有达到目的地之一日。否则方向一误，就有迷途之虞，即永无达登彼岸之望。这如何可以含糊得一些呢？如今兄弟既是如此诚意，我看这样办罢，我师傅的工夫最是了不得的，不如就请他老

人家收你做个徒弟。他老人家对于你家感情很好，大概不致拒绝。那你跟着前去练工夫，我们更可镇日子同在一处了，岂不是好？不过伯父伯母那边，不知意下如何，也能舍得让你出去吗？"

景无畏听了，欢喜得了不得，便道："这个主意好极！让我禀明父母，就去求他老人家，并请大哥在旁代为恳求几句。至于家父家母那边，虽说是很疼爱儿子，舍不得相离，但望儿子成材之心也很切。对于小弟要出外从师，练习武艺，素有一种默许，并不怎样反对。只因一时没有得到明师，所以不曾实行。如今有这个机缘，那是再好没有了，一定可以允许我呢。"说完，又看朱镇岳练了一回工夫，方始回到里面。

这时雪门和尚也已替景小姐看了病，由景晴初陪着出来了。景无畏便上前去，将要拜雪门和尚为师、练习武艺的话，向他父亲禀明。景晴初听完，略略踌躇一下，便道："这事甚好，我亦早有此意了。你瞧像朱大哥的功夫，练得如此之好，他自己果然觉得很有趣味。就在他们伯父伯母面上，不是也很有光彩吗？不过像你这么一个顽劣的徒弟，不知老和尚肯不肯把你收在门下。"边说边向雪门和尚望着，并微微一笑。

雪门和尚道："老衲原想多收几个徒弟，像公子这样头角峥嵘，而且满脸露着清秀之气，一见就知很有根器，我早已有意要请舍给我做徒弟了。只恐老先生不肯，所以没敢开口。如今既是老先生同公子都有这个意思，这真不谋而合了，我难道还会反对吗？"

景晴初道："这是承情之至，那么师傅几时带他去呢？"

雪门和尚道："这总要待老衲回到西安之后。如果如今就带他同行，路上这种辛苦，那他一定要弄不惯的。"景无畏不等他父亲说话，就说道："师傅既然已肯收弟子做徒弟，不如就带弟子同走罢。一则可让弟子见见世面，再则也可让弟子习点劳苦呢。"

雪门和尚听了，望着景晴初道："公子如此说法，老先生意下如何？老衲却无甚么意见，不过如果真是这们办的，那我一等姑娘病好，就要带公子同走了，不知老先生也舍得不？并且夫人那边也

须得说个明白呢。"

景晴初道："这是迟早总要走的，有甚舍得不舍得？至于贱内对于这事，一定没有甚么话说，只要向她说明一声就是了。只是小儿初次出门，行装未齐，还须得略略制备些。"

雪门和尚道："这是当然的事。"

景晴初道："无畏，如此说来，你可以拜见师傅了，还呆立在这里则甚？"无畏听了，忙去向雪门和尚磕了头，又和朱镇岳见了礼。

晚间，又备了荤素二席，算是拜师傅的酒，这也不在话下。不多几日，景小姐的病已完全治好，无畏的行装也已办齐。师徒三众一起动身。无畏和父母分别的时候，自有一种凄凉的景况，也不必细述。至于动身以后，不知途中又遇见些甚么事情，且俟下回再写。

评：

忆凤楼主评曰：因景小姐之一病，而使朱镇岳、景无畏二人得以叙谈衷曲，缔结深交。是景小姐之病，固大有造于二人也。即谓为作者写景小姐之病，正是作者之故弄狡狯处，亦无不可。观于写景小姐之病状略，写二人之谈话详，益昭然若揭矣。

写景无畏因观练艺而思拜师，弥极纤徐之致。于是雪门和尚又得一高徒，而朱、景二人亦可长在一处矣。

第十七回

奋神威道旁斗猛豹
比剑木山下缔新知

话说师徒三众一到路上，雪门和尚就对朱镇岳说道："我这一次带你出游，原欲教你习点辛苦、练上点儿外功的；不过如今同了无畏在一起走，他是不会练工夫的，那可不能像先前这样的猛力赶路了。我看如此办罢，你尽管放开脚步，自向前走，让我带着无畏，在后缓缓跟着。每天应在甚么地方打尖或住宿，我来告诉你，你先走到，就在那里等着就是了。好在此去天台山也没有甚么岔路，你一定不会迷途咧。这不是可以各行其是吗？"朱镇岳点头赞成，含笑向二人道："如此，我先行一步了。"即放开足步，向前走去。

一路无话。这一天走到申牌时分，心中忖算：照情形看去，快要到天台山了，不知师傅同着师弟此刻已走到了甚么地方？

正在忖着，忽然有一件东西在他眼前一耀，连忙掌眼一看。原来一头豹子从山径上奔下，径向他扑来了。他暗暗好笑："这头豹子真大胆，在这晴天白日，竟敢闯到这大路上来。也总算是这孽畜晦气，恰恰遇着了我，我决不放它过门！"说时迟，那时快，那豹早已身临切近。朱镇岳便提起拳头，恶狠狠地一拳，向豹的肚腹上打去。谁知这豹也真灵活，拳头没有打到它身，它早已嗥了一声，倏地又跳到朱镇岳的背后去了。朱镇岳仍是提着拳头，使劲地对准着它打去，这豹却又跳了开去。这样的跳来躲去，闹了好一阵，始终人也没有伤着豹，豹也没有伤着人，倒闹得朱镇岳有些着恼起来了。暗想：好一头玩劣的豹子！看来徒手是对付它不下的了，不如拔出剑来，结果了它罢。正待掣出剑来，忽听得有人在山上大声喊道："那里来的强徒，休得伤你家小爷看家的豹子！"

朱镇岳连忙抬头看时，只见山径上立着一个十六七岁的少年，背负长剑，在左胁下悬革囊，生得巨颡广口，英气盎然，不觉暗暗喝一声彩，一面也就答道："明明是一头玩劣的野豹，那里会是你家眷养的，休得胡说！"边说边就把剑擘出，仍赶着向这豹刺去。这豹也真是奇怪，不待剑锋到来，早已掉转身躯，飞快地向山径上奔去。在这当儿，那个少年却动了火了，早把背上的长剑拔出，大踏步走下山来，在和朱镇岳相距的十数步外，立住了足，对着朱镇岳朗声说道："你不要专寻着这豹子作对，你如果真是个汉子，真有本领的，可来和你小爷斗上几个回合。"

朱镇岳守着师傅雪门和尚的教训，原不愿乱逞本领，和人厮斗。不过年少气盛，听了方才这几句话，实在有些受不住，并且存心也要瞧瞧这少年到底具有何种本领，就笑了一声说道："你既愿和我厮斗，我难道还怕了你？有甚么本领尽管使出来罢。"

那少年道："这才是好小子！好的，我可要放肆了。"说着，即奔前几步，又把脚站定了，就展出手来，一道剑光直向朱镇岳站的地方飞去。朱镇岳忙也取剑架住，就此一来一往地斗起来。朱镇岳暗看那少年的剑法，虽和自己的派路不同，却也精湛绝伦，无懈可击。那少年也暗暗夸赞朱镇岳的剑法好，自己放出全副本领来对付，只能打个敌手，竟没有法子可赢他。两下斗了好半天，尚分不出甚么胜负来。

忽听远远有人高声喊道："你们两人快快住手，大家都是自家人，又何必这样的恶斗呢？"这话的效力很大，二人听了，同时住了手。朱镇岳忙回头看时，原来师傅同着景无畏来了，方才说话的正是师傅呢。暗想：那少年一定和师傅有世谊，所以师傅认识他，说彼此都是自家人。再看那少年时，却圆圆地鼓起两个眼睛，露出诧愕之色。一会儿，雪门和尚已同着无畏走近他们二人之前。那少年已收了剑，似行礼非行礼的，向雪门和尚闹了一个顽意儿，一面问道："师傅到底是甚么人？我并不认识师傅，师傅大概也不会认

识我，怎又说是自家人呢？"

雪门和尚笑道："我已有二十多年不来这里了，我当然不会认识你，你当然也不会认识我。不过我虽不认识你的人，却认识你的剑。你这剑法不是和蒋立雄一派么？这是我们常在江湖上走走的人，一瞧就可知道的。我和蒋立雄是多年的老友。如今遇见了和他同派的人，怎能说不是自家人呢？"那少年一听这话，顿时改变了容态，露出了一种肃然起敬的样子，忙说道："原来是师伯来了！我唤蒋小雄，师伯方才提起的那一位就是家父。但不知师伯法号的上下，是那两个字？"雪门和尚道："我就是雪门和尚，这是我的两个小徒，你们大家见见罢。"

蒋小雄向二人行过了礼，问过姓名。又说道："原来是雪门老师伯，这是家父时常提起的。说就当今普天下善击剑的论起来，要推师伯为第一。怪不得朱兄的剑术如此精湛无比！我方才瞧见了，本在那里疑惑着，这人的剑术一定经过了名师教授的。如今果知名下无虚了。"雪门和尚哈哈大笑道："好说好说，你的剑术也难道可以说是坏吗？我方才远远地瞧见了几手，不是因为你比尊翁生得高，我简直要疑这击剑的就是尊翁呢。我且问你，尊翁现在在那里？也在山上吗？我这次是特来拜望他的，并令小徒等瞻仰瞻仰老前辈的风采呢。"

蒋小雄忙道："在山上。真的，我贪说话说得忘了，嘉客远来，我应该早点去通报家父，使家父好出来迎接。如今请师伯同着两位兄长，沿着山径缓缓上去，我要先行一步了。"说完之后，也不待雪门和尚答话，就飞也似地奔上山去。那头豹子正在山径上等着，他刚走近豹的身旁，就将身一耸，跳上豹背，那豹也像驼惯了人似的，一点不露倔强之态，四蹄如飞，就驼着他向山深处行去了。雪门和尚想要呼止他，早已来不及，便笑着对朱镇岳和景无畏说道："你看他多们活泼，竟把这头豹子像马也似的骑起来了！这倒是从未瞧见过的啊。"朱镇岳接道："怪不得他方才说，这头豹子是他看家的豹子。照此看来，他倒没有打诳语咧。"说着，便把方

才一节事，从头至尾讲给雪门和尚听了。

雪门和尚道："我来的时候见你同人家厮斗，本有点儿诧异。想我曾几次三番地嘱咐你，总以谦逊为上，不要卖弄本领。怎一背了我，又不遵照我的说话起来？谁知原来是这么一回事。"说话的时候，便同着二人向山径上走去。

又向景无畏望望，见他略露疲倦之色，便问道："走这点儿路，你还不觉得吃力吗？"景无畏道："弟子虽没有练过工夫，走长路是素来不怕的。所以这一次敢毅然决然的，情愿同着师傅、师兄同走。不料和师傅一比脚力，才知差得远了。但还总算是师傅体谅我，还是开的慢步。如果也和师兄这样的赶起路来，那可真是要累死我了。如今只略略觉得有点疲倦罢了。"雪门和尚又慰问了他几句，边说边走上山去。

刚刚走到半山，只见有一大堆人迎面走来，迎头一个就是蒋立雄，后面跟着陈天祥、王大槐、李无霸、金祥麟等一班人，都是雪门和尚旧时认识的。此外还有几个，却不曾会过面；又随着几个雄赳赳气昂昂的少年，大概是这般人的子弟。蒋小雄也夹在中间，却不骑那头豹子了。雪门和尚见了，忙带了两个徒弟上前与众人相见，一一行礼。

蒋立雄便指着一个浓髭黑汉，向雪门和尚介绍道："这是萧天雄。"指着一个短小汉子道，"这是黄公侠。"指着一个大胖子道，"这是李半天。"还有甚么吕荣卿、沈麟趾、尤大朋这班人，不免大家说了一番客套的话。随后又令这班小辈英雄也上前见过。雪门和尚着实夸赞了几句。

蒋立雄也向朱镇岳、景无畏二人仔细端详了一回，向雪门和尚把拇指翘翘，夸赞道："你真好眼力，收得这么两个秀外慧中的好徒弟！"雪门和尚笑道："我的徒弟不过尔尔，你的令郎确实不凡，我已在山下瞻仰过他的剑术了。"蒋立雄微笑。

王大槐又对雪门和尚道："师兄，你为甚么这时候才来？我们真是望眼欲穿了。我们这班人如今聚了住在这里，任甚都不干，真乐极了。你这一来，我们大家可要轮流宴请，不能放你就走。"
雪门和尚笑道："想不到你还是这样活泼泼的，怪不得你一点不见
老！好，好，我定要扰你们一个遍，我才走路！"说完，大家同向
山上行去。

远远望去，山峰之上，盖着疏疏落落一大片的屋子，三三五五
遥相衔接，映着青阡绿陌，别有幽静之致。不知到了山上如何，且
俟下回再写。

评：

忆凤楼主评曰：大道之上，忽来猛豹，已足奇矣，不图此豹
之来，实有指使之人，尤奇之又奇者。宜读者阅至此节，辄觉五
花八门，为之眼花缭乱。

雪门和尚初不识蒋小雄，而偏识蒋小雄之剑。猝闻之，似属
奇谈，实则确也。盖剑术之各具家数，犹人之面目互判。在善剑
术者眼中观去，若者授自何人，若者独属于某派，固一目了然
耳。

双雄较剑，正自难分高下，雪门和尚适接踵而来，一场纠纷
始得解。此于二人言之，深喜得此排难解纷人耳。在读者言之则
不然。倘雪门和尚能迟迟未行，不将更有热闹之关节发见乎？

第十八回

月光下力劈大虫
山穴中生擒乳豹

话说天台山上蒋立雄一干人，簇拥着雪门和尚师徒三众，到了山上，已快近上灯时候了。由蒋立雄硬作主张，请他们在自己屋中住了下来。咄嗟之间，便又备起了一席素席、几席荤席，款待他们，说是替他们洗尘。

入席之后，雪门和尚这一席上，自有几个老朋友陪着他，畅谈别后情事。朱镇岳和景无畏却在另一席上，陪席的都是他们那班小弟兄。大家谈谈这样，谈谈那样，比别席更是来得起劲、来得热闹。

朱镇岳便问起蒋小雄的这头豹子，到底是从那里弄来的，竟养得如此之驯。蒋小雄还没有答话，王大槐的儿子王小槐早就笑着说道："你问他的那头豹子吗？这才缠煞人咧！他每每逢到高兴的时候，就带了这头豹子到山边去。遇见有人走过，就放这豹子下山，他自己却藏在树林中偷瞧着，往往吓得这班行旅之人一个个丧魂落魄，他却暗地乐得了不得。间或有几个带得武器的，想把这豹子打死。但是这豹子灵活得很，不要说打它不死，就要戳它一刀一枪，也不是容易的事。何况还有一位镖客，在林中替它保着镖。一见势头不对，就要亲自出马，这那里还会有失风的时候呢？"

朱镇岳听了笑道："原来如此，怪不得他方才下山来如此之快咧。"众人争问，方才是怎么一回事？蒋小雄不等朱镇岳说出，就把方才山下的事约略说上一说。众人笑道："这回你可遇到了对手了。如果没有雪门师父到来解围，真不知是怎么一个结局呢。"蒋小雄也笑。

朱镇岳便又向蒋小雄追问那豹子的来历。蒋小雄道："你要问那豹子来历吗？说来话长，你且干上一杯，我就慢慢地讲给你

143

听。"朱镇岳只得干了一杯。

蒋小雄方说道："我生性最是顽皮。在这班小弟兄中，要推我最是好嬉好弄，素喜在山前山后四处乱走的。在这三年之前，有一天的晚上，我背着父母，私下多饮了几杯酒，睡在床上，兀自睡不着。便发一个狠，爬起身来，偷偷开门出去，到外面去走走，想要借着好风，把这酒力吹散咧。这一晚，月色甚是清丽。我一壁玩月，一壁向前走去，酒意不觉醒了一半。不一会已走到山后，就在一条青石条上坐下休息。坐了不多久，忽地起了一阵旋风，从山那边吹来。就这旋风里面，蹿来了一头野兽。定睛瞧时，毛色黄褐，似虎而小，背上隐约显着斑纹，好像是一头金钱豹咧！我看了暗想：怪不得人家传说，这山后有金钱豹作着巢穴。以前我因没有亲眼瞧见，心中兀自不信，如今方知传说非虚了。这倒是千载一时之机会，我何不追踪前去，直捣豹穴，把这些豹子生擒活捉几头来顽顽呢？当时一半也仗着酒力，所以想定以后，即挺然起身前往。"

朱镇岳问道："你那时还是赤手空拳而往，还是带有武器呢？"蒋小雄道："我是睡而复起，出门来散散酒力的，那里来得及带甚么武器，还不是一个光人吗？走不到百余步，果然见有一头豹子坐在石上，好似在那里玩月似的。还未待我走近，早已瞧见了我。即露着很凶恶的神气，立了起来，又嗥了一声，张牙舞爪，对我扑来。直见它来势很是凶猛，忙向旁一避，却乘它刚要扑过去的时候，转身伸出手来，抓着它那两条后腿，用尽平生之力，向外这么一撕。它只很惨厉的嗥得一声，要掉过身来，施展它那利齿，我却早已把它撕成两爿，连五脏六腑都流在外面了。

"我放下了这死豹，正在私自称幸。忽又有一头野兽，不知从甚么地方蹿了来。等到我方觉察，它已"飕"的一阵风，站在我的背后了。我这时势不能向后顾，向前跳避也早失去机会。正处于进退维谷、束手待毙的地位。忽然一个转念，也不管三七二十一，将身一纵，就蹿上了靠近身旁的一棵大树上。向下望时，方见那头野兽乃是一头猛虎，并不是豹子，正恶狠狠的，圆睁着两个眼睛，

向树下四处觅人咧。一抬起眼来，恰恰瞧见了我，顿时火赤着两个眼睛，像恨不得要把我一口吞下去似的。我却暗暗好笑：这时我在树上，你在树下，任你有多大本领，也奈何我不得了。不比方才那么冷不防掩至我的背后，一个不留神，就要吃你的亏，那倒是思之犹有余悸的。这虎怀着一肚皮的怒意，急切间又抓我不着，愤怒得更加厉害，野性不免大发了。只是乱纵乱跳，绕树而走。有时奋力想扑上来，但是这么高的树，那里扑得上？不过把树枝摇得呼呼的响。幸亏树本很是坚固，倒没有被它弄倒。隔了一会子，这虎似乎有些倦意了，长啸了一声，在树下坐了下来。我暗想：俗语说得好，千年难遇虎瞌睡。如今这虎席地而坐，不是和打瞌睡不过相差一间吗？不于此时收拾了它，更待何时呢？

"主意想定，就飞鸟似的，从树上飞了下来。恰恰骑在那虎的身上，尽力把它向地下揿着，不使它动弹得分毫。一面握着拳头，像雨点一般的，向它满头满脑拼命地挥打着。这时这头猛虎，驯服得和家猫一般，一点能耐都施展不出了。被我打得急时，只是呜呜地吼叫，含着悲鸣的意味，并无一点雄武的气概。不到多久，眼中、鼻中、口中都打得鲜血直拥出来，沁沁然淌个不住。我见了这种情形，那里还敢怠慢？更用足了力，向它浑身挥打。直打得那虎一息恹恹、万无生望了，方始罢手。

"跨下虎背，正思休息片刻，谁知'飕'的一阵风，又蹿来一头野兽，伸出两个爪子，要把我的肩背搭住了……"

朱镇岳笑道："这头野兽倒也妙得很，大概是替那虎报仇来的，所以方才你把虎背跨住，它如今也要把你的肩背搭住，想如法泡制一下。后来又怎么样呢？"

蒋小雄也笑道："如果始终被它搭住，那就不死在它手，也必受了重伤，成了残废，今日还能好好的在这里和诸位谈话吗？我的听觉和触觉都是十分敏锐的。'飕飕'的风声未歇，我早已知道又来了一头野兽。等得它的两个爪子刚要搭上来，我已觉得很明白，这那里还用思量，又那里好让它搭住呢？便使足力气地把它向外一摔。这时它

的两爪刚近搭牢，还没搭牢，自然受不住这种力量，早已'轰'的一声，老远的摔开去了。接着又听它很悲惨的嗥了几声，好像是豹子叫的声音。我这才缓了一口气。回过头去瞧瞧，却不见有甚么豹子在地上。用尽目力，四处看了一会，方看见一二丈外一棵大树的桠枝上，挂着了一件东西。这不是一头豹子是甚么呢？

"照情形看去，大概我摔的时候，势力用得太猛了一些，所以把那豹子摔得很高，又摔得很远。等得落下来时，刚刚触在那很尖很锐的桠枝上，就穿肠贯腹而过，生生地把这豹子送了命。刚才的几声惨叫，正是他临命时的哀音呢。我忖度到这层道理，一壁也就缓缓的，向这树走了过去。到得跟前一看，这豹子果然已穿肠贯腹而死了。树下拥着一大堆血。这死豹身上，却兀自腥血淋漓，淌个不住。我看了暗想：这一回事，真巧得很，也真侥幸的很。好凶猛的一头豹子，竟一点不费力的，这样的把它结果了。否则我打死了一头豹子、一头猛虎之后，气力早已有点不济。再来和这头豹子周旋，正觉有点为难呢。

"随坐下休息了一会。气力渐渐回复。气力刚一回复，却又发生一种妙想了。你道是一种怎样妙想呢？原来我忽想到，先前那头豹子和后来那头豹子，一定是一对配偶。既成了配偶，一定有小豹生下来的。我如今即把雌雄两豹都已打死，没有捉到活的，何不再到它的豹穴中去寻寻，或者有甚么小豹留下，我就把它捉回家去，豢养起来。如此岂不遂了我所以打豹的初衷，并且不也是件很有趣味的事情吗？至于豹穴的所在，大概就在先前那头豹子坐着玩月的地方左右一带，这个推测大概是不会错的罢。

"主意打定，就很高兴地走了去。不上一会，果然被我找着了豹穴。隐隐有乳豹嗥叫的声音，从穴中传了出来。不过照外表看去，这豹穴很是深邃，又在夜中，一时却没有这胆量敢进去。我想了一想，便在穴外学着豹嗥的声音，想把这几头乳豹诱了出来。果不其然，不费许多工夫，就有两头乳豹蹿出穴来了。再要大的豹子，再要猛的豹子，我都能活活地把它打死，这们两头乳豹要费我甚么手脚呢？自然就把它们乖乖地擒住，解下腰带，一齐缚住，牵回家来了。第二天，又把这死豹死虎拖了回来，食肉寝皮，说不出的一种快活。这一晚的成绩总算不坏啊。"

朱镇岳把拇指翘翘道："真可以！小说书上所说的武松打虎，恐怕也不过如此罢。但是你说当时曾带回了两头乳豹，如今为何只剩了一头呢？"蒋小雄道："一头带回来不久，就患病死了。不然这两头豹倒是雌雄配成的，将来生生不息，还可造成一个豹苑呢。"

景无畏道："听了小雄兄打虎打豹这两桩事，令人精神勃长。我倒又想起镇岳兄撕死淫猴一件事来。两下比起来，倒真不相上下呢。"众人听了，忙追问是怎么一桩事。朱镇岳忙道："这算得什么，何必讲呢？"景无畏要不讲时，却经不住众人逼着他，只得把这事约略讲了出来。众人听完，啧啧向朱镇岳夸赞。

谁知正在这个当儿，忽听有人在窗外冷笑了一声，接着又尖声说道："看不出你们都有这么大的本领，我偏不信，倒要请教请教呢。"众人闻言，不觉一齐愕了起来。欲知说这话的是甚么人，且俟下回再写。

评：

忆凤楼主评曰：小说上写打虎事者，见不一见。即水浒一书，有武松之打虎，有李逵之打虎，而写法各不相犯。今著者之写打虎，则又别具风格，不犯前人一笔，此其所以难能可贵矣。

倏来两豹，又来一虎，弥极波谲云诡之致。而蒋小雄竟能对付裕如，不露惊皇之色。质言之，此非蒋小雄之故示镇静，实著者之好整以暇。此其才又宁可及乎？而死两豹殪一虎，写法不同，身手各异，尤令人观之眉飞色舞矣。

蒋小雄欲生擒乳豹以归，与朱镇岳之欲生擒马猴以归者，其心理适相同，惟一成一不成，此其不同之点耳。

末尾一结，奇峰陡起，知下面又有绝热闹之文章，读者精神为之一振。

第十九回

黑夜行窃暗显神通
白日搜脏大开谈判

话说一众小弟兄正说得高兴，忽有人在窗外冷笑了一声，并说了几句杀风景的话，众人倒不觉一齐愕了起来。王小槐最是躁急不过的，便立起身来，赶出厅去。众人也一齐跟了出去。连雪门和尚一席上，也有几个人立了起来。

谁知到得厅外一看，静悄悄的，并无半个人影。刚才冷笑着说话的那个人，早已不知去向了。在厅外回廊内四下一找，也没有发现什么，只得回到厅内，重行入席。王小槐道："照我看来，喜欢干这种事情的，定只有他，再没有别个人。"他正很高兴地说到这里，蒋小雄忙向他丢了一个眼色，王小槐自知失言，也就不说下去。朱镇岳虽然有些瞧见，却不好动问，只得闷在心头。

隔了一会，席也散了，蒋立雄便又很殷勤的，引他们师徒三众到一间精美的卧室中，说道："蜗居很是仄小，就奉屈三位在这两室中住几天罢。"雪门和尚笑道："这们金碧辉煌的屋子，简直可当天宫之称，怎反谦作两室？老实说，老衲住到这种地方，出世以来还是第一次呢。"蒋立雄又闲谈了几句，即告便出房而去。

朱镇岳等二人睡后，又在室中各处照看了一番，方始睡下。景无畏见了笑道："你也太小心了，我们如今是住在蒋伯父家中，并不是住在别的地方，难道还怕有甚么意外的危险发生吗？"朱镇岳道："你这话固说得是，但是不知为了甚么，我今晚心中很是不安，总觉得要发生点甚么意外事情呢。"雪门和尚道："你存下这种

151

戒备之心，倒也不是无因。大概为着刚才坐席的时候，有人听了你们的谈话，在窗外冷笑罢？但照我看来，这事就扩大起来，也不过是一种游戏的举动，决不会有甚么危险发生的。你尽可安心睡觉罢。"朱镇岳见师傅既这们说，也就安心睡下。

到得半夜时分，朦胧中，忽听得有人在室中走动的声音。这种声音很轻很细，含有鼠窃的意味。朱镇岳虽是睡着，心中却时时刻刻戒备着，生怕有甚么人黑夜偷入他的室中。一听得这种声音，怎会不立刻警觉呢？即悄悄坐了起来，侧耳细细一听，想要听准了方向，偷偷掩了过去，把那人捉住的。谁知道那人的官觉也真灵敏，朱镇岳在床上坐起来的时候，声音虽是很轻，却早已被他听得了。就听他在黑暗中"噗哧"一笑道："总算是你有本领的，不等我来动手，你先已警醒了。我可没有这们呆，肯呆守在这里等你来捉，却要先走一步了。你们如果少却甚么东西，尽管向我来取罢。"说完，就寂无声息，大概是已走了。

朱镇岳知道这人很有本领，黑夜中追去，不见得能追得着，并且不见得能占上风。但是少年人生性好强，听了这一番话，那里能按捺得住呢？所以连忙从床上跳得下来。这时室中灯火已灭，仅窗外微微有些月光，却照见一扇窗棂已经洞开了。知道那人是从这里出入的，也就不管三七二十一，一个箭步蹿出窗外。只见深院沉沉，悄无声息，那人早已不知去向了。

朱镇岳心还未死，又跳出院墙外去望望，也是杳无所见。比及废然回到室中时，雪门和尚及景无畏都已起来了，已把灯火点得亮亮的，争着问到底是怎么一回事。又问："你出去瞧见了些甚么？"朱镇岳心神倒还镇定，要言不烦地说道："刚才果真有人到室中来了，我在睡梦中被他惊醒，正想悄悄地起来捉住了他，谁知他也真灵敏，竟会觉察得我的用意，不等我去捉他；他早已很快地逃走了。不过曾留下几句话，说我们如果失去了甚么东西，尽可去向他索还呢。真的，我们且检查一下子，到底被他拿去了什么东西啊。"

　　话刚说完，只见景无畏向床边望了一望，早已"咦"的一声喊了起来道："不好，我的一个包裹果真被他拿了去了。"雪门和尚道："既已被他拿去，今晚是万万追不回来的了。不如静静儿睡觉，待到明天再想法罢。好在他曾有尽可向他索还这一句话，这明明表示他的目的并不在乎这个包裹，不过是与我们赌气，要借此作个引子，和我们比比本领罢了。那明天一定可以得到个水落石出的。不然在这半夜三更，尽自闹个不休，闹得大家都惊醒起来，很不成件事体呢。"朱镇岳和景无畏听了，很以这番话为是，也就吹灯熄火，重行睡觉。

　　到了第二天，见了一班老弟兄和小弟兄，少不得都说起这件事。王小槐就不假思索地说道："昨晚在窗外冷笑的那个人，我本来一口就咬定是他，如今看来更是无疑了。这种事除了他，还有谁肯做？除了他又有谁敢做呢？"朱镇岳忙问："你所说的那个'他'到底是谁？好哥哥，快点告诉我，别再打什么闷葫芦了。"

　　王小槐方要说出，就有几个小弟兄拦住他说道："小槐哥哥，这种事情不是胡乱说得的，你未得真凭实据以前，还是少说几句为妙，并且他这个人更不是轻易惹得的。如果干这事的并不是他，你竟把他冤屈下，万一被他知道，那时你就要吃不了兜着走呢。"

　　这话一说，王小槐听了顿露惊皇之色，早把他已在口边的那句话，吓得退了回去。隔了半晌方说道："也罢，我就不说便了。不过我总疑心是他，因为除他之外，再没有别人高兴干这种事。如今我们且到他那边去瞧瞧，如果真的是他，他一定有一种很明白的表示，决不会即此而止呢。"众人齐声道："这句话倒很不错，我们就去瞧瞧罢。"即挽了朱镇岳、景无畏，一同出门走去。

　　约摸行了一里路光景，只见前面露着一簇房屋，望去很是齐整。王小槐笑着说道："到了，到了，不消一刻这事就有分晓了。"边说边向前面行去。还未走到那屋子之前，忽听蒋小雄喊了起来道："咦，这墙内树上挂的是甚么？你们大家请瞧。"喊声方止，又见景无畏涨红着一张脸，也跟着喊起来道："这树上挂的不是我的一件袍子么？这人也太恶作剧了！"

众人抬头一望，果见很高的树梢上，挂着一件簇新的长袍。这棵树虽在墙内，因为树身很高，所以在墙外也可远远望见的。王小槐就很得意地说道："你们瞧，我的猜测如何？我本说除了他外，没有别人肯干这种事情呢。如今好了，现现成成的贼赃在这里了，我们进去向他说话，还怕他抵赖不成吗？"蒋小雄笑道："你这人也真呆！倒说怕他抵赖，他如果要抵赖的，怎肯把这袍子堂而皇之地挂在树上？肯把袍子堂而皇之地挂在树上，这不是明明含有挑战之意吗？说不定，他如今正在等着我们去，还怪我们去得太迟呢。"朱镇岳点点头道："这话说得不错。那么谁去他那里走一趟呢？"景无畏也苦着脸说道："诸位哥哥，真的请那位劳神一下，替兄弟去走一趟罢，老是听他把这件袍子挂在树上，教人见了很是没趣的。并且他到底是个甚么人，为何这般无赖？"王小槐道："你问他是甚么人么？他本是这山上最最无赖的一个人，姓名且不必说，停一会子，你大概就可知道的。至于这件事，还是交给我罢。料想这种撞木钟的事，除了我外，别人也万万不肯担任的。你要知道和他去交涉甚么事，很有几分困难啊。"说完，向众人点点头，向两扇黑漆的大门内进去了。

众人便在外面徘徊着。好一会子，方见他笑嘻嘻地从门内走出来道："好了，好了，总算没有辱命，已把交涉办妥，带得条件回来了。"朱镇岳、景无畏一齐惊诧着说道："怎么说，还有条件吗？"王小槐笑道："他这般强项的人，你道没有条件就可使他就范的吗？老实说，他肯有下这种条件，还不知费了我多少唇舌呢！我最初见了他，提起此事，他就板着面孔说道：'不错，这事是我干的。你不瞧瞧我所得的一件战利品，不是还挂在外面树上吗？不过要我归还这种东西，那是万万办不到的。因为那姓朱的，照他同伴的说起来，一只很凶猛的猕猴，他空手可以把来撕作两片，这不是很有本领吗？既然很有本领，怎连小小一个包裹看守不住，听人把它盗去？既被人盗去了，就该想法把它盗还，怎可明明白白地向人索取呢？我如果也轻易给还了他，这不是反丢了他的面子吗？所以我说，是万万办不到的。'我听了，忙又向他百端说情，他才又说道：'你既是如此说，也罢，我就给他一个条件罢。他既是很有本领的，不妨请他和我比一下子武，如果能赢得动我手中的双刀，我就将所取各物一一奉还。否则，这些东西都算是我的战利品，当然由我支配，不容他出一言半语。'我得了这个条件，知道没有别话可讲，也就应承下，走了出来。镇岳兄，不知你意下如何？也愿和他比一下吗？"

朱镇岳听了，沉吟一下道："论理，我们在外面走走的人，不该和人家比较甚么本领的高下。不过如今实逼处此，也只得和他比一比了。请你去对他说，他既然如此高兴，有甚么本领尽管请他使出来，我敢不奉陪他走这么一趟、两趟？横竖我的宝剑早已随身带来了。"众人道："既然如此，请进去坐吧。你不知道，这就是李无霸李叔父的宅子呢。"边说边拥着朱镇岳、景无畏二人，走了进去，在大厅中坐下。王小槐一跳一跳的，自向里面走去了。

一会儿，只听一阵很急的足步声，夹着细碎的步履声，向厅上走来。又听王小槐边走边带着笑说道："比武的来了，你们大家先见一见礼罢。"

说时，人已到了厅上。朱镇岳忙抬眼看时，不觉顿时呆了起来。原来同着王小槐一起走来的，乃是二十不足、十八有余一个袅袅婷婷、齐齐整整的女孩儿呢！暗想："这倒奇了，难道昨晚偷偷到我房中来盗取东西的，今天口口声声要和我比武的，就是她吗？如果是的，那可有些尴尬。我不是已允许和她比武吗？我一个少年人，怎好和一个陌陌生生的女孩子比甚么武？如果给人传了开去，那不成了大笑话吗！"

正在十分为难，又听王小槐笑着说道："人家来了，怎的你倒又呆了起来？停一会还要大家比武呢。唉，这也都怪我不好，没有

早向你介绍过。这就是李叔父的掌珠秀英姊姊，并不是甚么外人啊。"这话一说，朱镇岳更弄得十分局促不安，很勉强地行了一个礼。再一偷眼瞧看，李秀英也在一壁答礼，却也羞红上颊，娇滴滴越显红白了。

欲知究竟比武与否，比武时是怎样的情形，且俟下回再写。

评：

忆凤楼主评曰：本回写李秀英，纯用欲擒故纵之法。当其在窗外冷笑时，王小槐即已知其为谁，何乃欲说而未说。及至行窃之后，更已料定其为谁何，乃仍欲说而未说。直至图穷而匕首见，李秀英出厅比武，始知来者为一袅袅婷婷、齐齐整整之妙龄女郎！当此之时，固不特朱镇岳为之目瞪口哆，即一般读者亦必喷喷称奇，咄咄呼怪矣。

景无畏之长袍，李秀英之战利品也。高悬树梢，用以骄敌，其得意盖可知。然而何堪入景无畏之目，试为设身一思尔。时景无畏之怅怏又何如耶！

第二十回

沁沁臂血弱女怀惭
赫赫军容老儿报怨

话说朱镇岳和李秀英见过了礼，又问起伯父在家没有。李秀英回说："今天一早，同着几个朋友到对山打猎去了。"说完，便都默然没有话说。

王小槐笑道："此来是为比武的事，本不必叙甚么家常。你们如要比赛一下的，就请快些上场罢。"这话一说，朱镇岳和李秀英转都有些不好意思起来，一时没有甚么表示。

蒋小雄道："如此看来，你们是不愿比武的了！也好，本来大家是自家人，还要较量甚么？"谁知李秀英一听这话，就把眼睛鼓得圆圆的，瞪了蒋小雄一个白眼。蒋小雄才知自己失言，忙又道："这是你们两下的事，我旁边人的话算不得数。秀英姊姊，我知道你素性是不肯示弱于人的，这一回定要显显本领，让我唤人去把你常用的宝刀取来罢。"不一会，宝刀取至，精光耀眼，果然是两柄好刀。

王小槐道："庭前这片空地很是宽大，倒是天然一个比武场，我看就到那边比一下子罢。"大家齐声说好，就簇拥着一同到了那边。李秀英这时已把外衣卸去，露出了一件粉红色的紧身，颇觉娇艳动人。朱镇岳没奈何，也只得卸去了外衣，立在庭的那一端，和李秀英遥遥相向。各把步位守定，蒋小雄道："如今我要发表一番说话了。你们这一次的比武，不过彼此要见个高下，并没有甚么深仇宿恨。所以比起武来，也只可略见大意，万不可穷凶极恶，演出甚么流血的惨剧来。我现在斗胆替你们定下一个条例，凡是遇到了万分危险的时候，我喊一声叫你们住，你们不论如何，双方须得立刻停手。如有那一方不遵守这个条例的，就算是那一方输了。至于比赛的结果，到底是谁胜谁负，我们大家自有公评。正不必流血折胻，那一方败到若何的程度，方可算数咧。这一番说话，不知你们二位也赞成吗？"二人听了，想了一想，都齐声说好。于是就动起手来了。

朱镇岳的宝剑出自名师传授，果然名下无虚。李秀英的双刀却也自不恶，曾下过一番苦功夫的。所以两下打在一起，但见剑挡刀，剑气如虹；刀架剑，刀光如雪，一时竟分不出甚么胜负来。

打到数十回合后，李秀英见还是不能取胜，心内不免有些着急。便觑一个空，举起双刀狠命地向朱镇岳砍来，朱镇岳不慌不忙地把剑挡过；在收回剑来的时候，剑锋轻轻在李秀英肩上一拂。秀英并没觉得，蒋小雄却早已喊起来道："如今胜负已定，你们可不必比了。"朱镇岳也停剑笑道："姊姊的本领果是不凡，算我输了罢。"李秀英住了手，真以为自己是胜了，口中虽没有说甚么，面上满露得意之色。

回到厅中，拿了卸下的外衣，向众人说一声少陪，翩翩地走到里面去了。到了自己卧室之中，也不把外衣穿上，便在梳妆台前坐了下来。一壁对镜理妆，一壁心中暗暗在那里得意："姓朱的这们一个自负的人物，如今也败在我手中了，不知他回去以后要怎样的惭愧，怎样的懊丧呢！我方才末了的这一下刀法委实不错，不是他们在旁喝着，怕不要教那姓朱的受了重伤而去吗？"

正在这个当儿，忽听她贴身的丫环春燕"咦"的一声喊起来道："姑娘，怎么你的衣上靠着左面肩胛的地方裂了这们大的一条口呢？"李秀英这才吃了一惊，忙低目向肩上一看，果见靠着左肩的衣上裂了一条大口，用手抚时更使她大大吃惊。原来不但衣上裂了一道口，玉肩上也小小地见了一条划痕，鲜血正沁沁而出呢。这才想到朱镇岳末了非但挡过自己的双刀，还在自己肩上轻轻拂了一下。"幸亏他十分留情，没有下甚么辣手，不然万一弄得不好，这左面的连肩带臂，恐怕已不是我所有的了。我方才还疑心他们所以

在旁喝住，乃是为他不能挡过我双刀起见，这真是大错了。"想到这里不觉又惭又愧，又羞又恨，两行珠泪也跟着扑簌簌落了下来。

隔了一会，方把春燕唤了过来道："你去到厅上，瞧瞧他们那班人走了没有；如果没有走，你可对他们说，我们姑娘知道自己是输了，所有昨晚拿来的东西，准在今晚仍由我们姑娘亲自送还咧。"春燕应了一声走出厅去，只见一班人还坐在那里，像谈得很起劲似的。等到春燕走出，方把谈锋略止。春燕便把秀英的话照样说了一遍，众人答说："知道了，你去对姑娘说，这些事本来闹着顽顽的，请她不必放在心上罢。"说完也就一齐走出，各自分道回去了。

这天晚上，雪门和尚、景无畏都睡了，朱镇岳还坐在窗前，兀自不肯睡，想要瞧瞧李秀英究竟用甚么方法把这包裹送了来。难不成可以把这包裹从窗眼里送了进来的。到了三更过后，忽然从窗棂中吹来一阵微风，把桌上放的那盏灯吹得灯光摇摇不定，跟着暗沉沉的，似乎就要熄灭的样子。朱镇岳见了，心内也有些疑惑，但是急切间想不出甚么对付的方法。要到窗跟前去望望，又因室中黑洞洞的，恐怕被人所算，还是按兵不动为妙。二三分钟后，风止了，灯光也不摇动了，可是举眼一看，突然发见了一件骇异的事情。原来昨晚被盗去的那个包裹，已赫然放在他的面前了。

朱镇岳心想："这李秀英的本领倒真不错，能在我面前闹这顽意儿，并且在这二三分钟内能把窗棂弄开，能把包裹放入，倒也不是一件容易的事情啊！"想了一会也就睡了。第二天对雪门和尚等说知，雪门和尚也很夸赞李秀英的本领不错。不过说，女孩儿家喜欢这样的胡闹，未免太嫌不守本分一点。

这一天下午，蒋立雄受了李无霸之托，又来替朱镇岳说亲，说的就是李秀英。朱镇岳允又不好，不允又不好，只得答以禀明父母再行定夺，总算把这件姻事搁下来了。他们师徒三人在天台山上足足玩了好几天，方别了蒋立雄一干人，向九郎山进发。这一次却是在一起赶路，不是由朱镇岳一人独作前驱了。这是雪门和尚的意思。因恐朱镇岳少年任性，一人独行，或者要闹出甚么事来，所以觉得还是一起赶路的为妙。晓行夜宿，不止一天。

这一日，看看快要近九郎山了，远远望去，尘沙扬起，人马历乱，像是山下发生了甚么非常的事情。雪门和尚便唤朱镇岳道："岳儿，你且瞧瞧那一大班人，在那边山下历乱地走动，到底干些甚么？"朱镇岳细细望了一望，答道："照我瞧来，这们人马历乱地走动，恐怕是在那里厮杀罢，再不然就是打猎。不过山下是一片平地，一定没有甚么野兽，人为甚么要到这里来打猎呢？"雪门和尚道："决不会是打猎；厮杀之说，倒有些近情，不过细想起来却也觉得奇怪。这个九郎山上有青面虎杨继志居住着，他的威名谁不知晓，又有谁敢领了人马来和他厮杀呢？至于一般草寇，尤其是见了他的影子都怕，素不敢到他山下来放肆一点的，更没有这大胆来捋虎须了。也罢，我们且走近前去瞧瞧。"

边说边向前行，将近那一大堆人历乱走动的地点，方立住了足。人声呐喊，蹄声杂遝，那里不是厮杀呢？立着瞧了一会，忽听雪门和尚低低说道："这真怪了，朱砂岭的皇甫延龄和青面兽杨继志是很要好的朋友，这是我素来知道的，如今为何伤了和气，忽然自相残杀起来呢？"景无畏道："师傅已瞧出他们的根苗来了吗？"雪门和尚悄悄向那边指了几指，低低说道："坐在白马上的那个胖老头儿，面上有一大块青色记的，就是青面虎杨继志。坐在黄马上的那个干瘪老头儿，颔下有三绺须的，就是皇甫延龄。他们如果不是伤了和气，为甚么各自领了人马在这山下厮杀，这不是很明白的一件事情吗？我怎会瞧不出根苗来呢？"朱镇岳道："既是如此，师傅何不上前问明情由，向他们劝解一番？师傅和他们二人不是从前都很有交情的吗？"雪门和尚道："你这话倒提醒了我，说得很是不错！我这番来到这里，恰恰遇到他们发生了失和的事，这好像天教我来替他们调停一下似的。这个调人的责任，怎么还能卸得去呢？凭着我这一点老面子，就去走一遭罢。至于他们肯听不肯听，那是不暇计及的了。"

　　说完这话，就留朱镇岳、景无畏立在那边，嘱咐他们不要走开。自己迈步上前，走到厮杀所在的切近处，就把手儿乱挥着，高声喊道："继志兄，延龄兄，你们且停一下儿再厮杀。我是雪门和尚，和你们两方都有点儿交情，特地来替你们说和的。"杨继志和皇甫延龄当雪门和尚迈步来前的时候，早已瞧见了。不过因为相别多年，却已不相认识，暗地却都在那里称奇：我们正在厮杀得高兴，这个老和尚为何冒险来前？难道是他们一方的人前来帮助他们的吗？及至雪门和尚自己把名报出，又把来此的宗旨说明，方各恍然大悟，果然依照他的说话，各把自己的部下唤住，分驻两起，暂时停止厮杀。两人也走下马来，在道旁拱手立候。雪门和尚即走上前去，向他们两下见礼。

　　寒暄了一会，雪门和尚即含笑问道："我知道你们都是很要好的朋友，如今到底为了何事彼此失和，竟至调兵遣将，两下厮杀起来呢？"皇甫延龄一听这话，不等杨继志先开口，就愤然作色说道："你问我们为甚么会失和吗？这个你可问他，至于要我和他讲和，重行言归于好，那是万万做不到的。雪大哥，请你见机一点，不必管我们这些事罢。如今总算瞧在你的分上，暂行休兵一天，我可要去了。我的行寨就扎在山下杨家谷相近的地方，你如肯枉顾，那是再好没有，我在寨中恭候呢。"说罢一拱手，即跳上了马，领了自家的人马，管自走了。

　　雪门和尚起初见了他这种傲慢的样子，倒很有些生气，后来想到他素性如此，倒也释然于怀。回头对杨继志笑着说道："想不到二十多年不见，他还是这般的脾气。你们到底为了何事失和，他又这样的愤愤不平，你能替我略略说个明白吗？"杨继志道："这里不是讲话的所在，请到山上再谈。"雪门和尚道："这个也好，容我把两个小徒招了来，我不是一人来的，是和他们同来的呢。"一会儿，把二人招到，向杨继志见了礼。杨继志把二人着实夸赞了几句，即一面挥令自家的人马各自散归，一面同了他们师徒三众上山。

来到自己家中，在厅中分宾主坐下后，杨继志方叹了一口气说道："这件事说出来很不值一笑，会扩大到这般地步，更是万万想不到的。让我从头至尾和你说上一说。"要知杨继志说出些甚么话来，失和的原因到底是在那里？且俟下回再写。

评：

忆凤楼主评曰：李秀英既败北尚未知，犹欣欣然有得色。及见沁沁臂血，始识真相，不期嘤嘤啜泣，活写出一天真烂熳之少女。而著者之惯用曲笔，亦于此窥见一斑。

雪门和尚之至九郎山，原为访旧，不图却以调人奉屈，情节既变幻莫测，而文心之幻亦随之。

第二十一回

酿事变深山行猎
解纷纠宝帐盗刀

话说雪门和尚同了两个徒弟，跟着杨继志，遵依山路，到了他的家中。在厅中分宾主坐下后，便问起此次两下失和，究竟为了甚么原因。

杨继志说了一声："一言难尽。"正要往下讲去，忽然后厅转出一个少年来，生得面如冠玉，唇若涂朱，一股英爽之气，更从眉宇间扑出，一望而知是个英俊人物。杨继志便向他唤道："冠儿，快来见见你的雪伯父。"那少年便走到雪门和尚面前，规规矩矩地行了一个礼，回身又和朱镇岳、景无畏见过礼，然后在下首坐下。

雪门和尚笑向杨继志翘翘拇指道："好个魁尖人物，叫甚么名字，今年几岁了？"杨继志道："甚么魁尖人物！这是你过奖他了。他叫冠玉，今年一十六岁。"说到这里，又长叹一声道，"唉，实对你说罢，我所以和皇甫延龄失和，也都是为了这个孽障呢。"雪门和尚道："到底为些甚么事情，快对我讲来，不要拿闷葫芦给人打了。"

杨继志道："好，好，就对你说个明白罢。冠玉这孽障，他是最爱打猎的，常常独个儿或是同了几个人，拿了枪到远近各处去打猎。有时候竟几天不回来，也不算为希奇。这一次，他同了两个朋友出去打猎，不知不觉到了朱砂岭上。搜寻了半天，并没有甚么可打的野兽，心中不免有些愤怒。忽在此时，有一只金砂眼睛、似鹰非鹰的东西飞了来，他们都不认识是甚么鸟；其实是一头金眼雕，停在一棵树上，对着他们只是叫个不住，并且声音惨厉得很，听去颇不悦耳。

　　"冠玉正在恼怒的当儿，还有甚么好心怀呢？听见了这种不悦耳的叫声，也不管三七二十一，拿起枪来，对着那头金眼雕，就是"砰"的一枪。说时迟，那时快，枪弹到处，早已打中那雕的要害。'囊'的一声跌下树来，在地上扑扑地翻了几翻，就不动了。早有冠玉一个同伴，过去拾起来挂在枪杆之上，挑着又向前走。走了一会，到了一个所在，见有四五个人在那里踯躅往来，像也是要搜寻甚么野兽似的。就中有一个人，偶然抬起头来，一眼看见了他们枪杆上挂的那头金眼雕，就'咦'的一声喊起来道：'这不是我们那头金眼雕吗？怎么被他们打了去呢？'其余几个人听了这句话，也都睁着眼睛，向枪杆上那头死雕细细望了一望，不约而同地说道：'怎么不是，你不见头项上那个金圈还仍旧套着，这不是特别一个记号吗？并且在这山上，除了这头之外，没有第二头金眼雕呢，怪不得放了出去，久不见它回来，原来已被这班恶徒打死了！'说完即蜂拥而前，把冠玉等几个人围住，汹汹向他们责问道：'你们是那里来的野人，胆敢把这金眼雕打死？这是我们主人心爱之物，如今既被你们打死，非由你们其中一人偿命不可！'这就是说，谁开枪把他打死的，就得由谁偿命。

　　"冠玉生成暴躁的脾气，听了这番话，那里按捺得住？就挺身答道，我们是打猎的，野鸟野兽被我们打死的，也不知有多少，打死一只野雕算甚么？想不到你们这班人倒来替这头死雕出头，说甚么这是你们的雕，又说甚么是你们主人心爱之物；完全是一派胡言，又有谁能相信，这真可笑极了！并且就算是你们的雕，如今已被我打死，也就没有法子可想，难道真要我偿命不成？打死一只雕，要人偿命，恐怕没有这种道理吧！

　　"那些人听了，笑道：'你以为要你偿命这句话是徒然说说，用来恐吓你的吗？那你就想错了，我们是说得出行得出，一点不肯含糊的。你要知道我们的主人不是别人，乃是镇山太岁皇甫延龄，他老人家岂是轻易惹得的？你如今伤了他心爱的宝雕，他肯把你轻轻

放过吗？'内中又有个人说道，'这些野人，我们何必同他们多讲，上去捉住了他们，送往他老人家处发落就完了。'

"这话一说，那班人齐声道是，即围了上来。但是那班人那里是冠玉等的对手？怕不是三拳两脚就把他们打跑了呢。不过临逃之前，却回身对冠玉等说道：'你们不要逞强，我们立刻就要带了大队人马来捉你们的。你们如果是不怕死的好汉，可等在这里不要走！'说完，方一溜烟地走了。

"等到他们走后，依着冠玉的意思，很想仍等在那里，和那来的大队人马拼一下子死命的。倒是同去的两位朋友，很有些儿怕事，说这又何必，如今他们众，我们寡，势力不能相敌。这是在形势上早已瞧得出，无可讳言的，我们又何犯着吃这个眼前亏呢？连劝带说的，硬把冠玉拉着走。所以皇甫延龄带大队人马追来时，他们早已到了山下，骑着来时的马，飞也似的向大路上逃走了。但是当时虽然走脱，内中却有个人是认识冠玉的，就对皇甫延龄说了。皇甫延龄听得，自然更加愤怒，第二天便差了个人到我这里，说明情由，要我交出人来，让他带去，剖腹剜心，好给那金眼雕报仇。

"我和皇甫延龄素来很有交情，听得这件事情，心中很是不安；并怪冠玉不是，在来人跟前，很说了许多抱歉和服罪的话。又请他向皇甫延龄转言，请看昔日交情，不要介介于怀，不过把人交他带去这一层，却有些办不到。因为皇甫延龄的脾气，素知他是很暴躁的。如果把人带去，真的被他把来杀了剐了，这不是当耍的事；而打死了一头金眼雕，一定要把人命来抵偿，到底也不成一句话呢。来人听了我这番话，没有别话可讲，也就回去覆命，在我想来，皇甫延龄所以遣人前来责问，不过乘着一时盛怒之下，不久怒气就可消释的。来人回去把我的话对他一说，他瞧着旧日的交情，想来一定没有甚么问题了。

"谁知他不但没有消释怒气，在这事发生两日之后，他竟领了一大人，汹汹然前来问罪；并说交出打死金眼雕之人便罢，如若不然，便要屠洗我这全山。你道他横暴不横暴！我如何可以依得？自然也愤怒得了不得，暗想："他依仗人多，竟敢如此跋扈！我如把庄丁佃户以及同族的人，一齐聚拢了来，人数倒也不见得十分少，很足和他周旋的了。因此，我们两下就对垒起来了，至今胜负未分呢。雪大哥，这件事的始末情形，如今我总算替你讲上一讲了，请你评判一下，到底曲在那一方，还是他曲，还是我曲？

雪云和尚道："这自然是他太横暴一点，太过分一点了。好在我恰恰来到这里，凭着我这点老面子，定要出来一作说客，替你们两家说和，不使这事扩大起来呢。"杨继志道："你肯出来说和，那是好极了，我没有不可以应允的。不过他生成的牛性子，就算你很热心，恐怕不见得能有实效吧。"雪门和尚道："谋事在人，成事在天。那我可管不得这么多了，明天我一定就到他那里说去。"

当夜无话，到了次日，雪门和尚就带了朱镇岳、景无畏二人前往皇甫延龄行寨中。皇甫延龄见雪门和尚来到，很是欢迎，对于朱镇岳、景无畏二人，也着实有一番夸奖的说话。寒暄既毕，又哈哈大笑地说道："雪大哥，你此番不是来替杨继志做说客的吗？那你未说之前，我先要告罪一声，并要请你原谅，别事都可从命，此事万无商量的余地呢。"

雪门和尚道："你说我来做说客，那你的话就错了。我于你们两方，都有很深厚的交情，无厚此薄彼之理。我已有好多年不和你们见面了，如今来到这里，恰恰遇见了这桩事，心中觉得颇是不快；所以不管丢脸不丢脸，出来硬替你们说和。事的始末情形，我已听杨继志约略说过，其实也算不得一件甚么大事，尽有说和之余地，你又何必如此固执呢？"

皇甫延龄道："这桩事在别人瞧来，或者以为不值一笑的小事，何致大动干戈；然在我这方说来却大极了。我来对你实说罢，我生平所爱的东西，只有两件，一是我身上所佩的这柄宝刀，一就是被那小子打死的这头金眼雕。我把这两件东西，宝爱得如同性命一般。曾在人前宣言过，凭我这点本领，定要把这两件东西紧紧保守着。我在世上一天，这两件东西也存在一天，不使和我分离。但是这两件东西中，这金眼雕是活的，不能终日带在身上，比较的难保护一点。万一这头金眼雕放出去顽耍的时候，被人误伤了，或是打死了，那我定要仗着这口宝刀，替它报仇，并亲自加刀仇人之身，决不肯姑息一点。再万一这口宝刀也被人盗去了，这明明是天意所弃，不要我保有这两件东西，我也就没有话可说了。

"所以照如今说来，如要我收兵回山，不再提报仇一事，除非有甚么能人，把我这口宝刀盗去，否则再休提起！但我这口宝刀，是终日佩带在身，晚间又枕之而卧；就有人要盗此刀，纵有天大本领，恐怕也有点儿难办罢？"

说着，在刀鞘中拔出那把宝刀来，在手中耀了几耀，重又插入鞘中，接着一阵哈哈大笑。雪门和尚道："照此说来，我要替你们说和，除非先把你的这口宝刀盗到手不可了？这种盗刀的顽意儿，倘在少年时候，定要不顾前后干上一干。如今老了，那里还有这种兴趣呢？罢，罢，我从此再也不向你们提说和二字了，并且我这趟虽说是劳而无功，但是我的一片心总算已尽咧。"

说完，就要告辞。皇甫延龄那里肯放，硬留他住上一二天，并说在他留居这里的时候，绝按兵不动，不和杨继志去厮杀。雪门和尚情不可却，也只得住下来了。

第二天一个清早，皇甫延龄忽在帐中嚷了起来，说他的宝刀不知在夜中甚么时候，被人盗去了。请了雪门和尚来。雪门和尚也没有知道这件事，倒被他弄得莫名其妙。正在这个当儿，却见朱镇岳笑容满面地走了进来，径在皇甫延龄面前跪了下来，头上顶着一件东西，不是那口宝刀是甚么呢？说道："请叔父恕侄儿的罪！侄儿一时大胆，在夜中把叔父这口刀盗了来了，如今请叔父收回罢。"

不知皇甫延龄听了这番话，如何回答，后来究竟收兵与否，且俟下回再写。

评：

忆凤楼主评曰：皇甫延龄军容赫赫，一怒兴师，有气吞河岳之概。人以为其与杨继志必有不共戴天之仇矣。孰知不然，其起因乃为一金眼雕，此之谓小题大做，然而一发不可收拾矣。

雪门和尚与双方皆有缟纻之雅。调人之责，固义不容辞，亦义不当辞者也。然而一遇固执成性之皇甫延龄，于是乎进退维谷，于是乎难煞调人。

金眼雕与宝刀，纯为二事，顾皇甫延龄必欲并为一谈，大有宁为玉破，毋为瓦全之意，此老性情乖僻乃尔。殊令人望而生畏，不敢与之相周旋。

第二十二回

住黑店行旅惊心
诛强人师徒定计

话说朱镇岳顶刀在首，跪在皇甫延龄面前，说出这番话后，雪门和尚听了，露出一种又惊又喜的神情。皇甫延龄一时也呆了起来。隔了一会，才说道："好孩子，真有本领，竟连我的刀，也神不知鬼不觉的，居然盗了去了。如今我除自己心中惭愧，并立刻退兵之外，还有甚么话可说呢？事已如此，这刀我就老着脸皮收了，你也请起来吧。"

边说边取了刀，又把朱镇岳扶了起来，回头复翘着拇指，对雪门和尚说道："名师门下出高徒，果然话不虚传。他这一点点年纪，已具上这种本领，将来怕不要横行天下吗？"

雪门和尚道："这孩子实在太多事了！你做师叔的，应该责备他几句才是，怎么还可夸奖他哩？并且他干这桩事，竟独断独行的，也不预先禀知我一声，似乎有些不对啊。"

皇甫延龄道："这倒不要怪他。他如果禀知了你，你或阻止他不许干，那时进退两难，岂不乏趣？他想到了这一层，因就不敢预先对你说了。这是少年人一种普通的心理，不足为奇。你我如在少年时代，遇着这桩事情，恐怕也是如此办法罢？"雪门和尚这才没有话说。

皇甫延龄又含笑向朱镇岳道："你能在夜间把我的这口刀盗去，使我一点儿也不觉得，果然是好本领。但当时到底是怎样盗去的，也能把这情形对我约略说上一说吗？"

朱镇岳道："这事一点也不希奇。师叔既要我讲，我就照实讲了罢。我当时听师叔说，除非有人把师叔这口刀盗去，师叔方肯说和退兵；否则无论如何，万无退兵之理。我就很替我师傅着急。因为他老人家，这番是抱着一片热忱而来的，满望两家讲和的事一说就可成功。如今这样一来，这件事不是弄僵了吗？并且盗刀这种顽意儿，又不是他老人家所肯干的，不是更加绝望了吗？于是我又想到，倘我能瞒着他老人家，偷偷把这口刀盗了来，师叔既是有言在先，那时一定不能翻悔，这就可把已成的事实换个局势了。就是他老人家知道了，一定也很欢喜，绝不会怎样责备我的。想到这里，高兴得了不得，就决计实行我这个计画。到了夜深人静的时候，就偷偷掩进这边帐中来了。"

皇甫延龄道："这间行帐，防备并不怎样严密；像你这般本领，要掩进帐来，本来并不烦难。不过我自问，昨晚并不怎样沉睡，这口刀又是放在枕下，你怎能神不知鬼不觉的，就把它盗了去，这不是一件奇事吗？"

朱镇岳笑道："这倒完全得力于小说了。我在家中的时候，曾看过一部小说，说一个人在夜中，偷进人家屋中，去盗一种宝贝。恰值那家的主人醒来，闻得一点声音，惊问甚么人在室中走动。他一时情急智生，就假作鼠子啃物之声。居然被他混了过去，那主人重复睡去了。等得到了床边，要实行下手偷盗，谁知这件宝贝恰恰平压在主人枕下。于是他又心生一计，取了一根篾条，轻轻在主人颊上骚动。主人梦中觉痒，不由自主地，一个翻身向内。他就乘这当儿，轻舒妙手，把这宝贝自枕抽出，盗了去了。我昨晚就照这两个方法行事，不过略加变通，大同小异罢了。所以照事讲来，完全是鸡鸣狗盗的勾当，实在算不得甚么呢。"

皇甫延龄笑道："怪不得昨晚我在朦胧之中，听得有极细碎走动的声音和着猫叫之声，原来就是你来到我的帐中吗？那我未免太疏忽一点了。至于梦中搔痒这回事，却一点没有觉得呢。"

雪门和尚师徒在那里住了两天，方才重回九郎山。皇甫延龄果然依照约言，领着他纠合的那班人马自归朱砂岭，从此两家复言归于好了。

　　雪门和尚到了九郎山，领了两个徒弟，去见了见山上住的一班镖客。又在山上盘桓了好几天，方始辞了杨继志，重行赶路。经过朱砂岭时，雪门和尚一则不欲前去惊扰皇甫延龄，二则岭上除了皇甫延龄之外，别无可访之人，也就悄悄过去，不再上岭。

　　朝行夜宿，不止一日。这一天，刚从一个山峰下转出，看看天色快要晚了，景无畏露着十分困乏的样子说："师傅，我们找个所在歇了罢，我实在有些走不动了。"

　　雪门和尚笑道："这本来难怪，你一个没有练过工夫的人，要和我们已经练过工夫的人一起赶路，本是一件困难的事情。但我所以如此主张，要教你和我们一起赶路，也是为你起见。好教你习点劳苦，练得一点外功，以作将来练习内功时的预备呢。你瞧前面远远望去，不是有几间屋子吗？我们快点走上前去，就在那边找个所在歇了罢。"

　　说着，大家飞步上前，到得那边一看，是一家客店。门前挂着"悦来客店"四字，专备过路人们歇宿的。三人一到店门之前，就有伙计把他们接了进去。只见柜台内坐着一个三十多岁的大汉，虽是满面掬着笑容，却暗暗露着几分杀气，大概就是他们的掌柜。

　　到得里面，在东偏房住下。正屋早已住下人了。雪门和尚便问接他们进来的伙计，这里是甚么地方？甘沟谷去此有多少路？伙计答道，这里叫孤树村，甘沟谷离此不远，只有三十里了。说罢自去。当有别的伙计前来料理茶水，并问：要甚么点心，甚么饭菜充饥？雪门和尚正想说，"我们自有干点，不必烦劳你们"；那景无畏却早已嚷着肚子饥，并说道："好，好，随便甚么点心，你就去拿点来罢。"雪门和尚无奈，只得说道："那么别的不要，你还是拿一盘馒首来罢。"伙计答应了一声，去了不一会，拿了一盘热烘烘的馒首进来，说道："这是小店最拿手的点心，诸位爷请尝尝罢。"

　　景无畏本在很饥的时候，听得了这句话，更是饥火中烧，也就不管三七二十一，抢了一个馒首，拿在手中就吃。朱镇岳却两眼望着雪门和尚，专等他的表示。

雪门和尚等那伙计退去之后，一伸手要去夺那景无畏手中的馒首，却早已吃完了。雪门和尚便向景无畏低声埋怨道："你也太性急了！怎么见着馒首，抢在手中就吃？一个人出门在外，比不得自己家中，凡事须要小心在意。在这僻野的地方住宿，更要时时防着那种丧良害理的黑店，不可疏忽一点。这个馒首万一中间放有蒙汗药，你一旦吃了下去，那还了得！怎么可以不细细考察哩？"

这话一说，景无畏登时吓得面如土色。雪门和尚又拿起一个馒首，折成两爿，向鼻边细细嗅了几嗅，说道："这味儿很不正当，定有甚么蒙汗药放在里面，不过放得不多，发作较迟罢了。但是不要害怕，我这里带有解药，无论怎样强的药力，都能解得呢。岳儿，这茶水内恐怕也有些儿靠不住，你且拿只杯子，偷偷到他们放水缸的所在，去取些凉水来，好让我调些解药给你师弟吃。这些馒首，也让我藏过一旁，免得他们见了疑心。"

朱镇岳听完，应了一声自去。隔了一会，偷偷地取了一杯凉水来，又慌慌张张的，低声向雪门和尚说道："师傅所料不错，这里果是一家黑店。"雪门和尚也低声问道："你怎么知道？难道已得着了他的凭证吗？"朱镇岳道："我方才走到后院中，恰恰没有一个人在那里，便走到水缸边，取了一杯凉水。却见靠水缸那间屋中，隐约有灯光射出来。便偷偷向内一张，不张犹可，一张却使我惊得甚么似的。原来室中四壁，都挂着人腿，张着人皮，还有血淋淋的一颗人头，也挂在那里。如此看来，不是黑店，又是甚么呢？"

雪门和尚一壁取出解药，和凉水调在一起，调了给景无畏吃，一壁又悄声问道："这正屋住的是些甚么人，你也瞧见吗？"朱镇岳道："我方才走过那边的时候，曾经抬眼望了一望，好像是一伙商贾，行李很是沉重。"雪门和尚道："如此说来，这班人今晚很有些儿危险了。我们既然瞧见，应得暗中保护他们一下。如今我们两人，一人守在这里，一人去在正房前暗暗守着。来一个，杀一个，谅想这班胚胞决不是我们的对手，一个也不使他们漏网。朱镇岳道："此计甚好，师傅请就守在这里。正屋那边，由我去就是了。"

到了晚间，店中派人前来行事，果然一个个都被杀死。谁知朱镇岳一个疏忽，竟没把一个贼人杀死，却被他逃了去，登时惊动了他们的掌柜，带了店中其余的人来。但是那里是朱镇岳的对手？不上一刻工夫，早已伤的伤，死的死，倒得满地皆是。那位杀气满面的掌柜，也胸前受着重伤，倒在地上呻吟，不能起来厮杀了。等到雪门和尚闻得厮杀之声，赶来想助一臂之力，早已风平浪静，无事可为。于是师徒二人朝地下检视一番，把那受伤未死的，一个个捆了起来，然后唤同景无畏，走向正屋中。

只见那班人都受着蒙药，直挺挺地倒在床上。也有药力发作时，不及上床，就倒在地下的。雪门和尚见了叹道："如今世途险恶，遍地都是荆棘，出门人一个不小心，就要被奸人所害，弄到如此一个结果呢。"说完，唤朱镇岳取了一大碗凉水来，拿出解药调和了，灌给那一班人吃。不多时，吐出了些恶水，一个个都醒了过来。却都糊里糊涂的，不知是怎么一回事，各瞪着一双眼睛，向雪门和尚师徒三人望着。

雪门和尚等他们神志稍清，方把前事约略说了一说。那班人这才恍然大悟，齐向雪门和尚一行人拜谢不迭。雪门和尚又道："我是出家人，出面很是不便。到了明天，还是由你们诸位去报官。好得这里有现成的人肉作场，可以作得证据。官府决不会难为你们诸位呢。"那班人齐声道："长老这话很是，这事应得我们去办。长老尽请放心。"

到了次日，黑店的事，自由那班商贾前去报官，不在话下。雪门和尚一行三人，别了众人，重又赶路。

走不上一天，雪门和尚忽听背后有人大声唤道："雪老头陀，如今可被我撞着了，你再想逃到那里去？"雪门和尚听了，倒小小吃了一惊。不知这人是谁，且俟下回再写。

评：

忆凤楼主评曰：景无畏一见馒首，即夺而塞之口中，一似身自饿乡中来者，活写出一不知世途艰险之少年公子。若朱镇岳，则神态较为安详，盖受雪门和尚之熏陶有自矣。

往日之黑店，一般行旅望之生畏，然尚有形而可防者也。若今日之旅馆，春色暗藏，满伏害人之陷阱，一般青年且乐就之之不惶，孰有目之为黑店者？此则其为害，视昔日之黑店为尤烈矣。吁，可哀哉！

第二十三回

寿筵前群雄献艺
华堂上有客传杯

话说雪门和尚正在途中走着，忽听背后有人高唤雪老头陀，并说了"如今可被我撞着了，你再想逃到那里去"这些话，不免小吃一惊。连忙回头看时，却是老朋友高源荣，最是一个惫怠鬼，生平最喜向人打趣和爱说笑话的。也就笑着说道："原来是你，倒吓了我一大跳！怎么十多年不见，你还是这种冒失的脾气啊？"边说边立住了足，早见高源荣领了一大班人走到跟前，内中也有认识的，也有不认识的。

——见过以后，高源荣又问道："你带了两个高徒，不是要到刘黑子刘大哥那里去吗？"雪门和尚很惊诧地问道："我确是要到他那里去，你怎会知道？"高源荣笑道："这个怎会不知？本月十六是他六十寿诞之期。你和他很有点交情，自然要前去拜寿。我们这班人，也都是去和他老人家拜寿的咧。雪门和尚道："这倒巧极！不过我此去的原意，却是要带我两个徒儿去见见他，倒没有记得他的寿诞呢。如此说来，我倒又得着一个机会，可和一班旧友见见面了，我们一同走罢。"

等得到了刘家坡，刘黑子对于雪门和尚，自然很是欢迎。那时五湖四海的朋友，已着实来得不少。本来像刘黑子这种交游广阔，结遍天下英雄，遇到他的六旬寿诞，那一个不要来和他庆祝一番呢？到了十四十五两日，宾客更是来得多了。朱镇岳、景无畏二人初出茅庐，竟得乘此机会，和天下英雄相聚一堂，心中自然高兴得了不得。雪门和尚和这个叙叙离踪，和那个谈谈别况，也觉得忙极了。

转瞬十六诞日已到，挂灯结彩，热闹非凡。又邀了几班戏班来，在院中搭着高台，轮流搬演。那只广大无比的大厅中，摆着几十桌的酒席，一点也不觉挤，还绰绰有余地。正中一席中央的一个座位上，就是请寿翁刘黑子坐着。刘黑子起初再三不肯，经不起众人你拉我挽，定要他坐，也只得勉强坐了。于是众人又争着来敬酒，饶你刘黑子怎样量宏，也吃得有点酩酊了。

一会儿，又有人提议，今天前来拜寿的都是当世英豪，至少具有一种绝艺，须得各把这种绝艺奏献出来，算是替刘黑子上寿，也不枉了这个盛会。这时大家都已有了几分醉意，一听这话，自然欣然赞成。

即有一个五短身材，五十多岁的汉子出来说道："我只会一点小顽意儿，算不得甚么绝艺，就让我先来献丑罢。"随教人取了许多烧得绝红绝热的炭结，平铺在地上。他就脱去鞋袜，打着赤足，在这上面往来行走，直至炭结烧完，方始停止。看他足底时，也不发红，也不起泡，不过微微沾着点儿炭灰罢了。大家齐声赞道："好本领，不愧铁足张三这个名称！"朱镇岳、景无畏二人这才知此人就是江湖上著名的铁足张三。

跟着又有一个留着几根黑髭须的小胖子出来说道："张三哥的本领果是了得！我也要练一种和他大同小异的顽意儿，给诸位瞧瞧。不过没有练得他这样好就是了。"大众看此人时，乃是小太保李锦棠，就齐声说道："李二哥的轻身术，乃是山陕一带素来有名的。今天肯练些出来给我们开开眼，真是千载难逢的机会，这都沾着刘大哥的光啊！"李锦棠听了这种言语，只是微微一笑，便教人取了几石面粉来，平铺在地上。他又取了一双钉鞋穿着，就在上面很从容地走去。脚过处，非但没有脚印，连鞋底钉子的印子也不留。一连往来走了几次，都是如此，始终不留下一点痕迹。大众不期又欢呼起来，称赞他的本领真是了得。

朱镇岳悄悄向景无畏说道："在面粉上走去，一点不留痕迹，这还不算希奇。大概凡是会轻身术的，都能做得到。所奇的，他这

们很胖的身躯，竟能练成这们一身出众惊人的轻身术，那倒很不容易咧。"景无畏点头称是。李锦棠练过之后，又有两个人出来，一个人练了一套三截棍，一个人走了一趟单刀，也都了当非凡。

在这大众夸赞的时候，忽见高源荣一跳跳地走了出来道："你们都把本领显过了，让我也来一套马猴跳。"大众一听马猴跳这三个字，登时哄堂大笑。高源荣倒板着脸儿说道："你们不要笑，这马猴跳是我新发明的一种本领，也可算是我的一身绝艺呢。"说完，就很不规则地在地上乱纵乱跳起来，引得大众更是哈哈大笑，并齐说"好个马猴跳！"高源荣道："你们不要性急，这不过是开始的几手，好的还在后头呢。"说完此话，把身子向上一耸，就不见了。大众抬头望时，这们大的厅堂，一时那里寻得见？都笑道："好奇怪，马猴到底跳到那里去了？"却见高源荣在一根横梁中伸出头来道："我在这里，你们瞧不见我吗？"大众忙注目瞧时，可是身子一晃，又不见了。却又在对面一根横梁中说起话来道："我早已到了这里，你们还望着那面则甚？"

他如此的跳来跳去，疾如猿猴一般，倒累大众望得颈项都酸了。有几个望得不耐烦的，就高声喊道："你的马猴跳的本领，我们已经拜服了，不要这般乱跳了，快下来罢！"只听高源荣答道："你们唤我下来，我就下来便了。"话声未完，早见他已直挺挺的，立在众人面前，正不知何时跳了下来呢。于是欢呼之声又大起，争把他来夸赞，但他早已溜到自己原席中去了。

接着又有许多人出来练家生，差不多把各种兵器都练遍了，真是极一时之盛。忽又有个圆圆脸儿、胖胖身材的汉子出来说道："你们把各种兵器总算都练过了，弓箭却还没有人练过，让我来试试罢。"大众向他看时，却是神箭手薛光明。齐道："讲到弓箭总要让你薛大哥，别人那敢班门弄斧呢？如今我们得开眼界，真是三生有幸，到底你要练那一种啊？"薛光明道："我要射空中飞鸟。"说着，取了一张雕弓来，引弓在手，静向天空中望着。这时恰有一双白燕比翼飞来。光明瞧见，更不怠慢，即扯弓发箭，但听得"飕"

的一声响，早一箭贯双燕，一齐射了下来了。众人由不得一齐叫好，并道："不愧是神箭手！"

此时，却由众人中走出来一个瘦长身材的汉子道："神箭手的本领果是不弱，我也想来一个顽意儿陪伴陪伴他。"众人道："王五哥，你来甚么顽意儿？想来一定是很高明的。"王五道："方才神箭手用箭射下空中飞鸟，如今我换一个花样，要用空手抓下空中飞鸟来。不过我要声明一下，我并非存心要和他比较甚么高下，而且我这个顽意儿也不见得一定高于他，只因他这个顽意儿很是神妙，我看了很是高兴，所以我也跟着来一个罢了。"

众人道："这番意思我们早已知道，你可不必声明，薛大哥也是明白人，决不会误会呢。如今瞧你的罢。"王五便向空中一望，恰恰又有一双燕子飞来，便不慌不忙的，用手向空中一抓。只见这双白燕即向他手中翩然堕了下来。众人见了，自然一齐叫好，连那神箭手薛光明也把头点个不住，禁不住喃喃地说道："这顽意儿真好，比我那个高明多了。"王五一壁谦谢着，一壁又说道："这还不算数，我还要把这双白燕平放在掌中，教他飞去不得哩。"说着，即把掌平展开，只见这双白燕屡次要作势飞起，却似有甚么东西吸住了它一般，终究飞不起来。众人诧道："这双白燕莫非已受了伤，所以飞不起来吗？"王五笑道："它们一点没有受伤，不过我不让它们飞起罢了。如果我肯放了它们，它们立刻就可飞去的，你们瞧罢。"说时，对着这双白燕说了一声"去罢"，那双白燕好似遇赦一般，就立刻很自由地重又飞入碧空中去了。

众人见了，莫不啧啧称怪。此后又有许多人出来献艺，一时也不及细述。献艺已毕，重又入席。这一席酒足足吃到晚间十一点钟，方才尽饮而散。

朱镇岳初时，以为自己的本领了不得，暗暗颇存下一种自大之心。及见了此番的献艺，知道天下能人正多，自己这点本领实是算不得甚么。从此颇存警惕之心，和从前大不相同了。

刘黑子寿诞之后，接连又闹了两天，一众英豪方始陆续散去。

雪门和尚同了朱镇岳、景无畏便也向刘黑子告辞。刘黑子坚留不获。

石门山、苏家河两处，本来是想去走一趟的，只因这两处的英豪，已在刘黑子寿筵上统统见过，也就中止不去。决定取道鬼门关，回归报恩寺。

晓行夜宿，在路不止一天。这日雪门和尚向前面一望，朝着他两个徒弟道："鬼门关快到了，这是个不祥的所在，你们千万要留意啊！"不知到了鬼门关，曾否遇见甚么奇事，且俟下回再写。

评：

忆凤楼主评曰：寿筵宏开，群英各献绝艺，诚为一时盛事。朱镇岳、景无畏何幸竟得参与其间，吾殊羡其眼福不浅矣。

高源荣之马猴跳，名目既新颖又奇怪，人初闻之，必以其为开顽笑之举耳。孰知确有惊人之本领献出，于是乎高源荣之名，乃与马猴跳三字轰然而俱传。

第二十四回

人驱驴驴作人言
咒伏虎虎知咒语

话说雪门和尚带同朱镇岳、景无畏一齐赶路，走了好多日方到了鬼门关境界，这时夕阳西下，暮色苍茫，望见前面绵绵亘亘，都是高山峻岭。

朱镇岳道："我们要赶过这许多山头倒很费事。"雪门和尚道："赶山头还在其次，过了这许多山头就到鬼门关，那里峭壁巉岩，飞鸟绝迹，鬼门关三字真是名副其实。那时我们还得想法过去呢。"景无畏道："我们不如在这里歇息一下，然后就道罢。饿了肚子赶路未免太不上算。"雪门和尚、朱镇岳二人被他一提，觉得肚子果然饿了。但是四面张望一下，竟没有歇足的地方。

景无畏走上一个高坡望了一望，喊道："有了，有了，在这丛林之中，好像有一所人家，我们可以进去坐坐。"说完，便引导二人穿过丛林。谁知到得切近，抬头看时，却是一所破败庙宇，匾额上隐隐见"无量寺"三个字。走进门时，只见佛像东倒西卧，残缺不全，幸而地上放的几个蒲团却还整洁。于是三人各据一个，拿出干粮大嚼一顿。

雪门和尚道："这里不便多行耽搁，我们还是趁着暮色赶过前面山岭，然后再作办法。所怕的是，天快要黑下来，万一来不及赶过鬼门关，要在这深山中过夜倒是一件为难的事情呢。"景无畏忽然拍手大笑道："好，好，巧极了，如今我们不用焦劳，代步的东西现现成成地有了。有了这个东西还怕赶不到鬼门关吗？"说着用手向后院一指，于是雪门和尚、朱镇岳都抬头向后院中看去。只见蔓草之中站立了三匹驴子，伸长了它们的瘦颈，正在那里咀嚼残草。三人见了都很欢喜，立刻立起身来，一人捉住一只跨上背去，加鞭向庙外赶去。

但是这三匹驴子都露着疲惫不堪的样子，一走一颠，气呼不已。走了好多时，还没有走多远路。雪门和尚道："这就糟了，骑驴还不如步行的快，这如何是好？"朱镇岳这时恨极了，使起了性子，把驴子痛痛地抽了数下。说也奇怪，那驴子受了几鞭，果然向前驰去。但是不上一会儿又迟缓下来了。好容易倒了山脚下，三匹驴子一齐昂着头颈向山上瞪目望着，好似惊异的样子，却抵死也不肯走上一步。

朱镇岳道："好奇怪！难道山上出有甚么妖怪，所以驴子不敢上去吗？"雪门和尚向山上细细地视察了一回，说道："这山上一派清朗之气，照我看来定不会有甚么妖怪。"景无畏道："这是驴子可恶，欺我们是生人，不肯听命罢了。"说着，也把自己骑的驴子痛痛鞭策起来。那驴子负着痛，果然拼命向山上爬去。还没有爬上四五级石级，已经力竭气尽，一个翻身跌倒下来。景无畏便从驴背跌下，虽没有怎样受伤，却一时气愤极了，跳起身来，狠狠地把驴子打了一顿。谁知那驴子忽然怒视着他，口作人言疾声喊道："难道你要打死我吗？"这时，雪门和尚和朱镇岳骑的两只驴子也一同开口哀求道："可怜些我们，不要打罢。"

这么一来，慌得景无畏倒退了几步，瞪着两目只管发怔。朱镇岳也忙从驴背上蹿下，向雪门和尚喊道："不好了，驴子会作人言，这正是妖异呢。"说着就抽出剑来，待要刺下，雪门和尚忙摇手止着他道："不要如此鲁莽！我瞧这三只驴子一定有甚么冤苦呢。"说着也从驴背上蹿下来。

这时天色已晚，一轮明月正从山顶上透出。从月光中望去，只见脚下却有一道溪泉。便叫朱镇岳、景无畏一同挽着驴子来到泉边。雪门和尚向驴子说道："你们如要回复原形，只有喝清水的一法，如今快快喝了清水再说吧。"三只驴子听了这话，似乎很能理会，却一齐抢到泉边，伸长了头颈，把泉水一阵狂吸。只一会儿，三只驴子果然一齐变成了人形。雪门和尚骑的变成一个老人，景无畏骑的变成一个少年，朱镇岳骑的变成一个少妇。三人一齐跪倒在地，泣不可抑。

朱镇岳、景无畏见所未见，不免惊奇万分，只是呆呆地看着。雪门和尚道："他们一定受了甚么妖术，所以变了驴子，这是道家中一种邪术啊。不过素来凡是已变了驴子的，就不能再作人言；他们方才说起话来，大约是冤结于中，又加着熬不住这痛苦，因此不觉开口说出话来了。如今我们且不要赶路，把此事探听一个明白再作计较。"说着，便先问那老人怎么会变了驴子，老人道："小人石荃素在衡州贩卖布匹，这二人是我的子媳。因为年老力衰，无意再在外面经商，所以挈同他们回归故乡。那天经过这里，天色已黑，就在无量寺宿夜。不料到了午夜，忽有一个披头散发、黑面獠牙的恶道走进门来，一言不发，只对着我们念念有词，跟着又向我们各吹了一口气。待我们向自己身上一看，却都已变成驴子了。这时我们哭不出声，说不出话，只好由他摆布。他没收了我们的钱财行李，便把我们驱入院中。那院中已有六匹驴子现在着，大约也是人变的。在前数天内，那恶道领了贩驴子的人进来，谈定价钱，先后把那六匹驴子带去。贩驴子的因为我们生得太瘦，只肯出些贱价，所以还没有成交。今天那恶道走出门去了，恰巧你们进寺来，把我们带出，再生之德没齿不忘！"说着，同了他的子媳趴在地上，叩起头来。

雪门和尚道："照你所说，那恶道的模样想来大约就是伏豹山的飞杖大师。我早已听人说过了，不过不大相信，现在方知人言非虚。他既胆敢这样作恶，我非把他制伏不可。我想他回到寺中不见了驴子，定要追寻到这里来，我们快快藏躲，然后再作办法。"说着便同众人走上山去，找得了一个树木丛密的山洞，教石荃们和景无畏一齐躲入，自己同朱镇岳在洞外守待着。隔了一会，只听得一阵怪风呜呜作响，自远一至。二人偷偷从月光中望去，果见一个道士模样的人，大概就是那飞杖大师，飘飘忽忽地从那边路上走来。到了山脚之下站着了，在地上查看一回，含着一脸怒容，又抬起头来向山上瞪望着，两道眼光电光似地直向山洞中注射。

雪门和尚见飞杖大师来势甚凶，便想先发制人。随手拿了一块山石向飞杖大师的头颈上抛去。飞杖大师只把铁杖一挡，那山石依

旧飞回，老鹰扑兔似的直向雪门和尚击来。亏得雪门和尚眼快，连忙闪过一边，更向山下看去。飞杖大师早已狂吼一声，向山上冲来了。雪门和尚同朱镇岳一齐拾了山石向他乱抛。飞杖大师虽把铁杖挡住，但是石子好似雨点般的飞来，一时颇有点应接不暇。只得反身飞跑到了山脚下，猱身直上一颗树颠，口中划然长啸。一时山风暴起，吹得草木索索作响。

正在此时，就有一只白额猛虎陡从草丛中蹿出，向飞杖大师炯目怒视，跟着又狂吼一声，直向树上扑来。飞杖大师口中念念有词，只把铁杖向猛虎一点，那虎顿时俯伏地上，动也不敢一动。飞杖大师又向虎念了几句咒语，那虎好似会意似的，又吼了一声，反身蹿上山去，直向雪门和尚扑来。

雪门和尚知道这虎是飞杖大师招来抵敌自己的，心中倒暗暗好笑："这些邪术算得甚么，难道以为我没有降服的法子吗？"一壁想着，待到那虎扑到自己面前时，也把指头一指，念上几句咒语。那虎悟会意思，登时又向飞杖大师反戈，反身蹿下山去，直向树上扑来。飞杖大师一壁把铁杖抵住那虎扑上树来，一壁又念咒语，教它再去反扑雪门和尚。但是已经失了效验，那虎只管在树下跳荡，并不住地暴吼。朱镇岳见了这种情形，早已提了宝剑飞跑下山，想要跳到树上去和那飞杖大师厮杀。飞杖大师高踞树上，把铁杖左右挥舞，朱镇岳同着那虎竟无从近得身去。正在为难之时，那虎忽地伸出两爪向树根乱抓。不一会，树根周围的泥土都被虎爪扫尽。那棵树没有了依傍，立刻倒将下来，飞杖大师也随树跌下，急忙跃起身来，同朱镇岳和虎扑斗。

雪门和尚在山上看得清楚，又飞起山石向飞杖大师的头颈上打来。飞杖大师急忙举起铁杖来挡。朱镇岳觑了这个空，猛地跃上一步，挺刀直刺他的心窝。飞杖大师直喊得一声"哎呦"，便仰面翻下。那虎何等敏捷，早已扑到他的身上，向他咽喉咬了一口。看看他已不动，便伏身在地，捧了他的身子咀嚼起来了。

那时，雪门和尚望见飞杖大师已死，便伴同石荃、景无畏等下山来，互相庆幸一番。看那虎时，已把飞杖大师的尸身啖尽，只是摇尾晃脑，依依于雪门和尚的腋下。雪门和尚又向他念了几句咒语，那虎好似叩别的样子，朝雪门和尚跪了一跪，便向丛草中蹿去了。雪门和尚又指点石荃等回家的路径，直待石荃等拜谢而去，不见人影，才偕同朱镇岳、景无畏踱上山岭。

朱镇岳道："想不到师傅也会念咒语，这我在从前倒不知道。"雪门和尚笑道："这是一个四川人传授给我的，不料如今却得到它的用处了；否则那妖道念起咒语来，我们就是不被虎咬死，也要同石荃等这样变成驴子了。"说着，就向鬼门关进发。

这鬼门关不过形势险恶罢了，却居然平安过去，没有发生甚么事，也就无可纪述。一过鬼门关都是些平阳大道，更无可纪了，不久就回到报恩寺，出游的事便告了一个段落。

我这部《江湖小侠传》也就在此结束了。至于朱镇岳和景无畏后来究竟如何？朱家的剑术怎么会分传一支到云南去的？这许多节目，且等续集出时再行交代明白。[1]

评：

忆凤楼主评曰：驴作人言，虎知咒语，皆怪事也。作者忽于本回中，将此二事尽情一写之，盖亦欲别开蹊径，而为读者一新耳目耳。辛弗以其事近荒诞而少之。

本书系以朱镇岳为主，小侠即指朱镇岳，此正集所叙，皆为其少年旅行时所见所闻事。故一至旅行告终，重归古刹，正集亦即铿然奏尾声。此后种种事迹，以及其他小侠之行事，统于续集中详述之，诸君拭目以待也可。

---

[1]《江湖小侠传》原刊本共分二集，由上海世界书局初版于1925年。本次再版，系根据世界书局1925年12月第二版进行录入、校正和重排。《江湖小侠传》出版后，作者未创作该书续集。

半副牙牌[1]

要写这篇半副牙牌的事实，须先将内地开典当店的资格交待一番，这篇事实才有根据，看官才得明白。这篇的事实出在四川重庆，而各省开典当店的情形也大都如此。

典当店向分四等。第一等为典商，须有部照，正式营业。利息轻，期限久。若是典了窃盗赃物，破了案被官厅追提，失主须本利如数算还。这种典商十九是有雄厚资本。绅商界有名誉的人，方有开设的资格；第二等为当商，资格比典商低些，利息比较的重些，期限比较的短些。譬如典商，普通以三年为期，一二起息。当商则两年或年半一六、一八起息。然而也须正当商人才能开设。若当了窃盗赃物，被官厅追提，无论当了多久，失主只算还一本一利；第三等为质商，利息更重，期限更短，不必有大资本，不必有好资格，只要是做生意的人都能开设。遇官厅追提赃物，只还本，不算利息；最下等是押店，正当商人和有雄厚资本的决不肯做这押店生意，也决不能做这生意。开小押店的，不是本地的无赖之尤，便是外省流配来的罪犯。表面的利息只有三分或二五，其实是大加一。因为一月分作三期，一期就是一月，一月作三个月计算。还有甚么票费、存箱费，总算起来，简直是大加一。期限只有半年，甚至四个月。像这般强盗也似的生意，稍有人格的商人自然不屑去做。官

[1]《半副牙牌》等七篇中短篇小说，于1922年至1924年之间，发表于上海的《星期》、《侦探世界》、《民众文学》等期刊上。发表时，作者均署名"向恺然"。

厅从这种小押店里追提赃物，是连本钱都不给还的。

以上典、当、质、押四种生意，开设在各省会及府州县的，因是官厅的驻在地，人烟稠密，有城防范，有兵巡守，不至有抢劫的事情发生，用不着有武艺的人保镖。至于开设在各乡镇的，除了小押店一因资本不大，二因店主或与盗匪通气，或自己武艺好，不用人保镖外，典、当、质三种，都免不了要请镖师常川在店里住着保护的。

四川一省的会匪比较各省都多，因此四川的典当店也比各省难开，那怕开设在省会及府州县里。质、押两种资本不多的不要紧，典、当两种，也得和各省开设在乡镇一般的请镖师。典当店里的镖师不在多，只要是有真实本领的，或名头高大的，一个人就够了。镖师住在店里，责任不仅在保证店中财物不被盗匪劫去，平日须认真教练店里的伙计和徒弟。典当店的规则，无论伙计、徒弟，武艺练得好的，薪水可望增高。在练武艺的时候，所穿的衣服、鞋袜都归店主供给，撕打破了从新更换。所以典当店开设的年代越久，店里会武艺的人越多，信用也就跟着越好，盗匪越不敢转念头。

于今且说四川重庆有家极大的当店，叫做义丰当，足有十万银子的资本。店主姓刘名辅成，是四川的豪商。这义丰当开张的时候，外面就有谣言说，某某有名的盗魁和某某有名的会首，正在召集有飞檐走壁大本领的强盗合伙来抢劫，无论有多少保镖的也不畏惧。刘辅成得了这种谣言，便花重价聘请两个有名的镖师，夜间在房上轮流防守。

义丰当店内部的组织系分四部。管理账项的为第一部，管理银钱的为第二部，管理衣服的为第三部，管理金银珠宝首饰的为第四部。第一二三部的管理人，都是多年在四川各大典当店里办事的。惟有管理第四部的是一个读书的少年，姓史名克家。生得容仪俊伟，举止温文。他父亲是个有名的孝廉，生性倜傥不群。因三十岁上断了弦，在家抑郁无聊，遂带了盘缠出外游历。在南京续娶了个姓齐的女子回来，就生了这史克家。

克家出世不到十年，这倜傥不群的孝廉便死了。克家依着母亲度日，只因家计贫寒，不能继父志读书。他母亲要他学生意，局面太小了的，他又不愿。恰好义丰当店开张，从前和他父亲要好的几个有资格的朋友，极力保荐给刘辅成。刘辅成也素知道史克家是个世家子弟，又聪明又靠得住，且有好几个确实的保荐人。遂派史克家经管第四部的金珠首饰。

开张不久，刘辅成既听了盗魁、会首要来抢劫的谣言，就召集店内一般管事的人，告以外间谣言说道："我店里有了现聘的两位师傅保护，这类谣言本可不放在心上。不过因系新开之店，店里除了两位师傅外，诸位都是不曾练过武艺、没有经验的人，诚恐夜间师傅和强盗动起手来有甚么声响，诸位不用害怕，也不必藏躲，更不要逃跑，只各人守着各人的地位不动就得哪。万不可从门缝里或窗眼里，伸头出外张看。那时枉送了性命，只能怪自己不小心。"

刘辅成说时，转脸望着史克家道："你是一个净料的读书人，年纪又轻，一旦遇了意外的事，惊慌是不能免的。你母亲苦节守着你这个人，是要靠你养老送终的。你若是害怕，不妨夜间归家去睡，天明再来店中做事。等谣言平息了，仍在店中歇宿。"史克家道："我一般的受东家薪俸，若临难便图苟免，如何对得起东家和诸位同事的呢？并且家母也决不会容许我在这紧要的时候，弃了自己的职守回家安歇。我虽是读书人，年纪小，但从小受了家母的教训，胆气还不甚小，请东家放心。"

刘辅成自是巴不得史克家不回家歇宿，免得传说出去笑话。其所以是这们说，为的是怕史克家胆小，这时脸软不肯说出来，事到临头反为慌张误事。及听得史克家这们说，也就不说甚么了。有几个管事的曾在别家当店练过武艺，这时都纷纷向刘辅成陈说自己能为，愿与保镖的共同担任防守。刘辅成自然欣喜，问各人善用甚么兵器，刀叉杆棍都依照各人所喜配发了。便是几个新收的徒弟用不起兵器，也每人给了一把解腕尖刀，以为万一之备。只有史克家没向刘辅成要，刘辅成也没给他。

义丰所请的两个镖师，一个姓杨名寿廷，会打连珠弹子，二百步以内能接连不断地发出十弹，从一个弹孔里穿出去。为人更机警绝伦。他一生保镖，不曾失事过一次。一个姓鲁名连城，各种暗器都会使用，十八般武艺件件都是魁尖的本领。杨寿廷是川东的镖头，鲁连城是川西的镖头。盗匪见他二人的旗帜，没有不退避的。川东西的盗匪怕他二人到了极处，恨他二人也到了极处。只是没法能摆布二人。二人这回同时就了义丰当店的聘，也知道招盗党之忌，逆料免不了迟早必有一场恶斗。白日是无须防范的，一到了夜间，二人便分班轮流在房上梭巡。一连好几日不见动静。

这日忽来一个高大汉子，赎取一把锡酒壶。大汉接过锡酒壶一看，厉声说道："我前日当的不是这把酒壶，你们为甚么更换我的？赶紧将我当的原物还我便罢，若有半字支吾，我立刻使你这店开不成！"店里的人一听这出人意外的话，不由得心中冒火。只是刘辅成是个老商人，店里用的人也都是生意场中老手，心中虽然因无理的话冒火，表面却不肯立时发作，仍按纳住火性，陪着笑脸说道："当票上编定了号码，照着号码取东西，从来没有换错了的，请你看清楚。"大汉那由分说，迎面就是一口唾沫，吐了这陪话的朝奉一脸，更大怒如雷地骂道："我自己的东西认不清楚，难道你倒认得清楚？"

这朝奉也曾练了一身本领，见大汉分明有意来讹诈人，自己脸上又被他吐了这口凝唾沫，直起三丈高的无名业火，那里扑压得下？顺手从柜上拖了一个檀木算盘，劈头朝大汉打去。正打在大汉的头上，只听得"喳喇"一声响，算盘打得四分五裂，盘珠散得满地乱滚。大汉原靠着一根合抱不交的礅柱站着，此时头上挨了这一算盘，即装作避让不及的样子，将头向礅柱上一偏，全屋被碰得摇摇震动，屋檐上的瓦哗喳喳一阵响，纷纷掉了下来。礅柱登时脱离了节榫。这一来，只吓得满店的人都双手抱头，向里面奔跑。

　　杨寿廷此时正和鲁连城坐在里面闲谈，忽觉得房屋震动了一下，接着听得一阵响声、一阵脚步声。不由得也有些着惊，托地跳起身来，迎着向里奔跑的人问怎么了。管事的如此长短，对杨鲁二人说了。杨寿廷听罢，望着鲁连城说道："且等我去瞧瞧，看是怎么一回事。"一边说，一边走到外面来。只见那个大汉正在一手提着把锡酒壶，一手指着柜房里怒骂。

　　杨寿廷听大汉说话不是四川口音，料是外路来的，不敢怠慢，连忙上前拱手笑道："请老兄息怒，伙计们有开罪之处，向兄弟说来，兄弟自处置他们。"大汉看了看杨寿廷，即停了怒骂，也抱拳问道："想必你就是大老板了，贵店仗谁的势动手便打人？"杨寿廷陪笑说道："我不是老板，谁敢对老兄无礼，我可以教老板责罚他们。此地不是谈话之所，请老兄到里面坐坐。"说时，故意望着礅柱做出惊讶的样子，说道："好不牢实的礅柱，怎么新造的房屋，礅柱就离了墩呢。且等我搬正了礅柱，再奉陪老兄谈话。"随走近礅柱，双手抱着往上一提，已移回了原处。口不喘气，面不改色，从容向大汉笑道："老兄好硬头（硬头即不容易说话的意思）！"大汉打量了杨寿廷一眼，答道："你也是一个好手。"

　　杨寿廷哈哈大笑，让大汉进里面就坐。大汉道："不用客气，我还有事去，只请将我原当的酒壶还我。我当的酒壶是点锡打成的。这是铅的，比我的差远了。"杨寿廷接过酒壶，指着壶底的印给大汉看道："这里不是分明印着'点锡'两个字吗？如何说是铅的呢？那里有这般坚硬的铅？"大汉听了似乎不相信，接过去向壶底仔细地看了，笑道："这原来也是点锡吗？我倒不信我的眼睛连点锡都不认得了。我的眼靠不住，我的手是很靠得住的，只一试便知道了。"随用两手将酒壶一搓，只搓得那锡如在炉里熔化了的一般，点点滴滴从指缝里流出来。大汉也望着杨寿廷哈哈笑道："怪道你说这是点锡，原来是这们一点一点的就谓之点锡。你说没有这般坚硬的铅，我看只怕没有这般不坚硬的锡呢。"

　　杨寿廷看了大汉的功夫，不禁暗暗纳罕。思量："这厮的内外功夫倒都不错。我少时曾听说前辈甘凤池有这种掌心镕锡的功夫，须得内功到家才能显出这般本领。我是个专做外功的人，便是老鲁也和我一样。硬对是赶不上这厮的，只有软求他看是怎样。"慌忙陪着笑脸殷勤说道："领教了，敬服！敬服！兄弟在江湖四十年，像老兄这般能耐的人见得很少，请问贵姓大名，尊乡何处？"大汉冷冷地笑道："我素来是个无名小卒，何足挂齿！再见吧。"说着，掉头不顾，走了。

杨寿廷没想到这们不给人面子，一时又是惭愧又是恼恨。恰好鲁连城因在里面不放心，走出来探看。杨寿廷忙向鲁连城说道："这厮已认识我的颜面了，你快跟上他去，看他到甚么地方停留，探明了好作计较。"鲁连城那敢懈怠，急匆匆地跟踪大汉去了。

跟到河边，大汉上了一只破烂不堪的船。船舱里面隐约有几个男子坐着。大汉跳上那船，那船就立时撑离了岸，开向下流去了。鲁连城无法追踪，只得回店与杨寿廷商议。二人都猜不出那大汉是甚么路数的人。

这夜，鲁连城守上半夜，杨寿廷守下半夜。杨寿廷接班的时候，照例须在满店的房屋上仔细梭巡一番。这时已将近三更了，杨寿廷巡到史克家的房上，见窗眼里露出灯光来。细听房里，彷佛有算盘的响声，知道是史克家不曾安睡。心想，这孩子倒肯认真做事，这时分大家都深入睡乡了，他还独自一个在房中算账。正想转进房去和史克家谈谈，消磨长夜，刚待举步，房里的灯光忽然灭了。不觉心里好笑："怎这们凑巧？我要找他闲谈，他就吹灯睡了。"

杨寿廷即蹿上史克家的屋脊，猛听得背后掉下一片瓦响。暗想，自己的本领不至将瓦踏下。急回头看时，瞥眼见一条黑影才飞上了墙头。忙扣上弹丸，对准了一弹打去。那黑影只微微地晃了一晃，仍在墙头上立着，好像弹子已被他让开了。随接连发去三弹，计算第一弹打头，第二弹打胸，第三弹打腿。三弹同到，贼人无论如何厉害，总得着一两下。谁知三弹打去，就像不曾打到似的，连微微的晃都不晃了。急从弹囊里掏了一把弹丸，一面往弦上扣，一面目不转睛地看。那墙头上的黑影陡然一个倒栽葱，闪了下去。正自觉得诧异，又冲上一条黑影来。杨寿廷刚对准了弓，还不曾发弹，那条黑影又栽下去了。

杨寿廷暗自寻思道："这不是活见鬼吗？我的弹子素不空发，为何连发四弹，一弹也不中？我的弹不曾发出去，倒又像是中弹倒了呢？难道是贼人有意拿着皮人儿和我捣鬼？这算是调虎离山的计吗？不是不是，皮人儿见弹便倒，并且得'哧'的一声响。我四弹打去，毫无声息，那有这样的皮人儿？即算第一次是皮人儿，被我弹倒了。第二次冲上来，我尚不曾发弹，却为何也倒了咧？倒下去的情形两次一样，都是两手一张，身体往后倒栽下去。不是被人打正头眼，没有这种倒法。我不发弹，老鲁早已下班安歇了，又有谁在暗中帮我打贼呢？这不是希奇吗？我何不赶过墙头去瞧个实在。"

夜间在房上发弹，多是蹲下身子的。因身子蹲下来目标小些，敌人不容易发见弹丸。不过蚕豆大小在夜间打出来，百步以外听不到了弦的响声，若不看见发弹的人，躲避极不容易。杨寿廷这夜是在房上梭巡，猛可地发见了贼人，自然要蹲下身体发弹。此时要赶过墙头去看，即立起身来向墙头蹿去。才待翻过史克家的屋脊，一眼看见那墙头上屏风也似的，并排飞上四个人来。似乎脚还不曾立住，就接二连三地倒栽下去了。

杨寿廷见了这情形，心里已明白必有能人在暗中帮助自己，并且知道这人的本领在自己之上。索性蹲下瓦枕，扣上弹丸等待。墙头上又冲出六人，又挨排倒下去了。末后又有四人，不似前几次之并肩而上了，各人相隔二三丈远近，同时一跃，都飞过墙来，不在墙头停步。杨寿廷不禁着急起来，因墙脚下黑暗无光，寻不着目标发弹，只得收了弹弓，从背上拔出刀来，蹿下房，一声喊嚷："大胆的强徒，那里走！"

已有两个强盗过来，双刀齐下，夹攻杨寿廷。交手三五下，杨寿廷即自知敌不过，想抽身上房用弹打翻一个，就容易抵敌了。巨耐这两个强盗都一刀紧似一刀，半点不肯放松，那有抽身上房的工夫？杀得杨寿廷满头是汗，看看刀法散乱，不能招架了。忽两个强盗同时叫声"哎呀"，折身就跑，转眼即飞出墙外去了。

此时鲁连城在里面，听得杨寿廷在后院喊嚷并动手相杀的声音，即时召集店里会把式的管事，各操兵器杀奔后院来。杨寿廷见有救兵到了，忙大声招呼道："快！大家寻找，还有两个强盗隐藏在里面不曾出去。"鲁连城一干人听得，真个如见神见鬼的，各人分头在弯里角里寻觅。纷乱了半夜，直到天光大亮，那里寻得着一些儿踪迹呢？

杨寿廷心里明，知道有能人在暗中帮助自己。只是已将贼人打退了，尚不见有人露面自承杀贼的功劳。思量本店中除了自己和鲁连城外，实在没有高过自己能为的人。这回在暗中帮助自己的，必然是外路的朋友，往后自有知道的时候。这时乐得不说出来，好顾全自己的名誉。主意已定，遂向店中人说，贼人如何上墙头，自己如何发弹。共来十六个贼人，已打伤了十四个，那二个见机得早，悄悄地逃了。

刘辅成听了杀贼的情形，很是高兴。办了几桌酒菜给杨、鲁二镖师酬劳，并与各店伙压惊。这夜，各店伙一闻有贼，都操了兵器到里院助威。惟有史克家自关着门睡觉，直待天明事定了才起床。店伙在酒席上有笑他胆量小的，有笑他瞌睡大的，他只是含笑点头，一句话也不争辩。

酒菜才吃喝一半，外面忽走进一个蓬头赤足、衣服褴褛、年约十来岁的小孩，双手捧着一个纸包，往柜台上一递，口里高声嚷道："当东西呀。"在席上饮压惊酒的店伙，听得有人来做生意，连忙起身走近柜台。打开纸包一看，原来是一副不完全的牙牌，牌上都沾有血迹，数数十六张，恰是半副。店伙看了好笑，问小孩拿这东西来做甚么。小孩扬着头答道："你问我做甚么，我倒要问你在这里做甚么？难道这半副牌不能当钱吗？"店伙故意

插图：龙家小傲

问道:"你要当多少钱?"小孩道:"论这半副牌的价钱,当十万也值得。我于今只要一千六百两银子使用,就当一千六百两罢。"店伙笑道:"值得,值得,但是这里不当这些东西,请你拿到别家去当,或许更当得多些。"小孩瞪起两眼,望着店伙道:"我特地到这里来的,你教我到那家去?不要啰唣,快拿一千六百两银子来,少一厘也不行。"

刘辅成在里面陪酒,听得外面争论的声音,以为又是昨日那大汉来了,也忙走出来探问。众店伙见东家起身,也都跟在后面。史克家杂在店伙中,一眼看见那半副牙牌,随上前抢在手中,向小孩说道:"一千六百两银子,早已安排在这里了,只是不能给你拿去。你教他们本人来取罢。"小孩打量了史克家几眼,问道:"就是你么?愿闻大名。"史克家道:"金陵齐四是我母舅。你回去向他们说,他们就知道了。有我在这里。请他们另眼相看,免得伤了和气。"小孩应声知道,向史克家拱了拱手,回身走了。

刘辅成和一干店伙见了,都摸不着头脑,问史克家是怎么一回事。史克家指着杨寿廷笑道:"杨师傅是知道的,请问他昨夜在后院的情形。"杨寿廷这时才明白,昨夜在暗中帮助自己的,便是这个众人轻视的史克家!来不及地对史克家作揖道:"非是我有意贪功,只因一时糊涂,没想到帮我的便是足下。怪道房中灯火灭熄得那们凑巧。"随将昨夜的情形向众人述了一遍。众人听了,都望着史克家发怔。刘辅成立时改变了态度,推史克家上坐道:"我有眼无珠,不识豪杰,今日的酬劳席理应先生首座。"

史克家谦让不肯。二人正在争执的时候,杨寿廷、鲁连城两个有名的镖师,已趁着纷乱,悄悄地溜跑了。刘辅成也不追挽,只问史克家如何杀贼的情形,并何以有这种本领。史克家这时也不隐瞒了,将自己的身世尽向刘辅成说了出来。

原来史克家的母亲叫齐秋霞,是金陵有名的女侠,是甘凤池的得意徒弟。自从二十岁嫁到史家,因丈夫是个文人,不喜武事,齐秋霞便将武艺完全收藏起来。仅在做新娘的时候,闹新房的人有知道她会武艺的，逼着要她显本领。推辞不脱，才教伴妈取了两个鸡蛋放在新房当中地下，她双手托了一盘茶，两脚尖踏在鸡蛋上面，敬满房的客每人一杯茶。自后二十余年，没向人显过第二次本领。史克家因父亲死得早，才能从母亲练武艺。但也是秘密研练，外面没人知道的。

　　义丰当被盗的这夜，史克家正在房中玩牙牌。忽听得房上瓦响，即将灯光熄灭，从窗眼中偷看外面。看出是杨寿廷，正待打招呼，陡发见对面墙头冲上一条黑影。史克家不愿意自己露脸，知道杨寿廷背朝着墙，不曾看见。故意抽了片瓦打在地下，即听得弹弦响，黑影一晃就让过去了。随又听得连发三弹。强盗的本领很高，弹子打不入木。便料知杨寿廷不是强盗的对手。只得随手拈了张牙牌向强盗的眼睛打去。第一个打倒，第二个上来。接连打了十二个。后四个不在墙头停步，就先打退了两个。还有两个与杨寿廷动手。杨寿廷看看敌不住，只得又发两脾。十六张牙牌都打进了强盗的左眼。当锡酒壶的大汉本是有意来调查镖师能耐的。想不到有史克家在内，所以送还半副牙脾，要问史克家的名字。

（原载《侦探世界》1923年第5期）

拳术家陈雅田之轶事

在三十年前湖南长（长沙）平（平江）湘（湘阴）三县的人，不论老少男女，无有不知道陈雅田这个人的。陈雅田的为人行事，在下已替他做了一篇传在《拳术见闻录》那部书里面。不过在下做过那篇传以后，又得了他不少的事迹。其中并有一两桩事饶有小说趣味，正不妨详细写将出来。以补前传之不足。而在研究技击的看官们读了，或者也有可以借镜的地方。

陈雅田的身体，天赋的强壮过人。兄弟排行第四，乡里人都顺口喊他陈四。他家里世代种田。他父亲陈光照少时曾略略地练过些武艺，只是苦不甚高明。陈雅田十岁的时候，还是跟着父兄下田做工。只因这年夏天大旱，他父亲和人争水，双方动起武来。他父亲本领不济，被人打得受了重伤。既不曾赢得，水也自然不曾争得，直把他父亲气个半死。思量要报仇雪恨，除了将自己儿子练习武艺，没第二个方法可施。自己已是五十上下的人，就是想发奋，在武艺里面用一番苦工，无奈精力衰颓了，吃苦也不得成功。陈光照共有五个儿子。那时最小的都有十三岁了，打算花重金聘一个极好的教师来家，专教五个儿子的武艺。但是物色了好几个月，不曾物色得一个相当的教师。

陈光照报仇心急，料想长沙省会之地，必有好本领的人物。恰巧他到长沙寻师的时候，长沙正新来了一个大名鼎鼎的教师，姓罗名大鹤，在戥子桥设厂教徒弟。远近闻罗大鹤的名，特地前来拜师的不计其数。但是罗大鹤收徒弟不问年龄，不拘男女，不论贫富，只凭他一双眼睛验看。他说这人有学武艺的资格，便肯收这人做徒弟。他说这人不能学武艺，任凭这人送他多少钱、如何哀求苦告，

211

他总是不作理会。有时被人缠急了，他就大声问道："黄牛可以当马骑么？"有许多曾经练过好几年武艺的人去求他收作参师徒弟，他教这人做两手工夫看。看了总是摇头长叹说，很难很难。这人问他甚么事很难，他就说，走回头路不是很难吗？多有听了他这话仍是不解所谓的，再追问他，他才直切了当地说道："你索性是不曾学过的，我倒好教你。你于今已学到了这一步。譬如走路原是要向正东方去的，你却错走到正西方去了。此刻若要回头走过，势必退回起初动身的地方，才能改道向正东方走。你看这一大段回头路，岂不要走煞人吗？"

罗大鹤收徒弟的资格既限制得如此之严，所以在长沙的声名虽大，没几个人能拜在他门下的。陈光照到长沙，见了罗大鹤的面，说了来意。罗大鹤教陈光照将五个儿子都带来看看。后来一一看了，只有第四个陈雅田能学，就收了陈雅田做徒弟。

陈雅田这时的性格极是顽皮，最不肯用功练习。陈光照眼巴巴地望这个儿子练习武艺，替自己报仇雪恨。见儿子偏不肯用功，就租了一间房子在厂子旁边。趁三九酷冷的天气，亲自动手将陈雅田身上的衣服完全剥了，只留给一条单裤，向租的那间房里一推，把门反锁了，自己坐在门外等候。陈雅田冻得一身如筛糠一般的，抖个不了，只得咬紧牙关拼命地苦练。运动得越激烈，身体越觉暖热。四肢一停顿，就寒风侵骨了。每次是这们监督着苦练，点两根线香的时间才放出来，穿衣休息一会。

苦练二三年以后，陈雅田的年事也渐渐长大了，拳脚中的趣味也渐渐能理会了，那里还用得着陈光照监督呢？陈雅田的气力最大，又最喜和人较量。和他同学的几个人，没一个及得他那般大的气力。学武艺，在和同学较量的时候，贵在持久，持久就是气力大的占便宜。同学的和陈雅田动手，结果总是吃陈雅田的亏，弄得同班同学的都不愿意和他动手了。和他同学的尚且不能跟他持久，以外会些儿拳脚的人，更是做梦也不敢想到与陈雅田比赛了。

陈雅田学成了归家，正在六七月间。陈光照多年不敢相争的水利，这时见儿子武艺学成回来了，自己田里本用不着水，却故意提了把锄头，将仇家田里的水口放开。仇家自然不肯随便放过，立时邀集了十多个会武艺的人，各人提一把锄头，蜂拥一般地来掘陈家的水口。陈光照教陈雅田去抵抗。陈雅田这时的年纪还不过二十来岁，赤着两手出来。迎面抓住走第一的一个，往左胁下一挟，右手夺过铁锄，也不和那些把势动手，挟了这个把势径向仇家田里走去。十多个把势都跟在后面追赶。陈雅田一只手拿着铁锄，一面招架，抽空就在田塍上掘一锄。被挟的这把势痛得手足乱动，但是越动的厉害，便挟的越紧。打过一条田塍，也就掘过了一条田塍。十多个把势当中勇猛些儿的都受了伤，胆小不敢上前的就不曾挨打。陈雅田见田塍也掘了，把势也打伤的不少了，才慢条斯理地将胁下的这个把势放下来。一看觉得诧异，怎么放下来倒不动了呢？仔细看，原来已不知在甚么时候被挟得断了气了，不禁哈哈大笑道："甚么把势，怎这们不牢实！"

这回的事，陈家虽遭了一场人命官司，然陈雅田的勇名就从此震动，远近仇家也再不敢和陈家争水了。不过陈雅田生性喜斗，他的勇名愈扩大，敢和他交手的愈少。终年在家单独地练习，觉得十分枯寂。

这日，他在野外闲逛，猛然间遇着一条发了暴性的水牛迎面奔将过来。牧牛的孩子跟在后面，旋追旋大声喊人让开。陈雅田正苦一身本领没处施展，那里肯让呢？支着两条铁也似的臂膊向前等待。那水牛见前面有人挡住去路，多远的就把头一低，撑起一对二尺来长的倒八字角，蓄全势力戳将来。陈雅田叫声"来得好"，双手抢住两角，一个鹞子翻身，那牛便立脚不住，身体跟着一翻，背脊着地，四蹄朝天倒下去，半晌爬不起来。

陈雅田自从此次于无意中得了这们一个好对手，便每日四处寻找喜斗人的大水牛，用种种方法挑弄得牛性大发，不顾性命地向陈雅田冲斗。论陈雅田的力量，本不难一两下即将水牛推翻。只因水牛的意志并不坚强，第一次被人推翻了，第二次便不肯奋勇上前。

很不容易地才能找着一条欢喜斗人的水牛，若仅仅斗过一次，就使它失了战斗的能力，岂不可惜？所以，陈雅田为欲保留水牛这一点斗志，总不肯尽自己的力量。不过水牛这东西毕竟不是一种能强硬到底的畜类，尽管不将它推翻，只要接连和它游斗几次，每次累得它疲乏不堪，它的气就馁了，听凭你如何挑弄它，它只低下头往两旁避让。陈雅田寻牛做对手，斗不到几何时，陈家附近十多里的凶牛，没一条不是见了陈雅田的影子，就俯首帖耳的，动也不敢动一动。陈雅田没有方法能激怒那些牛，只好和一般牛贩商量，教牛贩遇了喜斗人的凶牛，就牵到陈家来。每斗一次，给牛贩二三百文的酒钱。一般牛贩乐得有新奇把戏看，又有得钱的希望。离陈家百里以内的斗人牛，只要是搜罗得着的，无不牵到陈家来。

有一个种田的人家养了三条大水牛。本来都是极驯良会做工夫的，不知因甚么缘故，其中有一条忽然像是疯了一般，逢人便斗。寻常斗人牛多是喜斗面生的人，自己的主人和每日牵到外面吃草的牧童，是不敢斗的。这条水牛不然，不问甚么人，见着就斗。没人的时候，连树木砖石，它一发了暴性都得冲斗一会。简直没人敢驾着它下田做工夫，并且还不敢照平常的样三条牛做一个栏关着。若关在一处，那两条牛难保不活活地被这条牛斗死。只好另关一处。既不敢教它做工夫，自然也不敢教它出外吃草。每日送水草到栏里给它吃。送水草的仍不敢把脚跨进栏去，只在墙根下留一个窟窿，水草从窟窿里递进去。那时私宰耕牛的禁令极严，安守本分的种田人丝毫不敢做违法的事。加之水牛的肉湖南人最是忌讳，便宰了这条牛也卖不出多少钱来。想活的卖给人家，谁也不敢过问。这牛在这个人家整整地关着喂养了三年，远近的人都知道这家有一条凶恶的斗人牛。

受了陈雅田嘱托的牛贩子，得了这个消息好不欢喜，连忙跑到这家交涉。这家但求脱货，情愿充量的便宜。牛贩子如此这般地报给陈雅田。陈雅田巴不得有这样的好牛，催牛贩从速牵来。牛贩子牵牛，无论牛有多凶，他们总有方法能牵着行走。最安全的方法，就是用两根长竹竿分左右拴在牛拳上。两人在牛背后，一人支着一根竹竿往前走。牛想向左边回头，有左边的竹竿撑住了；想向右边回头，有右边的竹竿撑住了。不过这种方法只能牵着在路上行走，不能用了使做田里的工夫。这回牛贩子就用这方法，将这条凶牛撑到了陈雅田家。

陈雅田家的大门外，有一片很大的青草坪，坪中有几棵树。牛贩子将两根竹竿分开系在两边树上。牛立在当中，只能向前后略略地进退一两步，仍不能向左右走动。系好了牛，才报知陈雅田。陈雅田喜孜孜地跑出来，看这牛时，比寻常的水牛特别壮大。两只圆鼓鼓的眼睛暴出来有半寸多高，火也似的通红。不问甚么人，见了这一对凶恶的眼睛也得害怕。左边的一只角，不知因何折断了四五寸。据牛贩子述养牛人家的话，是在个石岩上触断了。陈雅田一面捋衣袖，一面教牛贩子把竹竿解开来。牛贩子踌躇不敢解，说这牛实在不比寻常，只能把两边的绳索放长，不能完全解开。万一给它跑了，没人能制得住它，不知要斗坏多少人。陈雅田笑道："怕甚么？我若制不住它，也不教你们弄它到这里来了。"说完，又一叠连声地催促。牛贩子没法，只得二人同时把两边系在树上的竹竿一松，随即都爬上了树，看陈雅田和牛怎生斗法。

这牛三年不曾得着自由，胸中郁结的愤气日积日深，无处发泄。今一旦脱离了羁绊，眼睁睁地看见一个人在面前揎拳捋袖，还能忍得住不拼命地来斗么？当时拔地跳了几下，翘一翘尾巴，晃一晃脑袋，倾山倒海地撞将过来。陈雅田仍使出平日斗牛的手法，双手去抢牛两角。就没想到这牛的两角与平日的牛角不同，这牛是一长一短的。因这一点不曾注意，牛力又来得太猛，比寻常牛大了几倍，左手没抢牢，右手便按压不住，牛头向左边一偏，直冲而上。陈雅田不提防右角折断的所在比刀锋还要尖利，见牛直冲上来，随用左手再抢右角。谁知自己的力也用得太猛，牛角折断的所在又只剩了半边，禁不起抢住一拗，"哗喳"一声响，半边断角应手而断了。然角虽断了，陈雅田的手掌也被锋利的角棱划破了一条裂缝，鲜血直往外冒。

陈雅田从十五岁上练习武艺，十来年不曾受过一次创。斗牛上百次，更不曾被牛伤着过。这番竟被牛伤得如此厉害，又有两个牛贩子在树上看见，如何能不又羞又气呢？他平日斗牛本不肯使尽自己的力量，这回火冒上来，便顾不得许多了。趁这牛直冲上来的势，将身子往右边一闪，让过牛头，双手夺住左角，顺手牵羊地往下一拉。牛的前脚支不住，就跪在地下。双手再一扭。牛到了此时，一点儿抵抗力也没有，牛身随扭而倒。陈雅田余怒未息，用膝盖磕住牛颈，对着牛肋两巴掌拍下。正要再打，忽然转念："像这样的牛不容易找着，一次打怕了，不敢再和我相斗，未免可惜。"心中有此一转念，即住手不打了。忙立起身，打算将牛牵起来。只见牛躺在地下，张开口，雷一般地喘气，并喷出许多白沫。

两个牛贩爬下树来，吐舌摇头道："好厉害！好厉害！只两巴掌就把一条这们强壮的水牛打得不能活了。"陈雅田吃惊问道："怎么呢？这牛已不能活了吗？我并没用力打它，那里就会死咧？"牛贩子笑道："暂时是不会死的，然至多挨不上一个月。我们专做这种贩牛的生意，眼睛是不会有差错的。你说没用力打它，它的肋骨已被你打断好几条了。若不是折断了肋骨，你磕在它颈上的膝盖一松，它抬得头就应立得起身子来。只因肋骨断了，抬头即牵动得肋痛，所以只些微抬了一下，就只管吼喘。"陈雅田道："还有药可医治得好么？"牛贩子摇头道："断了肋骨，纵然能医治得不死，也已成废物了。"陈雅田听了，很悔自己鲁莽。然已无可如何。后来这牛果然只活到二十多日，就躺在地下一息奄奄了。教宰牛的宰了，剖开看时，肋骨断了三条，靠近肋骨的脏腑都腐烂了。陈雅田从此再也不敢和牛斗了。

陈家附近有几个武童生，终日操练弓刀矢石。陈雅田生性好动，时常到那些童生家看他们操练。那些童生知道陈雅田的武艺好，对陈雅田说道："你既有这们高强的武功，何不跟着我们操练操练，同去赶考呢？"陈雅田道："那只怕不是容易的事。我学习的

插图：龙家小傲

武艺完全与你们的不同，赶考的工夫我一件也不懂得，教我怎生跟着你们操练呢？"童生们笑道："你这真是呆话！我们赶考的武功虽然与你们的不同，但一般的以有气劲、能灵巧为主。讲到工夫，还是你学习的工夫难做。我们这种呆板工夫，只怕你不肯用功，肯用功一学就会。"陈雅田听了高兴，便跟着一班武童生照样操练。有陈雅田那般神力，开弓掇石的勾当那里用得着操练？真是一见便会。所难的就是几条步箭，再也练习不好。以极大的力射极轻的弓，居然射不到靶。这才把个陈雅田急得发慌。

看看考期近了，陈雅田的步马箭都毫无成绩。本已灰心不肯去考了，无奈那些童生们定要拉着他去。推托不了，只得跟去。这场考试，陈雅田的步马箭一箭都不曾中靶，但居然得了一名武秀才。其原因就是在点名的时候，不知怎的，有一个童生应错了名，在下面吵闹起来。长沙武考期中，一班武童生照例有相打的事发生。这回的相打，牵扯了陈雅田在里面。陈雅田施展出平生本领来，一个人抵敌几百人，打得个落花流水，到底没一人敢近他的前。拉他同考的童生们都替他担心。而考试官倒注了意。考弓石的时候，陈雅田将两把头号弓合拢来，拉棉条似的一连几下，嘣地一声响，两条弦齐被拉断了。考试官都失色站起来。陈雅田也自知失仪，以为进学是没有希望了。

谁知发出榜来，竟高高地进了第十二名。于是乡下人平日叫他陈雅田或陈四的，自后都改口叫他陈四相公了。不过陈雅田虽然进了个武学，在家仍是下田做工夫。他的兄弟和族人都不以为然，说秀才们应该是秀才们的服装行动，才显得与寻常白丁不同。这是与族人争光的事，不可马虎。陈雅田道："我本是个种田的人，除了种田没旁的事可做。不能说进了一个武学，便把我的职业荒废了。你们大家教我不种田，却教我终日在家干甚么事呢？"

那时陈家的贴邻恰好有一家药店想盘顶给人，陈家兄弟和族人就花钱顶了那药店，由陈雅田主持开设。于是陈雅田从农人一变而为商人了。

　　陈雅田在当农人的时候，曾遇见一个不知姓名、籍贯的大力士。因这日陈雅田正驾着牛，在自己大门外的田里犁田。忽来了一个背上驮着黄色包袱的大汉，年纪不过三十上下。江湖上的规矩，不是自己有武艺，特地出外寻师访友的人，不敢驮黄色包袱。江湖上有句老话说是：黄包袱上了背，打死了不流泪。陈雅田知道这种规矩，见那大汉背上驮的包袱是黄色的，就料知必是有本领的人。一面催着牛犁田，一面偷眼看。那汉子走到大门口，停步四处望了一望，想提脚走进大门，却又停了。回头走到田塍上，向陈雅田问道："借问老哥，陈四相公陈雅田是住在这屋子里面么？"陈雅田忙勒住了牛答道："不错，四相公是我的少东家，又是我的师傅。你要见他么？"那汉子点头道："我不要见他，也不多远的到这里来了。"陈雅田道："你今日来得不凑巧，他有事下汉口去了。今日刚才动身。你既多远的到这里来，我师傅虽不在家，我也应该款待你一番才是道理。请进屋去坐罢。"那汉子摇头道："我是特来会陈雅田的，陈雅田不在家，我还坐些甚么？我走了，等他回了的时候再来。"陈雅田如何肯这们放他走呢，连忙止住道："不要走，我有话请问你，你尊姓大名？从那里来的？要会陈雅田有甚么贵干？"那汉子回身说道："那些闲话都用不着说，你且把牛解下来，它也累的太苦了。我替它犁几转。"

　　陈雅田心想，这汉子有意在我跟前卖力，我倒要看看他。随即答应着，将牛解下来。汉子教他在后面掌犁，一手挽住犁头索，拖起就走。来回犁了三转。还待拖往前走，陈雅田将掌犁的手使劲一按，汉子拉了两下拉不动了，回头望了陈雅田一眼，便不再拉了。陈雅田笑道："你只能拉到三转，我师傅可以整天地拉着，我都能拉到半天。"那汉子不相信道："你就拉给我看。"陈雅田摇头道："我师傅不在这里，我不敢拉。"汉子问是甚么道理。陈雅田指着那牛道："这畜牲见我师博不在这里，我又在拉犁，没人管它了，他一定要跑菜地里去吃菜。你若是定要看我拉，我得先把这畜牲送回家里去，再来拉给你看。"汉子点头道："使得，我在此等你，你

219

送了牛回去就来。"陈雅田遂走到牛跟前，伸起两条臂膊，往牛肚皮下一托，将牛托起离地有二尺来高。那条大水牛足有四百多斤，平时被陈雅田托惯了，并不害怕。陈雅田托牛送到家里，转身出来看那汉子时，已走得无影无踪了。陈雅田随教家里的长工掌犁，自己用手拖着。虽也来回犁了三转，只是很觉得有些吃力，不能像那汉子行所无事的样子，才惊异那汉子的力大。不知他为甚么不别而行地去了。

后来有人说，那日遇了那汉子在一家饭店里打中火，对人说："陈四相公的本领大得骇人，连他的徒弟都能用两手托起一条大水牛。水牛动也不能动一动。我多远地到湖南来，本是要会陈四相公比武的。见了他徒弟的本领，就吓得我不敢停留了。"陈雅田听了这消息，心中暗喜："幸亏那日不曾承认自己就是陈雅田。倘随口承认了，两下比试起来，不见得能打得过那汉子。如此看来，此间有能耐，强似我的人尽多。我的声名太大了，自免不了常有好手来找我比赛。古言道得好，来者不善，善者不来。从此遇有来访我的人，总以不说出真姓名为妥，免得吃眼前亏，坏了自己的声名。"

陈雅田存着这种避人攻击的念头，在开药店的时候，也遇了一个好手。不过这好手的本领并不比陈雅田高大。这日，陈雅田正睡午觉，被徒弟推醒来，神色惊慌地说道："外面来了一个外省口音的人，进门就问师傅。我曾受师傅吩咐过的，见来人问话的神气不对，便回他说，'师傅不在家，你有甚么事，可对我大师兄说。'那人放下脸道，'谁认得你甚么大师兄！我要买三五百文胡桃，快拿胡桃来给我看看。'我听了以为他真要买胡桃，即抓了些胡桃给他。他那里是要买胡桃呢？原来是要拿胡桃显本领。我抓了十多颗胡桃在柜台上，他用两个指头拈一颗胡桃，只轻轻一捏，随手变成了粉。捏碎一颗给我看看道，'这样朽坏的胡桃，也要人花钱买么？一阵捏，十多颗胡桃都捏碎了。'我便向他说道，'不用忙，我大师兄有不曾朽坏的胡桃。你等等，我去教他拿来。'看师傅如何去对付他。"

陈雅田翻身爬起来，跑到放胡桃的所在，悄悄地试演了一会，才用篮装了一篮胡桃，亲自提出来，往柜台上一搁，望着那人笑道："我这胡桃也贩来不少的日子了，不知道朽坏了不曾。等我来试给你看看。说着抓了十几颗在左手掌内，用右手掌合上，一摩擦，就如经磨盘磨碎的一般，胡桃粉纷纷地往下掉。却故意装出惊讶的样子说道："我的也毕竟朽坏了，可惜我师傅不在家，不会朽坏的没有了。"那人看了，一句话都不敢说，只向陈雅田拱了拱手，说声"领教"，就走了。

陈雅田不曾使棍，遇了会使棍的人，他总是以白眼相看。有人问他何以瞧会使棍的不起。他说："不曾见真会使的，若真使得好，我安有瞧不起的道理？"一般会使棍的人，都畏惧他的力大。他说人不会使，人只得承认，不敢和他辩论。然受了他的白眼，没有不恨他刺骨的。

长沙宋满是负盛名的老棍师，一条六尺长的椆木棍神出鬼没。二十岁得名，径到七十岁不曾逢过对手。生平收的徒弟，没一千也有八百人。但这许多徒弟当中，没一个的本领赶得上宋满。所以都遭陈雅田的白眼。那些徒弟一恨了陈雅田，就跑到宋满跟前挑拨，说陈雅田当着人骂宋满，不曾和会使棍的人见过面。究竟宋满是老于年事的人，火性已退了，听凭徒弟如何挑拨，宋满只是心平气和地说道："不见得陈雅田肯说这话。"徒弟们见师傅不信，就大家赌咒发誓，证明陈雅田确曾当着人如此说了。宋满仍只当没这回事地说道："陈雅田不曾见我使过棍，单看了你们这些没下死工夫的棍法，自然是这们说。谁也不能说他的话错了。"一般徒弟挑拨不成功，反受了一顿训斥，只好忍气吞声不说了。

这年长、平、湘各乡镇都练团防，凡是会武艺的人一概请到团防局里教练团兵。陈雅田、宋满皆在被请之列，陈宋二人因此才会了面。一个会拳，一个会棍，不同道原不至发生忌嫉的心。奈宋满的徒弟平日对陈雅田的积怨无可发泄，自己师傅不受播弄，便改变方法，反激陈雅田。时常三五成群的谈话，敌意使陈雅田听见，话中总露出宋满轻侮陈雅田的意思来。陈雅田认真走过来听，他们却又连忙住口不说，还要挤眉弄眼地做出种种形迹可疑的嘴脸。陈雅田有经验、有阅历、遇事能细心体察的人，怎能不落这些人的圈套？一连几次所见所闻皆是此类，不由得忿火中烧。趁宋满在教棍的时候，走上前大声说道："你不要自以为你这棍法了得，在我四相公眼里看来，简直一文钱不值！你若不相信，不服我这话，你拿棍，我赤手空拳，就在这里较量一番试试看！"宋满初听这突如其来的话，不觉吃了一惊，心想："我和他远日无怨，近日无仇，彼此才见面不久，无缘无故的，他不应对我如此无礼。"必然是听了人家挑拨的话。一点儿不动气地答道："四相公的话不错，我于今已老得快要死了。若不是国家的功令无可推诿，如何敢到这里来教团兵呢？"

陈雅田一肚皮的忿气，被宋满轻描淡写的几句话，说得面上很难为情，不知要怎生收科才好。一转眼，又见宋满的徒弟几个人聚做一处，一面交头接耳的议论，一面对陈雅田表示一种鄙夷不屑的神气。陈雅田不知不觉地火气冒了上来，以为宋满狡滑，假装着谦虚样子。也不顾自己无礼，接着向宋满叱道："你这老狡狯，不要当着我就装出这彬彬有礼的样子！你的棍我知道是有名的，但是你不能仗着你这点儿虚名欺我的棍法不如你。我倒要拿棍和你见个高低，谁赢了算是谁强！"陈雅田这们一逼，逼得宋满实在不能再退让了，只得将手中棍住地下一顿，说道："陈雅田，未免欺我过甚！你难道真以为我老了，容易压服下来，好得声名吗？好！好！请拿棍过来罢。"

陈雅田还没答话，旁边想瞧热闹的团兵，已将自己手里拿的木棍递给陈雅田。陈雅田的棍法不过不甚高妙。然有了他那们好的拳脚工夫，也就不是寻常会棍的人所能和他挈长较短的。陈雅田接棍在手，也不答话，起流水点杀进去。他不知道宋满的棍已超神入化了，才一踏进步，前手大指拇就实打实落地着了一下，打得破了皮，冒出血来。只因年轻气壮，又十分要强，忍住痛，用"直符送书"逼过去。他不逼倒没事，宋满的棍颠，如蛇吐信，没有一霎眼的工夫，前胸肘膝，连着了好几下。好在宋满没有伤害他的心思，棍颠到处，只轻轻地使他知道便罢。然陈雅田已是又羞又忿，赌气将自己的棍一掼，一手就把宋满的棍也夺过来掼了，要和宋满打拳。宋满这就不敢了，慌忙避让着，拱手说道："四相公要和我比拳，就是要我的老命，用不着动手动脚，只须你一下就够了。"陈雅田满脸怒气，见宋满这们说，竟不好意思再逼过去动手，只得恨恨地指着宋满说道："老奸巨猾，我这一辈子也不愿意和你这种人见面！"

陈雅田一时气头上虽是这们说，然心里不由得不佩服宋满的棍法。便是宋满，也极佩服陈雅田的手快。自后常对人说："我的棍称雄五十年，和人较量的次数以千计，不曾遇见能敲响我棍一下的人。陈四相公居然能从我手中将棍夺去，可见他手法之快了。"

于是二人从此成了知己。

（原载《民众文学》1923年第3卷第1期）

江阴包师傅轶事

　　有个江阴的朋友对我说，若在三十年前，有人到江阴提起包师傅三个字，去问本地方人，不论妇人孺子，都能知道是个会擒拿手的把势。于今，包师傅虽死了几十年，故老旧人知道他历史的还是不少，不过不能知道得详细罢了。

　　包师傅的武术不知从甚么人学的，平生独到的本领就是擒拿手，擒拿手之外都很平常。然有了他那们高强的擒拿手，在江阴除强梁、惩横暴，享二三十年义侠的盛名，至死不曾有一次失败过。他为人光明正义又机警绝伦，每有极危险的事，在旁人都逆料他必然失败的，他却能得着意外的帮助，以维持他的盛名。

　　有一次，他在剃头店里头，听得同在那店里剃头的人说："今日不知从那里来了一个恶化的和尚，一手托着一个石臼也似的大钵盂，约摸有二三百斤轻重，一手握着一个八面威风的流星，沿街在各店家恶化。进门就将那钵盂往柜台上一搁，拣柜里面陈设的磁坛瓦罐一流星打去。恰好打得当的一声响亮，便将流星收了回来，磁坛瓦罐一些儿不破损。走到同寿堂药店里，将架上的药磁坛一个一个都打遍了，只打得一片声响，一个也不曾打破。场面小的店家给他二三百文钱，他倒不计较，端起盂又走。若到了场面宽绰些儿的店里，他开口要化一串，便给他九百九十九文也不依。柜房里面没磁坛瓦罐和以外的可以敲打得响的东西，他就将流星向店伙或店主鼻尖上打去，只刚刚在鼻尖上挨擦一下，一点也不觉着痛便已收回去了。已化了十多家店子，化缘来的银钱全数放在盂里，已有半盂了。跟在他背后看热闹把戏的人至少也有百多个。一到了这家店里，就把店门拥塞得水泄不通，论什么生意都得耽搁。因此不敢得罪他，情愿多化些银钱给他，免得他立住不走，妨碍着一切生意。像他这般恶化，江阴城里怕不整千个万个地被他化了去吗？"

这人说完，当下就有认识包师傅的，说道："包师傅，这事只怕又非你老人家出面，江阴城里不得安宁呢。"包师傅从容笑道："像这样的化缘虽是过于强梁一点，然他一不伤人，二不伤器皿，更不曾行强要人化几十几百，不去理他也罢了。"又有个人说道："定要几十几百才算是行强吗？像他这样的化，那怕就只每家化一文钱也是行强恶化。有许多店家门口贴了僧道无缘的条子，在平日化缘的和尚看了，都是向门上望望就走，到别家有缘的去了。他这和尚独不然，门上没贴这种条子的他倒容易说话，越是贴有这条子的店家，他越是开口得大。这还不算是行强恶化吗？"包师傅道："门上贴条子的都是极悭吝的人家，不但僧道上门，文钱和米不肯施舍，就是拖儿带女的叫花去向他们善讨，他们也是不肯打发的。这本是不平的事，由这和尚去多化他们几文，也不损德。我不高兴去管这闲事。"说话的那人接着道："那和尚敢是这们恶化，就是欺江阴没有人能奈何他。包师傅这回若不出面，就真个显得我们江阴一个能人也没有了。"

正在谈论，只见四五个彪形大汉拥进剃头店来，同声望着包师傅说道："原来你老人家坐在这里剃头！我们那里都寻到了，只是寻不见你老人家。于今有个秃驴到江阴各店家强募、恶化，此刻正在我们那条街上，向胡同泰肉店里要恶化一百五十斤猪肉。胡老板只说了一句'和尚化了猪肉有甚么用处'，那秃驴就是一流星，将胡老板的两颗门牙打落了。我们都怕敌他不过，不敢上前。胡老板求我们来请你老人家。我们寻了好几条街，到这里才寻着你老人家。快去罢！"

原来胡同泰的老板虽是个开屠坊的人，为人却甚正直，和包师傅是拜把兄弟。包师傅听了把兄弟受伤的话，又有几个街邻在旁催促，实在再忍不住不管了，只得立起身来，由四五个大汉簇拥着，向胡同泰这条街上走。一路之上早惊动了许多爱看热闹的人,料知包师傅此去与和尚必有一番较量。一僧一俗,两个好汉放对,在一般好事的人得了这消息,当然当作千载难逢的好把戏看。

包师傅走到胡同泰门口,后面跟着的闲人已有二三百个了。这时拥在胡同泰门外的原有一二百人,见包师傅走来,大家不约而同地齐喝了一声彩,波浪也似地往左右让出一条人坑。包师傅昂然直入。只见一个年约三十多岁的和尚,生得粗眉恶眼,满脸横肉,朝外面立着,将流星向看的人脸上乱打,却并不打着人,只把这些人打得不敢拥挤到他身边去。包师傅才跨进店门,那和尚的流星早已迎面打到。包师傅并不避让,趁流星往里收回的时候,急忙一箭步蹿到了和尚跟前,只在和尚腿弯里用两个指头一点,和尚登时软瘫在地,挣扎不起来。外面看热闹的人又惊天动地的齐喝了一声彩。

包师傅用手指着和尚的脸数责道:"你是个出家人,应知道慈悲为本、方便为门的意思。像你这种行为,直比强盗还来得厉害!我本待不与你出家人为难,无奈我是住在这街上的人,这里老板是我的把兄弟。你欺负人太甚了,不由我不出头。你能答应此后安分,不再是这们欺负人了,我便放你起来。不然只好由众街坊将你捆送到江阴县去。"那和尚怕人捆送,便向包师傅点头道:"此后决不再是这们了,请你放我起来。"包师傅即用只手捉住和尚,两只胳膊颠摆几下,一放手,和尚就能与先前一般的立起身了。

和尚收了流星,将钵盂托在手中,看了包师傅两眼,问道:"愿闻好汉的姓名,并尊居在何处?"包师傅也不隐瞒,一一说了。和尚临走时,望着包师傅说道:"我认识你了,后会有期!"包师傅也不在意,随口应道:"要你认识我才好,我无论甚么时候,在家等你便了。"和尚去后,包师傅在江阴的威名益发大了。

隔不了十多日,包师傅忽接着一封信。信中的语意说:小徒无碍不识高低,因在江阴化缘得罪了足下。蒙足下当众指教,贫僧非常感激。谨于某月某日在黄山之北观音堂内,洁治斋筵,恭迎大驾,藉伸谢意,务请勿却。下面署"五云和尚"四个字。

包师傅看了这信，不觉惊得呆了。暗想："五云和尚的武艺，在大江南北久负盛名。曾在常州天宁寺当过知客。那时天宁寺三四百名和尚当中，只有八名武艺最高超的。五云在八名之中为第三个好手。后来不知因甚么事犯了清规，被方丈和尚把他驱逐了。他出了天宁寺之后，横行大江南北，更是毫无忌惮。只不曾到江阴来过。谁知这回来恶化的贼秃名叫无碍，就是他的徒弟。怪不得有这们凶横。我的武艺除擒拿手外，决不是五云和尚的对手。擒拿手只能乘人不备才能用得着。两下交起手，他的工夫在我之上，我的擒拿手便再高明些，也奈何他不了。我的看家本领既不能施用，怕不跌在他手里吗？就是他那无碍，论武艺已不在我之下。我那日若不是乘机将他点倒，两下对打起来，还不见得定能打倒他。这番五云请我去观音堂，不消说无碍必在五云跟前。我即算能抵得过五云，有无碍在旁相助，我也终归要跌倒在他师徒手里。欲待不去吧，一则有损我自己大半世的英名，二则五云师徒决不肯因我不去，便善罢甘休，不来江阴寻仇报复。与其在江阴被他师徒打倒，受尽屈辱，还得担一个怕见他师徒的怯名，就不如硬着头皮到观音堂去。倘能死里求活，自是万幸。便敌不过他师徒，被打死在观音堂内，也落得一个硬汉子的好声名。他有师徒两个，我只单独一个人，死了也不至被人骂无能之辈。"

包师傅主意既定，便算定日期，雇了一艘民船，由水路往黄山去。从江阴到黄山（不是安徽的黄山），水路须行三日，已行了两日。就在次日可以达到目的地了。

这夜，船到一处小码头，停泊在一只大号官船旁边。这码头虽小，这夜停泊的船只却是不少。包师傅乘着黄昏天色，立在船头上看了一会江景。见旁边官船上对坐着两个少年男女，在船舱里下棋。男子年约二十来岁，容仪峻整，衣服鲜丽，使人一望便能断定是个王孙公子。女子年约十七八岁，修眉妙目，秀骨天成，翠绕珠围，更使人见了疑是神仙眷属。两个十来岁的小丫鬟分立在两人背后，船上的男女仆从约有二三十人，都静悄悄的，没一人敢高声说句话。行走都是蹑脚蹑手，好像怕踏死了蚂蚁的样子。包师傅看了这种庄严富丽的情形，低头看了看自己的衣服和船只。相形之下，不觉叹了一声。再想到明日去观音堂赴宴的事，心中更是不快。暗想："我怎的便这般无福！平生实不曾有过分的享受。从学武艺至今，也不曾因武艺造过孽。一条性命何以要断送在武艺上头呢？"想到这里，心里就纷乱如麻，懒得再看了。

回到舱里，没精打采地睡觉。但是心中有事的人，那里能睡得着呢？翻来覆去的，勉强睡到二更时分，实在觉得睡着难过，翻身坐了起来，对着一盏被板缝里灌进来的河风吹得一摇一摆、半明不灭的油灯，也没有事情可做。只得拿起一支尺多长的镔铁旱烟管来，盘膝坐在油灯底下吸烟。吸完一筒，就推开一条板缝，对河水里敲去烟灰。在那死气沉沉的深夜，铁烟管敲着船板的响声异常宏亮。包师傅自己是心中有事的人，声响便再大些也不觉得。而四邻船上的人，多半被这响声震得从梦中惊醒。包师傅一筒不了，又一筒地只顾敲着、吸着。一面吸并一面长吁短叹，很有几只船上的人都推开舱门，高声问：是谁人敲得这们响，吵得人不能安睡？包师傅只顾悬想明日赴宴的情形，虽有人问，也没听得。

一会儿，官船上的人忍耐不住了，一个当差的伏在船舷上，等包师傅的烟管伸出板缝来，就一把夺了，想抢到手里再开骂。那知道包师傅的武艺，有大半就在这旱烟管上。寻常人如何能抢得去？才用力握住，就被包师傅顺手一带。当差的不提防有此一着，船舷又是晃动的，一个倒栽葱，便扑通一声栽到河里去了。口里只喊了声"哎呀，救人啊"，就没得声息了。包师傅伸出烟管的时候，两眼并没朝外望着，也不知道是人抢住了烟管。毫无容心地随手一拖，谁知拖出了这大的乱子！只惊得连忙起身，推开了板门，蹿到船头来，抢了一根船篙，伸到水里去捞人。官船上的仆从也都惊得跑到船头上来了。幸亏这当差的能略识得些水性，不至落水便沉。遇着包师傅的船篙，就一把捞住。包师傅提了起来，连向这人陪不是。这人见就是敲烟管的人救了自己的性命，又听了连陪不是的话，倒不好意思再向包师傅发作了。反是其余的仆从不依，同声说："这还了得，半夜三更的闹得人不能安睡，还要将人打下河去。这东西眼睛里还有王法吗？拿了见少爷去，看他是那里来的。"

包师傅听得拿了见少爷去的话，不由得冒起火来，心想："你们这些亡八羔子，打算拿官势来欺压我，真是转差了念头！我横竖是快要死的人，便撞点儿祸也不算一回事。"随向那船上呸了一声道："放屁！谁敢拿我？"官船上的人那里把包师傅瞧在眼里？一拥跳过来六个人，都伸手要将包师傅拿住。包师傅只略略地闪开一下，一个一个都被点倒在船头上，口里能哼，四肢不能动。还有三个在官船上不曾过来的，看了这情形，忙回舱里去报告他少爷。包师傅料知必有一番动作，也不畏惧，屹立在船头上，朝官船舱口望着，动也不动。

没一刻工夫，只见两人提着两个大灯笼，照耀得邻近几只船上都透亮，那个下棋的少年男子缓步走到船头上。提灯笼的人指点那六个倒在船板上的人给少年看，少年理也不理，只打量了包师傅两眼，随即拱了拱手笑问道："请问足下尊姓大名？贵处那里？"包师傅以为这少年出来，必有一番官腔官调发作，因也盛气相待。及见了这种谦和有礼的举动，也连忙陪着笑脸答应，并拱手谢罪。少年让过一边说："这船头上不好谈话，不知可肯屈尊到舱里坐谈一番？"包师傅不好推辞，只得略谦逊了两句，先将那在船板上的六人救醒，就一同走过官船来。

少年让进舱里，分宾主坐下，说道："我听足下在那边船上不住地长声短叹。想必是有甚么大不了的心事。何妨说出来，我或者能助足下一臂之力也说不定。"包师傅摇头道："心事确是有一桩不了的心事，只是不容易得着帮助的人。若是银钱能了的事，既承少爷下问，自然不妨奉求。无奈我的心事不是银钱能了的，虽承少爷的好意，无如我命中注定了，没有方法可设。"少年笑道："话虽如此，说出来我就不能帮助，也于足下的事没有妨碍。万一能帮助的了，岂不甚妙？"包师傅见少年这们说，只得将无碍在江阴如何恶化银钱，自己如何打他，五云和尚如何写信来请的话，从头至尾说了一遍。

少年听了，跳起来问道："是不是曾在天宁寺当过知客的五云和尚呢？"包师傅道："怎么不是？就是那贼秃。"少年仰天打着哈哈道："你这贼秃也有遇着我的日子么！"说完，随对包师傅道："你不用着急，不但我得帮你，你也得帮我。我在江湖上游荡两三年，为的就是要寻那贼秃。我和你今日之会实非偶然，可说是皇天不负苦心人，特地由你把那贼秃的踪迹报给我。"包师傅很诧异地问道："少爷和那贼秃有甚么仇隙，是这们要寻找他？"

少年吩咐左右的人开出些酒菜来，二人对坐着饮宴。少年才从容说道："我和那贼秃有不共戴天的仇恨。我姓黄，名汉烈。原籍陕西人。我父亲讳鲁泉，在十年前做常州总兵。我有同胞姊，名汉英。十六岁的时候，曾跟着我母亲到天宁寺上过一回香。那时五云贼秃正在天宁寺当知客。谁知他一见胞姊就起了禽兽之心。只因总兵衙门里守卫森严，他不敢前来无礼。第二年，我父亲因年老辞官，带了家眷回陕西原籍。那贼秃知道了，就沿途跟上来。一日，行到一个荒僻的市镇上落了店。贼秃竟敢在三更半夜，偷到胞姊睡的所在欲行无礼。胞姊惊醒转来，大声喊救。贼秃顿起凶心，一刀便将胞姊杀死在床上。我父亲随从的人闻声往救，贼秃更敢拒捕，杀伤了两人逃走。我父母都因痛胞姊惨死，一路啼哭，哀伤过度，没回到原籍就双双弃养了。我为要报这大仇，特地寻访明师，苦练武艺。前年到常州打听，知道那贼秃为犯了这身血案，不敢回寺，不知到甚么地方去了。我想那淫贼虽然不敢回寺，行为是不会改变的。只要投他所好，设成圈套，不遇着他则已，遇着他，是不愁他不落套的。因此做成于今这种局面，装作官家眷属的模样，在江湖上游荡。若落到贼秃的眼里，半夜必然来行无礼。这也是他的恶运未终，是这们游荡了两三年，偏不曾遇着他。难得今夜于无意中遇着你，这是先父母和先姊在天之灵特烦你来指引，真是巧极了！"

　　包师傅听了不觉出神，至此才问道："那贼秃认识少爷么？"黄汉烈摇头道："我能认识他，他决不能认识我。我只虑他有个无碍徒弟在旁边，我和他动起手来，你须照顾着。"包师傅道："那是自然，何消少爷吩咐。"黄汉烈又道："我们明日就是这们去不妥，我须假装是你的徒弟。他请你去，原是要和你较量武艺。你用不着动手，只对他说，小徒见大师傅的高足本领了得，他也想和大师傅走一趟，求大师傅指教指教。我料贼秃自恃艺高，又见我是你的徒弟，决不至推诿。等我将贼秃做翻了再做无碍。我若一个人做不翻，就得请你下场帮助。"包师傅连说，这法子不错，使贼秃不生疑心才好下手。

　　当夜，二人计议停当。次早，黄汉烈改换了装束，就和包师傅同船往黄山进发。到黄山二人上岸，走到观音堂。包师傅在前，只见无碍和尚已对面走来迎接。见了包师傅，合掌笑道："真是好汉，果然如约到来！我师傅已在庙里恭候。"包师傅指着黄汉烈给无碍绍介道："这是小徒张得福。"无碍那里看在眼里？只有意无意地瞧了一眼，便一同走进观音堂。

　　只见一个魁伟绝伦的和尚巍然立在殿上，望着包师傅大声问道："来的那个是江阴县的包某？"包师傅拱手笑道："小可便是。这是小徒张得福，他年轻人好胜，因见无碍师傅的本领了得，也不揣冒昧，定要同来求老师傅指教一番。"五云鼻孔里哼了声说道："我只道你今日不敢来，正打算亲去江阴县找你说话。你既来了，很好。明人不做暗事，你将我的徒弟当众羞辱，就是羞辱了我一般。我不能不出这口怨气。请你吃饭的话，酒席并不设在这里，设在五殿阎罗殿上。你徒弟要来送死，我也顾不得损德，就来罢。"

　　黄汉烈一见五云，真是仇人见面分外眼红。听得五云说出一个"来"字，早蹿到了殿上。一僧一俗，一小一大，就在殿上来回搏击起来。五云的武艺虽高，只因身体太胖，那及得黄汉烈快捷？走到十几个回合，就累得浑身是汗。一个不留神，被黄汉烈用两个指

插图：龙家小傲

头剜出两个眼珠，喝道："淫贼，你认识我黄汉烈么？"随即腾起一腿，将五云踢倒在地。无碍一听"黄汉烈"三字，一抹头就跑。黄汉烈待追出去，包师傅道："一人做事一人当。淫贼既已伏诛，他徒弟可以饶了。"黄汉烈即回身把五云的心肝剜出来，回船祭奠他的父母和胞姊。

包师傅一场危险竟是这们化解了。

（原载《侦探世界》1924年第23期）

纪林齐青师徒轶事

于今若有人在湘阴、平江一带地方，提出"林齐青"三个字问当地的土著，是一个何等人物，能答得出来的必然很少。但是只要换一个说法，提出林齐青的绰号"齐桶子"三个字来，便不论老少男女，都得连连点首道："原来是问齐桶子么？知道知道，是二十年前一个著名的好汉。"

究竟齐桶子是个甚么好汉？在当日没有电报和新闻纸供人宣传，所以齐桶子的威名只限于湘阴、平江两县。远道的人知道的绝少。在下原籍虽说是平江人，然半生并不曾到过平江县城。十多岁的时候，以欢喜和一般会武艺的人来往，时常听得他们谈论拳脚，不说某拳某脚是齐桶子传授出来的，便说齐桶子用某种手法打倒某教师。像这类的谈论，在下两只耳里也不知曾听了多少次，却不明白齐桶子是谁，以为必是拳术界中的老前辈，姓齐名叫桶子。自以为这种推测不错，所以并不追问究竟是与不是。

直到民国二年，在下在长沙倡办国技学会，三湘七泽会武艺的人招集得不少。其小有一个绰号头麻子的，年纪三十多岁，身体瘦削，面貌甚是丑陋难看，并像是害了风病的人，行止坐卧，头颈、手足都惊颤不定。同伴中没人愿意和他同睡，说他睡着了也和醒时一般的惊颤，只颤得床架喀喇喀喇的响。休说和他同床的睡不安稳，便是和他同房两床相隔太近的，也每每被他响的睡不着。在下因问头麻子，是不是姓涂，是不是害了风病。头麻子摇头道："我姓黄，名头喜。因为脸上略有几点麻子，大家便呼我为头麻子，并不曾害了风病。这惊颤的毛病已害了十多年，于身体毫无妨碍。"在下当时听了头麻子这句于身体毫无妨碍的话，不由得心里好笑。

暗想，这种毛病如何能说于身体毫无妨碍呢？即算于身体没多大的妨碍，然我这里倡办的是国技学会，招来的全是会武艺的人，不会武艺的不能入会。他既有了这种毛病，还能说得上会武艺吗？不会武艺却跑到这国技学会来干甚么呢，岂不是一个可笑的人？只是我那时心里虽觉好笑，口里并没说甚么。

过了几日，忽然从衡山来了一个姓胡的，指名特来会我。我即出外迎接，到客堂里坐下。看那姓胡的年龄约在四十以上，体魄强壮，气概粗豪，生成一脸的横肉，颔下一侧漆黑的大疙疸，疙疸上还长了一撮黑毛。加以两眼火也似的通红，使人一望便能断定他是一个很凶横的人。

宾主坐定，我还不曾开口问话，他便放开破锣似的喉咙说道："我姓胡，人家见我这里长了个疙疸，就叫我做胡疙疸。我家住在衡山城里，因听说长沙开了个武艺大会，好本领的人来得不少，我忍不住要来领教领教。所以特地来拜望先生。先生何不把有本领的人叫几个出来和我见见？"

当时，我看了胡疙疸那目空一切的态度，又听了这番没有礼让的言语，只得带笑说道："兄弟倡办这国技学会，完全是一种想保存国粹的意思。因为开办的日子不多，现在会里还没有好本领的人。阁下远在衡山，所听闻的是传闻、失实的话。但是既承阁下惠然肯来，敝会异常欢迎。敝会有了阁下，就可算是有好本领的人了。敝会房屋尚宽，就请屈尊在这里住下来罢。"

我自以为这番言语说得很周到，谁知胡疙疸听了大不以为然，即时将两只火红般的眼睛朝我一瞪，很严重地说道："先生不要推诿，怎么能说开会的日子不多，会里还没好本领人的话呢？我虽住在衡山城里，听来的话却十分实在。这里若真没有好本领的人，就敢随意动手打人吗？"说罢，现出一种气忿不堪的样子。

我一听这话来的有因，但一时想不出随意动手打人的事实来。因为那时的国技学会已经开办了两月多，为彼此互相研究武艺起见，时有动手较量的事。一较量自有胜负，不过有较量的限制便了。遂向胡疙疸问道："阁下说谁曾随意动手打人呢？被打的又是谁呢？"胡疙疸更生气的样子说道："你会里的人在你会里打伤了人，你还装马糊，反来问我吗？"我心想，会里的武术家虽说时常有和外来人较量的事，然因限制得严密，从不曾把人打伤过。只得答道："我决不是装马糊，实在是想不起有将人打伤的事。望阁下不要生气，从容将受伤人的并动手的情形明白说出来罢。"胡疙疸冷笑道："你果是想不起来么？好，我就明白说给你听。稽查处处长柳子实是你们会里甚么人？"我说："是发起人当中的一个。"胡疙疸点头道："他跟前带的护兵周振标，曾在你会里和人比过拳棍没有？"我说："不错，有过这们一回事。"胡疙疸仰天打了个哈哈道："却也来，你还能说不曾把人打伤么？"

我说："周振标在这里较量拳棍，确是曾有的事。但是我当时在场亲眼看见的，可绝对的担保，双方都没有受伤的事。阁下专听一方面的话，或者还不甚明白当日较量的情形。那日，柳处长带了周振标到这里来，看了这里一个姓范的师傅使棍子。柳处长赞不绝口地说，这棍子真使得好，不知能否用这种棍法教兵士刺枪。范师傅说能教，并解释许多棍法给柳处长听。谁知周振标在旁听了不服，当面做出种种鄙薄、嘲笑的样子。好几个同场的人看了都不睬他。他忍耐不住，忽然对柳处长行了个礼说道：'请处长的示，护兵也懂得几下棍子，想和范师傅领教一番。'

"柳处长是个少年好事的性格，听了周振标的话不但不阻拦，反连连地点头道：'你既会几下，就弄几下给我们瞧瞧也好。'范师傅连忙将手中棍子放下，笑道：'我这棍子是假玩意儿，认真打起来是不中用的，不要见笑大方罢。'周振标那里肯听呢？从兵器架上抢了一条棍子在手，晃了一晃棍颠，指着范师傅道：'何用客气，拳棍是当面见效的东西，来罢。'范师傅望着我不做声。我就对柳处长道：'你是这会的发起人，中国武术之所以不昌明，就在会武艺的动辄相打，一相打就不免受伤。因此有身分和自爱的人不肯学习，有知识的人不敢提倡。这国技学会若时常打伤人，会务便

237

决无进行的希望。请叫尊纪不要勉强范师傅动手罢。'柳处长笑道：
'没要紧，我们都是本会的人，随意玩几下有甚么相干？周振标
时常自负其勇，我也正想借范师傅试验试验他。'范师傅见柳处长
这们说，便不开口，将放下的棍子取在手中，笑问周振标道：'玩
几下使得，不过会里定了较量武艺的章程，你知道么？'周振标道：
'甚么章程不章程，我都不管。你打翻了我，算我输给你。我打翻
了你，算你输给我。'范师傅仍从容不迫地笑道：'倘若打个不分输
赢，如何罢手呢？会里的章程是，若我不愿意打了，我就把棍子往
地下一竖，你便不许再打进来，乘我措手不及。你竖棍子也是一
样。'周振标爱理不理地点点头，于是二人就扶棍打起来。

"范师傅的棍法确比周振标高明一筹。周振标身上穿的白衣白
裤，一霎眼间，衣上裤上都着了无数点棍颠黑印。因范师傅不肯重
打，所以只沾在衣裤上，着肉极轻。以为周振标受了这们多下，必
然知趣不来了。那晓得他误会了范师傅的意思，认作棍法不老辣，
打不入木。反一棍紧似一棍地逼拢来。范师傅只得将手中棍子朝地
下一竖。周振标明知竖了棍子不能再打了，却故意装作没看见，
一步蹿进去。范师傅已来不及扶棍，随手接住周振标的棍尾，往后
一带，周振标立脚不住，扑地栽了一个跟斗。跳起来要再打，我不
答应，柳处长也不许，周振标才悻悻的不敢多说。他在这里较量，
就只这一次。自后并不曾见他跟随柳处长来过，如何会有受伤的事
呢？"

胡疙疸听了我的话，怒气似乎略平息了点儿。然仍很倔强地说
道："周振标真受了伤与不曾受伤，我当时不曾看见，此刻我也懒
得争论。只是当日曾动手相打，你已承认是实有其事的了。我这番
特地从衡山到这里来，也就只要会会你这会的范师傅，请你即刻叫
他出来罢。"我说："且请阁下在敝会住下来。因范师傅已于前日下
乡扫墓去了，须迟几日才得回来。"胡疙疸不相信的样子，冷笑道：
"有这们凑巧的事？我不来，他不下乡扫墓；我前日从衡山动身，
他也恰好是前日从这里动身。"我见了胡疙疸这种不相信的神气，

并轻侮人的言语，不由得心中发生不愉快之感，说道："胡君不要误会，看朋友的适逢朋友不在家，是常有的事。范师傅并不曾接得胡君今日来会他的通知，他要下乡有他的自由。并且范师傅在敝会虽是会员之一，却无重要职务，来去本可听便。"胡疙疸道："我倒不一定要会姓范的，你会里的好汉我都想领教领教。难道一概都下乡扫墓去了不成？"

我还不曾回答，忽从客厅后面转出几个人来，都是从各州府县招集来的武术名手。一个姓彭的在前面，开口对胡疙疸道："你是定要和我们会里的人动手么？答应你有在这里，十八般武艺听凭你想来那一样。"这姓彭的原是一个石匠出身，两膀有三四百斤实力，拳脚工夫也还去得。平日和人动手，全凭实力胜人。性情异常猛烈，心地却很光明。他这几句话一说，说得胡疙疸托地跳起身来，大喝一声道："不找你们动手，也不到这里来！"一面说，一面用右手往桌角上一拍。甚是作怪，那方桌是椆木的，十二分的牢实。想不到只被他那们一拍，竟拍断了一条桌脚。而落手掌的所在，也削下了一片巴掌大的木屑。这们一来，把姓彭的和同出来的几个名手都惊得呆了，我一时也惊得没作摆布处。胡疙疸却得意洋洋地连声催促道："谁敢来就来！"这几个名手都眼见了这情形，还有谁敢自讨没趣呢？

就在这个大家很着急的当儿，只见黄头喜一步一惊颤地走来，笑向胡疙疸道："牛角不尖不过界。我正没有见过衡山人的本领，难得你跑到长沙来。就请你借两手工夫给我看看。"胡疙疸翻着白眼，望了黄头喜一望，立时做出鄙夷不屑的样子，把黄头喜遍身打量了一会问道："你这人就在这里吗？只怕还有忘记带来的吧？"黄头喜似乎没懂得胡疙疸说挖苦话的意思，怔了一怔说道："我没甚么忘记带来。"胡疙疸大笑道："就是你一点点人儿，恐怕不够。我劝你且把你这风病治好了再来。我胡某便打胜了一个病人，也算不了甚么好汉。"黄头喜这才明白胡疙疸的意思，也大笑着说道："原来你是到这里来和人比身体轻重的。隔壁磨坊里有极壮大的牯牛，你去和它比罢。这国技学会只比武艺的高低，不比身体的轻重。"

胡疙疸没得话说。姓彭的连忙拖开断了脚的方桌，腾出施展的地方来。这时我非常担心黄头喜不是胡疙疸的对手，只是没有阻止他们不动手的方法。只好一面打发人去请长沙省城里几个著名的拳师来，一面准备人在旁边等着。黄头喜若支持不住，即上前救援。我布置方妥，胡黄二人已交手了。奇怪，黄头喜惊颤的毛病至此全不见发作了。二人仅走了两个照面，猛见黄头喜浑身一颤，仿佛猫狗睡了一会才起来，抖落身上灰尘的抖法一般。黄头喜这一抖不打紧，只抖得胡疙疸哎唷一声不曾叫出，已跌倒七八尺远近，半晌爬不起来。我这时只喜得心花都开了。惟因所处地位的关系，不能拍手叫好。上前将胡疙疸扶了起来，敷衍了几句安慰的话。胡疙疸当时就吐了两口鲜血，很狼狈地去了。

黄头喜已来会里住了几日。我因疑他是个有风病的人，不曾和他谈论过拳棒。许多的武术家每日各显身手，他也只立在旁边瞧瞧，不肯出手给人看。既有了这番惊人的举动，我心里自不由得不敬服他。于是才把他单独请到我房里，和他细谈。我问他的师傅是谁。他道："我只一个师傅，我师傅也只我一个徒弟。就是齐桶子。"我听了更惊喜问道："齐桶子是现在的人么？"黄头喜笑道："他老人家还不过四十多岁，怎么不是现在的人呢？"我问此刻在那里。黄头喜说："于今在四川，前月还有信给我。"因将齐桶子平生的历史，很详细地说给我听。

我听罢，不觉发生无穷的感触。以为像齐桶子这种人，决不仅是湘阴、平江两县人异口同声所称的著名好汉，简直要算是武术界中的一个杰出人物。他的生平事迹很有足纪述的价值。在下且将他当一篇武侠小说写出来。

光绪二十五六年之间，黄瑾武（即黄兴，那时名轸，字瑾武）想革清朝的命，在长沙秘密组织了一个团体，名叫兴汉会。所招集的会员十九都是湖南有名的武术家。

那时齐桶子的声名并不甚大，年纪也只三十来岁。不过他练的是童子功，遍身刀剑不能伤损。他时常脱了衣服，仰睡在地下，任凭大力的蛮汉推一车四五百斤的麻石走他肚皮。车过去，他鼓起气来，一点儿痕迹没有。他因姓林名齐青，身体甚高，地方上本来都叫他为齐长子。后来见他有这们好的武工，就改口叫他齐桶子。便是恭维他桶子劲好的意思。他的师傅也是平江人，姓黄名其寿。当时黄其寿在平江并没人知道是个身怀绝技的人，仅收了林齐青一个徒弟，且只整整地传授了三年武艺，黄其寿便出门不知去向了。林齐青家中略有些儿田地，由他哥子林步青耕种，每年勉强足一家人的衣食。林齐青因得专心练武。离开他师傅后，又整整地练了七年，一次也不曾和人比试过。

　　这年三月，高桥地方正在做茶的时候，林齐青独自走到高桥去看热闹。凑巧这日义泰茶庄里面，因为争论工价，茶商与选茶的工人打起来。茶商照例得花钱雇些会武艺的强徒保护。每到与茶工相打的时候，总是关了庄门，双方在庄里鏖战。打死了茶工算不了甚么事，万一将茶商方面的人打输了，这场官司就得使为首的茶工受多少说不出的委屈。这回，义泰庄里的男女茶工共有三百多名，只因老弱的居多，强壮有力的不过三四十个。但是义泰茶庄雇的把势也只得八个。所以双方相持不决地恶战了许久。庄门外挤了一大堆想打不平的人，却苦于庄门太厚、太牢实，冲挤不破。

　　林齐青走来，一问得了缘由，真应了小说上的那两句"怒从心上起，恶向胆边生"的套话，即对那大堆人扬手说道："我进去救他们出来，你们不要把庄门阻塞了。"说着一耸身，就飞上了二丈多高的风火墙。在墙头朝庄里一看，只见被打伤倒地的茶工已有十来个，都是头破血流，在地上乱滚乱叫。不曾被打伤的，都红了眼睛，拼命围住几个人打做一团。只是不会武艺的人尽管拼着性命，究竟打不过会武艺的。一转眼，又打倒了两个茶工。林齐青再也忍不住了，两脚只一缩，早飞下了青草场，高声喊道："众位选茶的兄弟不要怕，帮助你们的来了。"旋喊旋舞着两条赛过钢铁的臂膊冲进人丛。在墙头的时候已看清了几个穿甚么衣服、打甚么包巾的，是茶商雇来的把势。这时冲进去，一见分明。可怜那八个把势那一个上得了林齐青的手？加以和众茶工已打得有几分疲乏了，林齐青如抓小鸡子一般，一手一个抢住辫发，往空中掼去。把势气力小的不抵抗，掼得轻些。越是动手抵抗，越掼得重些。不须半刻工夫，八个把势都掼得昏头搭脑。眼见得茶商方面没有战斗的能力了，林齐奇才开了庄门。外面蜂拥了无数的人进来，这许多人全是和茶工表同情的。

林齐青向义泰的茶商说道："我就是齐桶子，你们的人是我一个人打伤的，与众选茶的无干。你们要到县里去告状，只许告我齐桶子一个人。我并不走开，就住在高桥客栈里，等候县里的官差到来。"林齐青交待了这番话，真到客栈里住着。于是高桥附近的人，无论老少男女，没一个不知道齐桶子的，更没一个不钦佩齐桶子的。

义泰茶庄受了这回大创，自是免不了去县里告状。当时茶商都具有相当的势力。呈词上去，县里派了八名干差到高桥来拿齐桶子。官差到时，齐桶子正立在一个面粉担旁边吃面粉。官差想乘他不备，下手拘捕。两条铁链同时抖出来，往齐桶子颈上一套，打算拉着便走。齐桶子只当没有这回事，不断地用筷子夹着面粉往口里送。当场有好几个在义泰的茶工曾受过齐桶子救援的，见有官差来拿齐桶子，发一声喊都跑过来要打官差。齐桶子才忙将手中碗筷一丢，举起双手向两边扬着，口里大喊道："打不得，打不得，你们一动手，就害死我了。"众茶工听了这话，才不敢动手了。

林齐青回头对官差道："劳动诸位多远的来办案，我不曾尽一点儿东道之谊，心里很不安，想请诸位到前面客栈里喝几杯淡酒，略表我一点儿敬意。我还有些儿行李在那客栈里，也得去取来，方好陪诸位到案。"官差见林齐青这们说，以为有些油水可得，都欣然答应，一路同到客栈里。

林齐青招呼办了酒菜，对官差道："这铁链在我颈上，吃喝都很不方便，请解下来罢。"官差摇头道："这是国法，我们不敢做

插图：龙家小傲

主。"林齐青道："我若要走，还待此刻吗？你们解不解？再不解时，我就自己动手了。那时却不要怪我不肯到案。"众官差见情形不对，恐怕林齐青脱逃，握铁链的将链端牢牢地握住，其余的或拔出单刀，或抽出铁尺，准备先将林齐青打伤，再押着上路。林齐青哈哈大笑道："你们做梦么？"说时迟，那时快，就在这笑声里面，只听得咯喳一声，两条胡桃粗细的铁链即时变成了四段。林齐青抢了两段在手，扫地只一甩，早把两个立得近些的官差每人扔了一个跟斗。这六个举刀的举刀，举铁尺的举铁尺，想一齐扑攻过来。林齐青将右手的铁链一抖，彷佛成了一条铁棍，直指着六人说道："你们若还想我到案，就得赶快立着不动，听我的吩咐。如果真要讨死，就不妨动手杀来，我饶你一条狗命，也不算齐桶子厉害。"

六人看了齐桶子这种神威，谁还肯不顾性命地上前自苦吃呢？遂连忙各自放下兵器，齐声说道："我等身不由己，冲撞了你老人家。求你老人家不要计较，只要肯同去到案，甚么吩咐都能遵从。"林齐青至此也放下铁链说道："我若不愿意到案，早已离开高桥了。不过我到案是到案，却不是犯了罪的人，一不能上刑，二不能赶路。在路上行走的时候，我高兴走就走，高兴住就住，并得好酒好肉地供给我。你们受得了我的吩咐，即刻便可动身。若受不了，休想我去。你们回头请县太爷再派过人来，你们不是能办我这案的人。"官差听了，不敢不遵，一一地答应了。林齐青才跟着动身。高桥各茶庄所有的茶工，没一个不流泪相送。

从此，"齐桶子"三个字的声名震惊遐迩。正经绅士听了齐桶子这回遭官司的事，很有些出力替齐桶子帮忙的。齐桶子到县里一点儿委屈不曾受，绝不费事地就开释了。黄瑾武组织兴汉会，极力地罗致他。他起初不大愿意，后来感激黄瑾武的知遇，才答应如到有所举动的时候，可竭他自己的力量听候驱使。在没有举动之前，不与闻一切进行会务。黄瑾武也只要他能应允到这种程度就觉满足了。平日进行会务自有担任的人。那时三湘七泽的豪杰之士，如马福益、王福全等，都为黄瑾武收罗在兴汉会里。

这种秘密运动一人多口众，便不免泄漏风声。光绪末年，湖南拿革命党拿得十分认真。黄瑾武那时在明德学堂当国文教习，险些儿遭了毒手。幸亏他为人机警，化装做担水夫，挑着一担水桶，到小西门外上了外国轮船，才得逃亡到日本。当他挑着水桶从明德学堂后门出来的时候，正遇着去拿他的差役刚刚走来堵截后门。因见是一个挑水的，不曾注意盘诘，反向黄瑾武打听道："从前门进去拿黄瑾武的不知已拿住了没有？"黄瑾武神色自若地笑答道："我才挑水回来，不知道。"等到众差役将全学堂搜查了，没有，疑心到那挑水夫时，已是来不及追赶了。然而黄瑾武有脱难的机智与亡命的能力，方能逃到日本去，留着性命做异日的大伟人。至于马福益、王福全这般无名之英雄，如何能逃的了呢？杀的杀死，牢的牢死，能逃出性命如刘揆一等，都是些读了书，或家中富有财产的人。

这时林齐青避匿在平江西乡的丛山之中，除自己至亲骨肉之外没人知道。官厅中人也知道，兴汉会里面最勇敢可怕的，只有齐桶子一个人。派了几班精干有名的捕快，带着强壮兵丁四处侦缉，并悬了三千串花红。侦缉了两三个月，得不着一些儿踪影。于是就有人出主意，将林步青拿了，用种种严酷的刑罚，逼着要供出齐桶子藏匿的地方来。林步青初不肯说，后来实在熬刑不过了，只得把丛山之中的地名说出。差役不相信，要林步青领着人拿。林步青无奈，只得引着一行二十四个兵丁、八个差役，同到林齐青藏匿的所在来。

林步青在路上对众兵士差役道："我兄弟藏躲的所在，我不能不引你们去。不过我兄弟的武艺，你们大概也曾听人说过，很不是容易可以将他拿住的。我是一个种地的人，一些儿武艺不懂得，不能帮着你们捉他。我只能引你们与他见面，见面之后便不干我的事了。你们一共有三十多人，各人手中都有兵器，就不要把他放走了，却又抓了我来拷打。"众兵士、差役齐声应道："只要你引我们见了面，就不干你的事。任凭他本领登天，便活捉他不住，也得将他打死。你没有这种兄弟也可免多少祸害。"

一路说着，已走近那所在了。林步青一面指房屋告知众人，一面高声喊着齐青道："捉你的人来了，你不要逃跑了害我呢。"兵士差役那敢急慢？一转眼就将那座小小的茅屋包围了。捉拿林步青的人怪林步青不应该高声喊叫，是有意教齐桶子逃跑，顺手就是两个嘴巴，把林步青的牙齿都打落了。

林齐青这时正横躺在床上吸鸦片烟。他本来不是吸鸦片烟的人，林步青因知道他的性情急躁，不肯独自藏匿在深山人迹不到之处，才特地弄些鸦片烟给他烧吸，他好借此消磨日月。他有了这鸦片烟，果然不觉得独居岑寂了。这时忽听得自己哥子的声音在外面这们喊叫。他原知道是有意教自己赶紧逃跑，但心想自己做的事，岂可连累哥子？遂不作逃跑之想，仍旧烧烟，躺着不动。外面包围停当，在三十二人之中拣选了八个精悍的人，押了林步青进来。林步青一见自己兄弟还躺在床上烧烟，只急得跺脚叹道："我做哥哥的害死你了！"

八人各操兵器，堵住门窗。林齐青从容坐起来，见林步青泪流满面，不由得自己的鼻子一酸，两眼的泪也要夺眶而出了。只是惟恐乱了自己的怀抱，连忙忍住，反哈哈大笑说道："这算得了甚么事！你们快放了我老兄，我跟你们到案便了。来来来，请上刑罢。我很值价的，不劳诸位费手脚。"边说边将两膀反操起来。这八个精悍汉子因齐桶子的威名实在太大，初进屋的时候，只敢堵住门窗，没一个敢争先上前动手。及见齐桶子自请就缚，才敢上前抖链条锁了个结实，并拿出两副纯钢手铐来，都套在林齐青两只手腕上。因为要带着走路，不能上脚铐。

众人觉得万无一失了，方欢天喜地地放了林步青。林步青带众人到这里来的时候，以为林齐青得着一点儿风声必然逃跑。这三十多人逆料决不是对手。以他的心理，只要兄弟能脱难，自己不是犯罪的人，便拿去也没死罪。没想到自己兄弟竟肯束手就缚。明知兄弟的心思是因为怕连累自己，不禁深悔不该把众人引来。林步青这们一着想，那里忍心撇了自己兄弟独自回去呢？哭哭啼啼地跟在众人后面走。林齐青走了一会，只得回头喊道："哥哥，你放心回家去罢。我有把握不至送了性命，才敢是这们做。"林步青虽听得这般说法，然心里怎么能相信咧？因为兴汉会里的人被拿住的，没一个留了活命。林齐青尽管这们说，林步青仍是跟着不舍。这才把林齐青急坏了，要求众人许他和老兄说句话。众人冷笑道："你知道你犯的甚么罪，有许你和亲人说话的道理么？"众人一面这们回答林齐青，一面分班回头把林步青赶回去。林齐青看着，心里才高兴了。

这日，行了五十多里路，天色已向黄昏了。众人不敢夜行，就落在一家老饭店里，三十二个人分做两班，轮流看守。吃饭的时候，将链端锁在林齐青坐的凳脚上，一头坐一个兵士，用脚踏住那凳。

林齐青说道："我从来做事不肯含糊。我果是想逃跑，甚么时候跑不了呢？并且你们这种刑具也不能禁止我不跑。何不做个人情，把这两副铐子去了，让我好拿碗筷吃饭呢？"众人恐怕去了手铐对付不下，都不肯解。林齐青也不多说，就用指头抓住饭菜，慢慢地往口里送。两手一上一下的，暗中运足了气力。纯钢虽坚，然越坚越没有弹力，禁不住林齐青的神力。只几上几下，就拗得喳喇一声，两铐齐断了。林齐青到这时岂肯放松半点？两拳往左右一开，猛不防早将那两个用脚踏凳的兵士打得仰天便倒。也来不及再扭铁链。带了那条板凳一跺脚，便从桌上蹿出了店门。

众人发声喊，操兵器就追。只见林齐青在前奔跑，那条板凳悬在背后，与放风筝相似。众人心想，只要追上了，有了这链条板凳拖在他背后，要抓住是容易的。遂拼命地追赶。看看越追越近了，远望前面，更有一条很宽的河挡住去路。众人益发放了心，满打算齐桶子是跑不掉的了。果然，眼见齐桶子跑到河边，住了脚，像是很慌急的样子。大家鼓起勇气，散开来包围过去。相差已不到一丈远近了，林齐青哈哈一笑，连铁链带板凳横扫过来。手脚快地闪开了，迟钝些儿的被扫倒了几个。

再看时，林齐青已赤手空拳地飞过了河，立在对岸大喊道："有劳诸位远送，后会有期。那板凳请带回饭店里去。少陪了。"众人眼望着他从容缓步地走了。看这河，有三丈多宽，河流极急，须到上流两里多路才有桥梁。这时天色已快黑了，便绕过河去，也万分追赶不着。只得扶起被板凳、铁链打伤的人，垂头丧气地回去。

林齐青这夜跑到徒弟黄头喜家歇了。悄悄地在黄家传授了好些时的武艺。因听得官厅又有派兵来缉拿的风声，黄头喜才筹了些盘缠给他，步行到四川去了。在四川更改姓名，投入军队。在下倡办国技学会的时候，黄头喜说他正在四川某师长部下当营长。他自述亡命到四川几年之中，也很干过几件惊人的快事。在下笔墨有余闲的时分，仍当继续写出来，作武术家的圭臬。

在下因和黄头喜相处得久，才知道黄头喜浑身昼夜不停地惊颤并不是毛病，乃是林齐青传授的一种工夫。做了这种工夫，浑身皮肤都能发生抵抗力。那怕敌人猛不防从后面暗算，一沾皮肤就自然于惊颤之中发生了抵抗，使敌人受伤。黄头喜与胡疙疸交手，得力就在这工夫上。

（原载《侦探世界》1923年第13期）

纪杨少伯师徒遇剑客事

　　未曾纪述这篇事实之前，在下却要说一段四川自流井产盐的闲话。

　　自流井产盐，是人人都知道的，那里用得着在下来说呢？不过，自流井产盐故是人人知道，而自流井的盐是怎样生产出来的？是不是和山东的鲁盐、江苏的淮盐一样？或者还有许多人不知道。

　　自流井的盐，是从盐井里吊出水来，用水煮成的，和鲁盐、淮盐完全不同。说起自流井的盐，很有可使人惊讶的地方。那井有深到二百多丈的，口径却又只有碗口粗细。这种井在机械发达到了极点的欧美各国，只怕也不是一件容易的工程。何况完全不知道利用机械，纯由人力打成这么深，又这么小的井。其成功不是很可使人惊讶吗？他们打这种盐井的方法，初动工的时候，也和平常打吊井的差不多。打到两三丈深以后，就用极直线的松木打空中心，竖在井里。周围把泥土填塞了，只留出些松木在地面上。那松木中心打空的圆洞，即是盐井的井口。于是在井口上搭起一个绞车架子来，并盖一座房屋，把绞车架盖在里面。绞车上盘着篾缆，篾缆尾端系南竹一段，竹端系打井的铁钻。那钻恰有井口大小，长有数尺，钻的构造很巧，钻尖与武术家所用的飞抓相似。未曾着地以前，钻尖铁爪是张开的，一着地就立时抓拢来。爪中抓泥一撮，上面用绞车将篾缆绞起铁钻出井口，取下爪中所抓的泥，重复放下。是这们从容不迫地一把一把向外面抓，那怕遇着石板，也慢慢地抓穿一个圆洞过去。所怕的就是遇着鹅卵石。石质既甚坚硬而又圆滑，不好着力。抓是抓不起来的，钻也钻不烂。遇了这种当口，便很费事，须将铁钻绞出来，用捶熟了的桐油石灰，吊下井去，把鹅卵石的周围填紧，不使有丝毫活动的余地。等到桐油石灰干了，然后再用铁钻，只几下，就把鹅卵石钻破。一经破裂，便容易着力了。打井的人家选择的地点好，打到七八十丈就成功的也有，然而打到百几十丈的居多。

盐井里的水是黑色的，就拿这水可以煮出盐来。这井有两种，一种是水井，一种是火井。在初打的时候，并不知道这井是水是火，打成功才知道。火井里喷出来煤气，可以燃烧。于是就利用这煤气在井旁边架起许多大锅大灶来，替别人煮盐，收人的火费。近处有水井的和有火井的打好了合同，便从水井口旁边安一个溜筒，与接自来水管一样，直接到火井旁边。

不过，溜筒所经过的地方，不经过有凤嫌人家的土地才好。只出相当的租价，就许溜筒经过。若遇了有凤嫌的，就很麻烦。每有看经过的路线有多远，用大元宝照着路线，密密地摆过去，有多远，摆多远。拿这多元宝做租价，才允许经过的。

却说在前清光绪初年，自流井有个姓杨名太和的，为人很是古板，家中略有些产业，一家数口足够衣食。太和有个儿子，名叫少伯，性质与太和一样，丝毫不肯苟且。他邻居有家姓张的，人多势大，又富有资财。张家的子弟在外面无所不为。杨太和看了张家的行为，早已有些瞧不上眼。而张家的子弟并不觉得，平日仍是彼此来往。

这日，有个与太和沾了亲的妙龄女眷到杨家来了。张家子弟见这女眷还生得不错，就起了混账念头，竟在杨家做出些无礼的样子来。杨太和那里容忍得下呢？一面送女眷回去，一面表示与张家绝交。

不多几日，张家在三十年前动工的一口盐井打成了，出的水极好。张家照例办庆祝成功的酒席，遍请亲邻戚族。只因曾受过杨家的辱，单独撇开杨太和父子不请。当时却不曾想到，新盐井的溜筒，必须打杨家的田地中经过。及至装设起溜筒来，才慌了手脚。忙托人去问杨太和，看要多少银子的租价。杨太和一口回绝，无论有多少银子不租。张家要求了好几次，无奈杨太和生性古板，简直没有商量的余地。张家见软求不行，就暗中设计，想把杨太和害死。那时杨少伯才得十三四岁以为只要将杨太和害死了，小孩子手里是容易说话的。

广钱通神，不消一年半载的工夫，果然把杨太和害得丧了性命。并且张家的手段很巧，暗中害死了杨太和，居然能使杨少伯不知道。杨太和既死，丧葬都需费用，张家托人出面，借银子给杨少伯使用，重利盘剥。少年人没有生利的能力，债务日累日重，产业保守不住。张家这时只托人转一转手，杨家的产业便改姓张了。等到杨少伯觉悟张家的阴谋，已是追悔不及了。

后来杨少伯明知自己的父亲是被张家谋杀的，因为没拿着丝毫证据，而自己又无钱无势，没有报仇的能力，只得忍气吞声，暂时按纳住一腔怨忿。先到重庆，在一家盐行里当伙计。因为他为人诚朴勤谨，同行的人都钦敬他。只当了十来年的伙计，就将积聚下来的薪资，自己开了一个小规模的盐行，牌名庆隆。运营得法，又过了十来年，庆隆盐行居然是重庆首屈一指的盐行了。

也是事有凑巧，庆隆行因为进货，与运商发生镣镣，而这运商又恰是杨少伯不共戴天的人张家子弟。杨少伯在重庆做了二十来年的生意，历来心气和平，不曾与人龃龉过。这回的镣镣，运商若不是张家子弟，杨少伯原不难让步了事的。为的是仇人见面，分外眼红，竟弄得打起官司来。但是杨少伯虽说在生意里面发了些财，然究竟敌张家不过。清朝末年，做官人的本领，第一就是要钱。凡遇了打官司的，原告一方面有钱，官司结果是原告打赢；被告一方面有钱，结果是被告打赢；若是两方面都有钱，这场官司便不容易有结果。一则因为做官两方面都得了钱，不好判出谁曲谁直；一则因为曲直既经判定，官司有了结束，这场官司便再没有得钱的希望了。这是官场中惯例。杨少伯与张家的官司就为的两家都有钱，拖了两年，还不肯将官司结束。直到杨少伯把钱花完了，知道这方面已得不到甚么甜头，才肯官司结束。毕竟是钱少的杨少伯输了。

杨少伯本来是一场有理的官司，花了无数的冤枉钱，倒打不过张家，心里气忿到了极处自不待言。因而这场官司，把庆隆行的成本拿空了。眼见得在重庆首屈一指的盐行，看看撑持不住，心里更加焦急。勉强设法维持了一会，无奈局面太大，亏累太深，要支持门面下去，至少非得二三万两银子不可。杨少伯一时没处筹措，只得决计将庆隆行盘顶给别人去做。

但是在重庆招顶了多少日子，无人承受。少伯有几个有钱的朋友在成都，少伯便托伙计照顾行务，自己带了盘费到成都来，住在成都一家有名的远来客栈里。少伯曾在这客栈住过多次，账房、茶房都认识少伯。

到客栈的二日，少伯从外面看朋友回来，刚跨进客栈门，迎面遇着一个漂亮少年，气度轩昂，衣着华丽，很像是一个贵胄公子的模样。杨少伯不觉停步看了一看。那少年也望了少伯一眼，自大踏步出门去了。少伯回到自己房里，恰好茶房进来伏侍，少伯顺口向茶房问道："刚才我进这大门的时候，迎面遇见的那个阔少年，是住在这里的么？"

茶房点头答道："上进三开间房子，就是他一个人包住了，不许旁的客人再进里去住。"

少伯道："他姓甚么，来了多久，到这里干甚么事，你都知道么？"

茶房道："他来了半个多月了，他说姓邵，行李极多，大皮箱都有四十多口。他说是到成都来看朋友。他到这里半个多月，差不多没一天不叫酒席请客，用钱散漫得了不得！"

少伯道："请来的都是些甚么客？"

茶房道："都是本城的一般富贵人家大少爷。听说他做了好几个有名的红姑娘，整万的银两送给那些婊子。"

少伯笑道："原来是一个游荡子弟。"接着长叹了一声道："有用的银子可惜落在这种游荡子弟手里，全花在无用的地方！"

茶房去后，少伯也没把少年的事放在心上。为庆隆行招顶的事，在远来客栈住了半个月。那些有钱的朋友，都知道少伯因官司打亏了，急于盘顶，遂都存了一个勒价的心思，三番五次说不成功，少伯又是急，又是气。欲待赌气回重庆去罢，心想为的是重庆无人承顶，才到成都来，不在这里弄妥回去，归家又有甚么办法呢？思来想去，只得忍气再住些时。

这日早起，茶房进来打扫房间，笑向少伯道："住在上进那个后生，今早已病得不能起床了，只怕是在那些婊子家里受了人家的暗算。"

少伯正在心中焦闷，听了这话就问道："他没请医生来瞧吗？"

茶房道："他还请得起医生倒好了呢！早几日已穷得一个钱没有了。"

少伯道："几十口大皮箱呢？"

茶房道："若是那几十口大皮箱还在，不仍是很阔吗？你老人家遇见他的第三天，就一股脑儿卖给晋泰衣庄上去了。于今欠这里房饭钱和酒席账，还差二百多两。我们东家急得甚么似的，第一就怕他死在这里，自后那三开间房子没人敢住。"

少伯道："你东家没问姓邵的家住在那里吗？他是个有身家的人，打发人去他家里报一个信，他家必然有人来接他，怕甚么呢？"

茶房笑道："怎么没问！那后生穷便穷到了这一步，架子还十足，脾气还大得很呢。我东家因见他病了，就想问他家在那里。恐怕我们不会说话，亲自到他房里去，假说看他的病，顺便问他府上在那里。你老人家猜猜，他怎么回答？"少伯摇头道："猜不出他怎么回答。"

茶房道："他见我东家问这话，立时两眼一瞪，放下脸来，反问我东家道：'我初来的时候，你为甚么不问我府上在那里，直到此刻才问哦？是了，我初来行李多，手边挥霍，你不愁少了你的房饭钱，用不着问。此刻看我没行李，又害了病，怕我死在这里，因此不能不问。是不是这个意思？'我东家碰了他这个大钉子，只得

253

赔不是退出来，急得没有法设。"

少伯低着头不做声。心想："富贵人家子弟，常有瞒着父兄出来在外狂嫖阔赌，弄到后来，身败名裂，无面目回家，就流落死了的。这种人很是可怜可惜。这姓邵的气概不像是个庸愚人。我于今也差不多是落魄在这里，然我还不曾落到他这一步。何不去瞧瞧他，若能替他治好了病，帮助他回家乡，免得他流落做异乡之鬼，岂不是我不得意当中一件得意的事吗？"

想罢，即起身走到上进来。冷清清的，连茶房都没有一个在里面。少伯跨进房，只见那少年面朝里睡在床上。少伯先咳了声嗽，缓缓地走近床前，看少年睡着了，满脸火也似的通红。少伯不敢惊醒他，正待且退出来，等他醒了再来，少年已掉转脸，睁眼望着少伯。少伯连忙拱拱手说道："我听得茶房说阁下病了，觉得出门人害病是一件极苦的事，所以特来奉看。"

少伯说话的时候，看少年的两眼也是火一般的通红，瞳仁不大能活动，知道是极重的火症，心里或是不甚明白，说以并不开口说甚么。少伯凑近身，殷勤问道："阁下觉得贵体如何不舒服？我去请个医生来瞧一瞧，服一帖药好么？"

少年就枕边点了点头道："服药是好，但是我于今已是一文钱没有了，那有不要钱的药呢？"

少伯道："药钱用不着多少，我虽是手边也不阔绰，然也可以略尽绵薄，济阁下的急。"说时，从怀中拿出二十两银子来，很诚恳地放在枕头旁边。

少年露出很感激的样子说道："萍水相逢，怎好便受你的帮助？"

少伯道："快不要说这客气话！吃五谷白米的人，谁能免得了三病六痛？我是四川人，成都有名的医生，我能去请来。阁下再静睡一刻，我便去请。"边说边提步要走。

少年忙止住道："不要去请。"

少伯即住了脚步问道："怎么呢？"

少年道："我这病是时常发作的老毛病，自己能开方子服药。不过这时不能起身提笔，桌上有纸笔，请你替我写写，我报出药名来。"

少伯踌躇道："阁下的病势不轻，依我的愚见，还是请个医生来瞧瞧的妥当些。"

少年笑道："请放宽心，我自己的病，自己知道的比医生详细。请写罢。"

少伯只得到桌边坐下，提笔拂纸，少年报一味写一味。写了八味，说够了。少伯不知道药性，问每味开多少分两。少年说，每味都写五钱。

少伯写好了。少年道："还请写一张。"

少伯愕然问道："怎么还要写一张呢？俗语说得好，药是纸包枪，不是当耍得呢！"

少年笑道："请你尽管照着写便了，我不会弄错的。"

少伯没法，又照着他报的写了一张，和第一张没一味相同的，也是每味五钱。写好了，少年还说"请写"。少伯以为他是大火症，精神昏乱了，提了笔不敢写。少年着急道："我得的是奇病，非这奇方不能治！我又没失心疯，难道拿自己的性命当儿戏吗？"少伯见他说话明白，不像是精神错乱的人，就安心照着又写。

一连写了八张，才住口说道："请你叫一个茶房来，把这银子拿去。八张药方须分做八家药店里去买药，都要另包。"

少伯道："买药的钱，我这里还有，这点儿银子留在身边零用罢。"

少伯拿了药方出来，教茶房分途去买。一会儿买了来。少年要了火炉药罐，关了房门，亲手煎药。茶房躲在外面偷看，见少年只抓了几味在药罐里，剩下许多药都丢进火炉烧了。煎不多久，用碗倾出药汁来，做一口喝下。罐里的药渣也倾在火炉里，烧成了灰。还拨了几拨，才上床蒙着被窝睡觉。直睡了一日一夜。

次日上午，少伯正惦记着少年病势，想再去上进探看。忽见那少年走了进来，向少伯作揖称谢道："我的病已好了，盛意我非常感激，特办了几点小菜白酒，并非酬谢，不过好借此谈谈，也没请一个陪客。"

少伯慌忙起身答礼、让座，说道："那用得着这们客气？我要是和阁下客气的，这一点点银子也不好意思送给阁下了。"

少年笑道："那里是甚么客气，我素来不知道客气两字怎样讲！酒菜已办好了，你我不把它吃掉，也是白糟蹋了。"

少伯口里不好再推辞，然心里暗想：这少年真是不知物力的艰难！病既好了，这二十两银子何不拿了做路费，回家去呢？当时只得跟着到上进房里来。只见房中摆好一桌很丰盛、很精洁的酒席，仅有两副杯筷，果然没一个外人。

少年让少伯上坐，殷勤劝了几巡酒，才说道："我这回为想交结朋友，到成都来，会见上千的人，简直没一个够得上朋友的。惟有你真是个朋友，我极愿意结交。这桌酒席便是略表我愿结交的意思。请问你贵姓大名，此番到成都来何干？"

少伯是个极诚朴的人，见少年动问，一五一十地将自己平生经历，并这回到成都的遭遇说了一遍。少年倾耳静听。听完了，倒抽了一口冷气，问道："庆隆盐行得多少银子才能接续做下去，不盘顶给人呢？"少伯道："至少也得三万两银子，若能有五万两银子，生意便更好做了。"少年不做声，提起壶来劝酒。少伯本不会喝酒，少年也不勉强。

少年说道："我此刻有点儿事，得出外走一遭。我和你还有话说，今夜三更时分，在你房里见面罢。"

少伯道："你的病才好，不宜出外吹风。甚么事，何必亲自去呢？"

少年连说不妨，就掉臂不顾地去了。少伯想回问少年的名字、籍贯都来不及。少伯回到自己房中，兀自猜度不出少年是干甚么事的人。看他的言谈举动，老练沉着得很，全不是富贵豪华公子，不懂人情世故的气概。即专就开单服药的这件事而论，也就奇特得厉害！且看他今夜三更时候，到我这房里来有甚么话说。

少伯这夜，因少年有约，不敢上床睡觉，独自静坐到二更过后。只听得"呀"的一声，房门开了，一条黑影一闪就到了跟前。少伯就灯光看去，心里料知便是有约的少年来了。

但是见面倒吃了一惊！只见进房的那人，浑身漆黑，连面庞都用黑纱遮掩了，仅露两只有神的眼睛在外。背上驮了一个很大的包袱，雄赳赳、气昂昂的样子，和白天所见的截然是两个人。少伯惊得立起身来，退了一步。正要开口问是甚么人，少年已一手揭去面庞黑纱，一手将背上包袱卸下，笑道："劳你久候了！"边说边把包袱往床上一搁。少伯听那搁下去的声音，很觉有些分两。

少年随手指着包袱，接续说道："这里面足够五万两银子，请你收下，庆隆盐行就不用招人承顶了。"

少伯愕然望着少年打开包袱，一封一封地点了出来，共是三十封。少年又道："这里每封一百两金叶，你可不用着急了。"

少伯道："虽承阁下的好意，帮我的忙，但是我平生不敢取一分非分的钱，何况这们多的金叶呢？仍请阁下收回去，留着自己使用罢。"

少年望着少伯笑道："我知道你的意思了。你以为这金叶的来历不明，恐怕反因贪财惹祸。你放心收了罢。若是来历不明的钱，我拿来送你，岂不是以怨报德吗？我家中很有些祖传的积蓄，这金叶是刚才从家中取来的。我诚心要帮助你，你得了，怎得谓之非分？"

少伯问道："府上在那里呢？"

少年道："在西安。"

少伯笑道："这就更是欺人之谈了！此去西安多远的道路，便是快马加鞭，来回也得半月，如何说刚才从家中取来呢？"

少年也笑道："此去西安，在你自然觉得很远，在我却是天涯咫尺。若不是半途有事耽搁，早已回到这里来了。你不用惊讶罢，我既说四川惟你一人够得上朋友，便不能拿来历不明的钱使你惹祸，更不能强你要非分之钱，污了操守。"少伯还待退让，少年已露出倦意说道："奔波数千里，已疲乏不堪了，有话明日再谈罢。"说毕，少伯又觉眼前黑影一闪，就不见了。

惊愕了一会，只得将金叶藏起来，心里颠来倒去地思量这事。直到天光将亮，才朦胧睡着。一觉醒来，即去少年房间里道谢，已是空洞洞的房间，那里有少年的踪影呢？少伯叫茶房来问。茶房说，一早就算清账走了。

少伯怅然了半晌，料知无处追寻，就从这日带了三千两金叶回重庆。庆隆盐行骤增这们多活动资本，自然精神陡振，生意更见发达了。

过了些时，有从自流井来的人传说，张家某夜门不开，窗不动，失去五万多两银子。张家兄弟互相猜疑，兄怪弟偷了，弟怪兄偷了，几兄弟扭打起来，都受了重伤，于今正吵着分家，已告了状，打官司。杨少伯听了这类言语，自然痛快。然心里已明白，在成都所得的三千两黄金，必就是张家五万多银子买成的。大约是那少年恐怕银子碍眼，特地买成金叶，免人猜疑。少伯是个深心人，这事并没外人知道。

张家兄弟就因失却那五万银子，各不相下地拿钱打官司，竟至都打破了产才罢。杨少伯对于张家的仇怨，算是那少年代替报了。少伯见张家结果如此，也无心再修旧怨了。

有个姓戴名季璜的，十二岁上就在庆隆盐行当学徒，甚是聪明，讨人喜欢。三年脱师之后，少伯仍留他做伙计。只是戴季璜的年龄一年比一年大，嗜欲也一年比一年深。自谓已脱了学徒时代，拿自己赚来的薪水在外面嫖嫖，是不妨事的。起初杨少伯没察觉，不曾禁止他，他便嫖入了迷。自己的薪水不够挥霍，就不免在账上掉些枪花。不凑巧，被少伯查出来了。做生意的人最忌的是品行不端。缘戴季璜这种行为的人，庆隆盐行自然容纳不下。查出之后，立即把戴季璜辞退了。

帮生意的人，凡是因品行不端，被东家辞退的，同行中永远没

插图：龙家小傲

人再请这人帮生意。这种惯例，也不独盐行为然，大行家、大字号都是这们的。戴季璜既被辞出，知道没有再帮生意的希望，他和几个做骡马生意的人熟识，遂改业帮同赶骡马，往来云南、贵州、四川之间。每年辛辛苦苦的，仅可敷衍衣食，郁郁不得志。却苦没有第二条生路可走。

这日，跟着赶骡马的人，赶了一大批骡马经过永善县。因赶骡马的人有事须在永善县耽搁几日，戴季璜闲着没事，听说有座庙里正演戏酬神，他就跑到那庙里去看戏。

那时云南的神庙演戏的不多，每逢演戏，看戏的总是盈千累万。戴季璜挤在人丛中，抬起头向台上望着。大凡人多挤拥的场所，照例是你推我碰，犹如大海中的波浪一般。戴季璜在人浪之中，自也免不了一时被推过东，一时被碰到西，不能有一定的立足地。挤拥了好一会，他偶然看见人丛当中立了一个人，也是抬头向台上望着。但是尽管众人推来碰去，那人只是立着，不动分毫。戴季璜是很聪明的人，看了觉得奇怪，立时挤到和那人相隔不远的地点站住。留神细看时，不但推碰那人不动，并且向东边挤的人，挤到离那人尺来远，自然会避开去，连衣角也不碰到那人身上。向西边挤，向前或向后挤的，也都是如此。那人立在中间，简直和有一堵墙把周围掩护了的一般。戴季璜心想："这必是一个异人，我今日既遇了他，这机缘万不可错过。"遂紧紧地靠着那人站住。

不一会，台上的戏演完了。那人跟着大众向外走。戴季璜便跟着那人走。走到人稀的地方，戴季璜几步抢上前，回身对那人作了个揖，恭恭敬敬地说道："我有几句话，想对先生说。先生肯赏脸同到前面一家茶楼上坐坐么？"

那人望着戴季璜发怔道："你看错了人么？我并不认识你，你有甚么话说呢？"

戴季璜连作揖道："不错，不错，我是要和你老人家说几句话。此地不便，非请到前面茶楼上去不可。"

那人迟疑了一下道："也罢。看你有甚么话说，我就陪你同去罢。"

戴季璜喜不自胜的，将那人引到一家茶楼上。向堂官要了一间僻静些儿的房子，教泡了两壶茶。堂官退出后，戴季璜随手把房门关上，斟了一杯茶，诚惶诚恐地双手捧着，送到那人面前，随即双膝往地下一跪，叩头说道："我知道你老人家是个圣人，要求你老人家收我做个徒弟。"

那人慌忙伸手来拉扯道："你这是那里来的话？我一样生意不会做，收你做甚么徒弟，不是笑话吗？"

戴季璜赖在地上不肯起来道："你老人家不用瞒我了，我确实看出是圣人了。不答应收我做徒弟，我便死也不起来！"

那人大笑道："你既是这们说，我倒要问问你，你从甚么地方看出我甚么来，却称我为圣人？"

戴季璜道："上千上万的人在庙里看戏，都是你推我挤的，立脚不定，惟有你老人家独立在人丛之中，许多人如潮涌一般地挤来，一动也不动。这不是圣人，那有这种本领？"

那人大笑道："你真说的那里话？我不是一般被挤得喘不过气来吗？你看错人了，那立着不动的不是我。"

戴季璜摇头道："一点儿也没错，你老人家定得收我做徒弟！"

那人道："就算你没看错，挤不动也算不了甚么稀奇。我的力比人大些，人便挤不动我，这算得了甚么呢？你便学会了不怕挤，又有甚么用处？"

戴季璜道："决不是力大力小的说法！若是许多人挤到了你老人家身上，挤不动，可说你老人家的力大。我分明在场看见的，还离尺来远，都挤得往旁边分开了，那里是力大的缘故？"

那人听到这里，像是很惊讶的样子，两眼不转睛地望了戴季璜一会，才问道："你姓甚么？那里人？干甚么事的？"

戴季璜道："我是四川重庆人，姓戴名季璜，帮盐行出身，于今改业帮人赶骡马。"

那人脱口问道："你是帮盐行出身吗？那么，庆隆盐行的杨少

261

伯，你知道么？"

戴季璜高兴道："岂但知道？他就是我的师傅。我学生意是从他手里学出来的，又是我多年的东家。"

那人点头道："你起来坐着谈罢。杨少伯是我的老友。"戴季璜连叩了四个响头，起来立在一旁。那人道："我今日独被你看出来，不能不说是你与我有缘。不过，缘是有缘，且看你的福命如何。学道第一重缘法，第二就重福命。没缘法不得学道的门径，没福命不是载道之器。你既要跟我做徒弟，就须把现在帮人赶骡马的事辞卸。你去辞罢，我在这里等你。"

戴季璜惟恐变卦，不敢离开，答道："弟子帮人赶骡马，并没有经手的事件，也不该欠人的钱。用不着去辞卸，跟着师傅走便了。"

那人道："那如何使得？你不去说知一番，同伙的不疑你遇了意外的事吗？快去快来，我等你便了。"

戴季璜只得跑去，向赶骡马的人辞事。回头到茶楼看师傅，幸喜不曾走开。那人已付了茶钱，带着戴季璜走到一座深山穷谷之中。莫说没有人迹，连飞鸟走兽都不大发见的荒僻地方。

那人说道："学道须耐得劳苦。这里有个石岩，你只坐在里面，我传你修炼之法。衣的、食的，我自去办来，你不用分心，一意修道。"当下就传了吐纳口诀。戴季璜便遵师命，坐在石岩里做工夫。那人说了姓名，叫邵晓山。

戴季璜不间断地做了一年工夫之后，邵晓山拿出一片三寸多长金质东西，其形式似剑的，给戴季璜道："你这一年中，在此修炼，所以没有妖魔异兽前来侵害你，全仗我的符箓道术保护。往后须你自己有保护的力量，方能不为外物侵扰。这是一把剑，可炼成变化不测，妖魔异兽不足当其一割。这是修道人必有的护身之物。"戴季璜双手接了，跪受了修炼之法。

继续又炼了一年。这剑已炼得小如芥子，大如长虹，旋空击刺，任意所指。

邵晓山这日走来，看了戴季璜的剑术，喜道："有此足以自卫了！"

戴季璜也很觉自负地问道："师傅的剑，不是和弟子的一样呢？"

邵晓山点头笑道："怎的不是一样？使给你瞧罢。"说罢，只见他将口一张，一道金光夺口而出，破空如裂帛之声。在天空夭矫如游龙，渐旋渐下，离地还有十来丈远近，满山的木叶树梢，都如被狂风摧折，纷纷堕地，冷气侵人肌肤。戴季璜不知不觉连打了几个寒噤。邵晓山只将手一挥，金光顿时消灭，只山中树木尚在震颤不定。

戴季璜道："师傅怎么不把这样的剑传给弟子，却又说是和弟子的一样呢？"

邵晓山笑道："你的工夫没到这一步，也不怪你怀疑不是一样。其实，我的剑便是你的剑。你的工夫做到了我这一步，就和我这时的剑一样了，你于今自卫的力量已够。随处都是你修炼之所，此后不必专坐在这岩里了。你工夫做到了甚么地步，我自然知道，自然前来再传你高一层的道法。你须知道，到我门下的，初期得严守四条戒约。你静听仔细记取罢。"

戴季璜跪地受戒。邵晓山道："第一条戒妄杀，第二条戒奸淫，第三条戒贪盗，第四条戒多事。吾道的法术，是修炼了对付妖魔异兽的，不是对付和我同类之人的。若拿了这种厉害的法术去害人，在寻常人是没有抵挡的能耐，然天理是不能容得。此间不平的事尽多，然各人有各人的缘法，遭际都有定数，我等虽目击不平，不能用道术去挽救。因明有国法，暗有鬼神，不干我们修道人的事。多事必遭天诛。这四戒你须发誓遵守。"

戴季璜遂对天发誓道："弟子今日受师傅的戒，永远遵守。倘若破戒，来世不得为人。"邵晓山向天打了个哈哈道："好，后会有日！"说毕，金光一亮，即时不见邵晓山的踪影了。

戴季璜惊异道："师傅的本领真大！我若能炼成这们大的本领，岂不可以无敌于天下了吗？我修炼的遁光，今日且试他一试，

263

到成都去玩玩。"戴季璜施展道术，果然借遁到了成都。

他生性是个喜欢游荡的人。帮人赶骡马的时候，几年没能力闲游寻乐。学道两年，在深山穷谷之中，更是清苦到了极处。一旦得了自由行动的机会，又有了随心所欲的道术，岂不是和发放了一匹没笼头的野马一般吗？

当下，戴季璜因手中没有银钱，就使法术弄了些银子。更换了新衣服，去窑班里寻开心。手中有了钱，要嫖婊子，怕不是一件容易的事吗？到成都的这一日，就姘上了一个年龄很轻的婊子。睡了一夜之后，两情异常融洽。那婊子年龄虽轻，牢笼嫖客的手段却老练，把个戴季璜骗得心悦诚服，无所不可。银钱只要婊子开口，总是用法术取了来孝敬。

这日，戴季璜打听得，成都将解协饷银四十万两去云南。心想："我何不一股脑儿劫来，作我一生的用度呢？零星向人家去取，好不麻烦！"

主意既定，等到解饷的起程，戴季璜赶到半路上，一施手段，真个全数劫了，存放在一处人迹不到的山谷里。随身只携带了几百两到婊子家玩耍，说不尽心中快乐。

次日早起，只见桌上放着一张纸条，上面朱笔写道："前日受得何戒？今日做得何事？限尔在十二个时辰以内，将原脏全数退还原处。过时即以飞剑取尔首级。切切。此谕。"下面认得是他师傅的花押。戴季璜吓得汗流浃背，呆呆地望着纸条发怔。那婊子已缠了过来，撒娇撒痴地说些快刀都割不断的话。

戴季璜因此陡然想起，昨夜和婊子商量嫁娶的话来。心想："我答应娶她做老婆，就因为有了这几十万两银子，可以成家立室了。若依师傅的话，退还原处，这一笔已到手之财，吐出去固是可惜，而我这老婆，不眼见得讨不成了吗？"一时想思量出一个两全之道，耽延了好几个时辰，那里想得出好法子来呢？

正在心中着急的时候，忽然见邵晓山揭开门帘进来，一声也没听得外面人呼报，也不知怎么进来的。戴季璜看了，心里就是一惊。看邵晓山沉着脸，盛怒之下的样子，吓得连忙双膝跪倒，叩头请罪。邵晓山挥手道："不用这些玩意儿了，随我来罢。"回身就往外走。戴季璜身不由己，仿佛被人推挽一般，跟着邵晓山出来。

邵晓山在途中也不说话，先到戴季璜藏银子的地方，从袖中摸出几封银子来。戴季璜偷眼瞧时，正是昨夜拿给婊子的那几封。不知师傅在甚么时候拿回来的。

邵晓山显神通，把四十万饷银运回了原处，才把戴季璜带到云南当时传道的石岩中，指着戴季璜说道："你到成都的行为，我一概知道。并不怪你不遵戒约，只怪我自己过于孟浪，妄收了你做徒弟。当初我以为你是杨少伯的徒弟，又在庆隆盐行帮了好几年生意，端人取友必端。谁知你是被杨少伯赶出来不要的东西，我查明了，就应该把你斥退。只因见你在山修炼尚诚，姑予你一条自新之路。听你受戒时发的誓言，便知道你有今日。你受戒时若不存心破戒，为甚么会发来世不得为人的渺茫希望呢？照你到成都后的行为，久应飞剑取你的首级。只是你原不是修道的人，罪恶应在我身上，由你去罢。这里五十两银子，给你作归家的旅费，算是你我师徒一场，从此我没你这徒弟了。"

戴季璜双手接过银子，再看师傅没有了，只见天空中有道金光闪烁了几下，转眼也就不见了。戴季璜呆立了半晌，暗自寻思："我以为师傅带我到这里来，必要重重地处罚我一顿。谁想到不但没恶言恶语地责骂我，并且赏我五十两银子，这不是很希奇的事吗？他已把道法传了我，却不要我做徒弟了。我于今没有师傅，倒少了个拘管我的人，岂不更好？来世能做人不能做人的咒，便发一百次也没甚么要紧，只要今世得了快乐！"

想到这里，心中又高兴起来。满拟借遁光，立刻再回成都寻那婊子取乐，但是那里还由他遁得了啊？再试别的道法，一件也使不灵验了，简直回复了二年前赶骡马时的原状。这才不由得有些慌急起来。心想："怪道他给我五十两银子做旅费，若是还能借得了遁光，又如何用得这银子？"一时追悔不及，在石岩里痛哭了一场。

只好步行回四川来。

行到四川界，心里忽然悟到："前年在永善县茶楼上，师傅不是曾说和杨少伯是老友吗？我何不就去重庆求少伯，请他替我对师傅求求情，我自愿改过，不再破戒。师傅或者看少伯的情面，肯再收我做徒弟。将道法还我，也未可知。"

想时觉得不错。及至到了庆隆盐行，将二年来情形对杨少伯说了。接着说要托少伯去求情的话。少伯初听摸不着头脑，后来问明了邵晓山的容貌举动，才点头说道："那姓邵的何尝是我的朋友，他是我的恩人！我受了他的大恩，已转眼十年了。只因不知道他的籍贯和名字，就想报答他，都无从报答起。你教我去那里向他求情？"戴季璜问少伯曾受了甚么大恩。少伯笑道："那得问你师傅才知道。"戴季璜见少伯这们说，知道没有希望了，觉得很伤心，又掩面痛哭起来。

杨少伯看着他，觉得可怜，便说道："你此时痛哭也没用处。你真能知道改过，不修道也不失为好人。你于今没有生路，不妨就住在我这里，衣食有我担负。高兴帮我做做小事。你师傅的神通广大，若知道你诚信忏悔，或者再来收你去，也说不定。"戴季璜到了这一步，那里还有旁的道路可走？自然依了少伯的话，仍住在庆隆盐行，痴心盼望邵晓山再来收他。

民国九年十月，在下因事到了重庆，就下榻在离盐行不远的一个旅馆里。在朋友酒席上，遇了杨少伯，已是六十多岁的人了。朋友为述这件事，在下要看那姓戴的。次日，居然到在下旅馆里来了。在下拿这回事问他，他不说甚么，只是吞声饮泣。在下还曾托他代买了四川许多土产。其人至今不过五十来岁。然而，即令邵晓山再来，他也不见得再有修道的勇气了。

（原载《侦探世界》1923年第10、11期）

天宁寺的和尚

　　凡是会几手拳脚的人，没有不知道少林寺的。并有一般会拳脚的人自称是少林嫡派，以夸耀于人的。其实，此刻少林寺里，何尝有多少会拳脚棍棒的和尚？而自夸是少林嫡派的武术家，又何尝知道少林寺在哪里，少林拳棍比别家拳棍有甚么区别？但是何以一般会拳脚的人，偏要拿这莫明其妙的"少林嫡派"四个字做头衔呢？

　　这期间就有两种性质：一种是由于武术家的门户积习太深，觉得不依附一个著名的家数、派别，面子上没有光彩。少林派历史上的荣誉，在一般武术名家之上，全国人的脑筋里几乎无不认少林僧为拳棍的发源地。因此会拳棍的人皆夸耀自己武艺的来头大。除了自诩为少林嫡派，便没有再显赫的头衔了；一种是由于盲从地练把势的，见一般享盛名的武术家多自称少林嫡派，于是也不问来由、不顾事理，随口附和。拳是少林拳，棍是少林棍，刀枪是少林刀枪，剑术是少林剑术，凡属武术没有不可以加上少林两字的。

　　日积月累，由以上两种性质而成的少林派，几占全国武术家的半数。倒是历代以武术传衣钵的常州天宁寺，国人知道的反而绝少。而一般会拳脚的人更没有冒称是天宁嫡派的。如此也可见得中国武术家徒重虚声，是一种普通的毛病。

　　天宁寺是一个极大的丛林。寺里常川住有三五百名和尚。除了各处游方僧人来天宁寺挂单的而外，本寺和尚没有不会武艺的。天宁寺和尚游方有一种特别记认，别处和尚不能仿效的。别处和尚挑包袱的扁担两头是平的，是向下垂的，惟有天宁寺的扁担两头是尖的，是朝天竖起的。这种扁担在江湖上很有些威风、有些势力。凡是江湖上的老前辈，遇了挑这种跷扁担的和尚，无不肃然起敬，

267

且多有邀到家中殷勤供奉的。但是天宁寺的戒律极严，仗着武艺高强、在外面横行霸道的，固是绝对的没有，便是动辄和人比赛，以及在人前夸示本领的事，也是他们戒律上所绝对不许的。

在下久已知道天宁寺的和尚武工都很好，只是一苦没有去常州天宁寺瞻仰的机会，二苦没有与天宁寺高僧会面的缘法。究竟在下所知道的是否实在，无从征信。近来得结识了一位常州朋友，闲谈中说到天宁寺上面去了。承这位朋友说了许多关于天宁寺的故事给我，才知道天宁寺的武艺，确非纯盗虚声的少林寺所能比拟其万一。

于今且就这位朋友所说的许多故事当中，拣几件成片段而饶有趣味的转述出来，将来若有良缘，或者能再成一篇有统系更翔实的记载。

却说光绪初年，安徽皖北全椒县里，忽来了两个飞贼。这两个飞贼到了全椒县，一月之久犯的人命、抢劫大案有二十五件之多。而飞贼的姓名、籍贯，通全椒县没一人知道。飞贼的身材、相貌也没一人认识。还亏了这飞贼每犯一件抢案或命案，必在出事的这夜，印两只左手的血手掌在县官的帐门上或被褥上。因两只都系左手，而又一大一小，才知道是两个飞贼。若不亏他自留痕迹，就连有几个凶手都教这县官无从侦察。

前清时候的县官，能经得起几件命盗大案？这全椒县的县官，本是山东一个姓章的富商的儿子，单名一个霖字，花了好几万银子才买了全椒县这个缺。没想到，上任不久就遇了这们两个生死对头。照这飞贼每次自留手印的情形看来，好像是有意来和章霖为难的一样。章霖竟为着辖境之内，一月之间出了这们多命盗大案，一件也不曾办完，把前程坏了。

但是章霖的县官虽革了职，然缉拿这两个飞贼的心思和热中做官的念头终不能减少。好在章家有的是钱，而清室中兴后捐例大开，有钱的人甚么官职都可以办到。章霖运动、开复原官之后，花重金聘请了好几个有名的捕快，随处明查暗访。无奈那两个飞贼见章霖革职离任，也就离开了。全椒县既不知道姓名、籍贯，又不知道年龄、相貌，从何处查访着手呢？许久得不着一些儿踪影，只得且将这事搁起。

章霖仍运动补了县官的缺。七八年后升了常州府。章霖知道，天宁寺所有和尚都会武艺，住持和尚道明本领更是了不得。遂有心结纳道明。每到天宁寺进出，总得和道明盘桓许久。章霖的心里以为，天宁寺有这们多本领高强的和尚在，全椒县与自己作对的两个飞贼，本领也很不小。众和尚中或者有知道两飞贼姓名的，也未可知。后来与道明结交既久，才知道天宁寺的和尚虽重武艺，然从来不许和绿林中人通声气。

这日，章霖刚从天宁寺回衙，行到半路，忽有两个衣裳褴褛的人拦住轿子喊冤。章霖看两人的容貌态度不像穷人，而科头赤脚，都穿一身破旧不堪的衣服，随命停轿，问有甚么冤枉。两人报了姓名说道："小人兄弟两个在扬州做生意，这回带了千多银子，同坐船去南京办货。某日行到某处河面，听得岸上有人大喊停船。小人出船头一看，只见两个和尚，一个身材高大，面目凶狠；一个骨瘦如柴，像是害了痨病的样子。前胸都悬了一个黄布香袋，并立在河岸上，朝小人招手，叫拢岸。那船是由小人兄弟包了去南京的，既不认识这两个和尚，自然不肯无故的拢岸。船正走着顺风，小人兄弟都不作理会。谁知这两个和尚竟是飞得起的大盗。见小人的船不拢岸，只听得大吼一声，相离十来丈远的河面，只一跳都到了船上。从衣底掣出雪亮的刀来，迎着小人兄弟一晃，小人不敢喊叫，只得哀求饶命，自愿将所有的银子奉献。那个骨瘦如柴的和尚，已手起刀落，把驾船的伙计杀了。小人兄弟苦求了多时，并将银子全数交了出来，和尚才把兄弟身上的衣服剥了，赤条条地踢落水中。亏得少时略识得水性，逃得了性命。在乡村人家讨了几件破衣遮身。小人兄弟记得在两个和尚上船的时候，确实看见那黄布香袋上面，有'天宁寺'三个字。思量那两个和尚必就是天宁寺里的。因此才到这里来喊冤。"

　　章霖听了诧异道："休得胡说！天宁寺的戒律素严，寺里的和尚决不会有这种行为。并且世上那有带着幌子行劫的？"两人道："小人兄弟所见的，实在是'天宁寺'三个字，没有差错。"章霖问道："你们若见了那两个和尚的面，能指认得出来么？"两人连忙答指认得出。章霖即刻带了两人回衙，打发衙役拿名片去请道明来，将两人的供词向道明说了。

　　道明道："两人既能认得出，不妨同去寺里，传齐合寺的僧众给他认。若真是敝寺里和尚做的，一经指认出来决逃不了。但是同去不宜声张，免得闻风先遁。"章霖遂一同步行到了天宁寺。

　　道明在大雄宝殿上撞钟擂鼓，齐集了三五百僧众，分两排立好了，才同章霖带两人出来指认。两人一个一个地看下去，还不曾看到一半，猛听得和尚队中，有人喝了一声"走"，随即见有两个和尚，凭空往大雄宝殿的檐边蹿上去，比飞燕还快。道明看了，不慌不忙地向队中指出四人道："快追上去，务必拿来见我。"四人齐应了声"是"，也都凭空蹿了上去。

　　章霖问两人道："刚才逃去的，你们认识就是劫取你们银子的么？"两人摇头道："不知是与不是，小人没看出面貌。"道明笑道："必是这两个孽障无疑。这两个孽障原不是本寺的和尚，前日才来这里，要拜我做徒弟。我看他们的容貌举动，就知道必是带了重大的案件，想投入空门免罪的。凡是肯回头忏悔的人，佛门本可容纳。只是他们已经落了发，披了僧衣，还敢做这种伤天害理的事，国法便能容许，我佛法也不能容许。"

　　说到这里，追上去的四个和尚已将那两个逃的和尚拿解，从大门进来。章霖一看，果是一个身材高大，一个骨瘦如柴，都垂头丧气，像是受了重伤。章霖教事主出认。两个和尚已抬头大声呼着章霖的小名说道："你教他们认，你自己就不要认认吗？"章霖听了大吃一惊，细看两和尚的面貌，好像是曾在那里见过的，却苦记不起来。两和尚道："我家和你家是邻居。那年我父亲被强盗诬报了，关在成都牢里。我们兄弟到你家，想借点银子救父亲。你一两

插图：龙家小傲

银子也不给，以致将我父亲做强盗杀了。我和你这样深的血海冤仇，你倒忘了吗？"

章霖陡然想起全椒县的命盗大案来，才知道就是这两个和尚，因少时借银不遂，记恨在心，有意找到县任上来为难。章霖因此革职。两个的仇怨算是报了，又做了几年强盗，自觉平生犯的案子太多，以为落发到天宁寺出家，可以避去做公的耳目。谁知胸前悬着天宁寺进香的香袋，却做了自己犯罪的幌子。然若不是天宁寺和尚的武艺好，不又给他漏网了吗？

相传天宁寺有一座几代传下来的铜塔。塔中装了几颗舍利子。塔是六方形的，每层每方角上嵌了一粒明珠。塔尖的一粒更是又圆又大。这塔重有八百斤。当天宁寺主持和尚的资格，第一要能一只手随意将这塔托起。若没有这种力量，别项资格任凭怎生合式，是不能传衣钵的。这塔安放在一间楼上，日夜有人看守。每日住持和尚须亲扫一次。

有一日，住持和尚忽接了一封信。信中说，三日之内必来将这塔盗去。若怕被盗，须赶紧移开，好生收藏起来。这时住持和尚的年纪有八十多岁了，得了这信，心想这事关系重大，只得召集全寺僧众，挑选防守的人。共挑了八个，分班轮流监视。

住持吩咐八人道："盗塔的若来，你们不可争先动手，只伏着看他如何盗法。如他用两手去搬，你们尽管打他。若是一只手托起来，你们就得等他走动了，再合力追上去动手。倘有意外惊人的本领，赶紧来报我，万不可冒昧，坏我天宁寺的声名。"

八人受了吩咐，在塔下分班守候起来。守了两夜，没有动静。第三夜又守过半夜了，看守的和尚都不由好笑，以为是无聊的人知道这塔贵重，有意写这信来开玩笑的。看天色也快要亮了，逆料决没人敢来，大家的精神也都有些疲倦，便合上眼打盹。

正在迷迷糊糊的当中，仿佛屋上的瓦有踏碎了一片的响声。大家同时惊觉，睁眼看时，那里还见铜塔呢？只吓得这几个当值的和尚，跳起身往屋上就追。借着星月之光，看见一个很壮健的汉子，用左手三个指头提住塔尖，飞也似的向前面梭过去。大家一见这情形，就知道不是对手。正要一人回方丈送信，余人紧紧地追上去。接着便见一条蟒蛇似的东西，足有十来丈长短，从大雄宝殿的屋脊上横飞过来，朝那提塔的汉子卷去。那汉子"哎呀"了一声，将塔往屋上一搁，跃起丈多高，避开那白东西跑了。当值的和尚抢上前看时，原来是主持和尚盘膝坐在大雄宝殿屋脊上，右手握着白绢一大束，左手已将铜塔托在掌中。住持还说，那盗塔的本领不错，要是手眼略慢一些儿的，就连塔带人卷过来了。

后来，这住持圆寂了。继起的不及这般本领。那塔毕竟被有能耐的盗去了。

民国二年，有军士想占驻天宁寺，住持和尚也是齐集全寺僧人，要凭武艺和军士决斗。亏得统兵官知道天宁寺和尚不好惹，自愿让步。民国十二年以来，常州各寺观没有不曾驻兵的。惟有天宁寺没兵敢驻。即此一端，已可见天宁寺和尚的武艺了。

（原载《侦探世界》1924年第17期）

猎人偶记

第一章

我生长湖南东乡。东乡接连平江之处，多山岭重叠，树木青翠，虎豹獐兔之属，涵淹卵育于其中者不少于是。

邻山而居之壮健者多以猎为业，大小有二十余户。大者十数人，狞猙之犬八九头，所以为猎之具皆备。鸟枪、钩、矛、毒弩、陷户（掘穴于地，置木制有机扭之板于上，兽过即陷落其中，此板名为陷户。形类旧式房屋之天窗，故名）、各种机网、铺地锦（以丝为之，若网，然网眼如鸡子大，一眼系一小铁勾，勾锋利异常，平敷于地而张机网于其左右。兽经其上，但略倾扑，即无得脱免者，名铺地锦。机网之种类极多，大都以丝为之，用麻者少也。丝取其质柔而牢，柔则易粘着，牢则不虑冲破）、铁猫（铁猫之制绝巧，以钢为之形，若屠户用以刨猪毛之刨铁。二片相合，接口处如锯齿，中有机扭，张之于地。兽蹄经其上则猛合，如齿啮物，其背面系以长索。有专司者）之类，各十数具。小者二三人，犬亦二三头，猎具有备有不备，视其财力之厚薄以为差。

与我居紧邻有黄九如者，赀力雄厚，为诸猎户冠，技艺亦非他猎户所能。余少好弄，且喜武事，尝欲相从出猎。顾家父母约束严，而黄亦以余过稚，虑或见伤于异兽，不相提挈也。及余年二十五，曾略习拳棒，相从出猎之念仍不少衰。于时家父母亦略事宽假，遂得与黄数数出猎焉。因得知猎人之生活与猎时之情状，拉杂纪之，亦足供研究社会情形者之参考资料也。其中有非余躬与者，有不在长沙、平江区域者，但属猎人之列，即为是篇之资料。

黄九如为长沙人，余与之同猎时，其年已五十有五矣。一目已瞎，一目迷蒙不能见三丈以外之物。少时曾习技击，富膂力而技苦不高。善走，追逐犬马，五十步以内能迈越云。因其居杂众猎户中，遂亦习猎。

其人沈挚寡言，临难不苟免。年二十许时，偕猎丛山中。遇虎，大逾一岁之牛，立毙犬二头。猎人发枪未中虎要害，虎益奋迅作巨吼，震撼山谷。猎人皆股栗却步，势将罢不后猎。虎所毙犬中有一头为黄所蓄者，素未尝习猎，而屡从山中获鹿兔，曳之以归。黄极珍爱之。猎人出数十千欲与易作猎犬，黄力却不与也。犬性狞猛又未尝习猎，与其他之一犬亦初次出猎者，共前咋虎。猎兽旧例，人不发枪，犬不舍兽。一闻枪声，则犬不复顾兽矣。即未发枪以前，责任在犬；发枪以后，责任在人也。二犬不知此例，闻枪益趋虎，因为所毙。黄痛爱犬见噬，手中之枪又已发，不及复实弹药，虎已相距不逾寻丈。遂亦大吼，弃枪于地，徒手与虎相搏，卒抱持虎项。众猎人犹惧不敢近。黄力扼虎喉，逾时虎自窒息而殪。而黄亦疲乏不能举步矣。归家休养三数日，始复原状。自是黄以勇名震遐迩。黄忿诸猎人不助己杀虎，乃集同学拳棒者数人，倾家产购猎具。

是时，黄之目力甚佳，朝夕习枪法。他人之善枪者，于枪响时瞄准之眼皆不免一瞬，为善枪者之通病。黄独能不瞬，且能注视所发出之弹中禽与兽之何部。习久渐不瞄准。荷枪行山中，遇飞鸟之影，即从肩上发枪，百不失一。遇獐兔恒赤手追攫，鲜有获免者。其同伙亦多矫健，非其他猎人所能及。其训犬之法尤在诸猎人之上。当购犬时，有诀语四句，有如诀中所云者，不惜重值购归，专训三月始可入山。黄曾以诀告余，其辞云："头似葫芦尾似蛇，后脚弯弯颈一抓（颈一抓者，谓其颈瘦小，仅一握也），若能生得团鱼眼（团鱼即鳖鱼，其眼如蜂之黄，凡兽之黄眼者，其视觉较他兽必敏捷），山中鸟兽是冤家。"黄依此诀觅犬，无不善猎者。

猎户所供举之神名翻坛祖师，不知其命名之意，亦不知祖师何人，始于何代也。湘中猎户皆敬谨供奉不息，绝无供奉其他神像者。所最可怪而使人闻之失笑者，翻坛祖师之神像皆头朝下、脚朝上，倒置于神龛之中，无一家顺置者。每度出猎之始，猎人头目必虔诚致祭于翻坛祖师之前，谓之"起神"。余曾与此等祭祝，至今思之，犹有余味。余所见在黄九如家，度其他猎人祭祝时，大致当亦无殊也。

未祭之前，黄与同猎者各易猎服。猎服之制，虽不若东西之精致美观，能坚牢、适体、适用，则有过之无不及也。猎兽多在秋冬两季，故猎服颇厚，用双层或三四层之粗制青色棉布，实毛发于其中。以麻线往来密缝，若缝中国式之袜底。裤脚至骭而止，骭以下以裹数寸宽之布条，谓之"裹脚"；头裹青绢，或绉绸一丈许，谓之"包巾"；足着之草履为纻麻，与头发交相织成者，落地全无声息，更便于上山，猎人称曰"爬山虎"。

诸猎人装束讫，黄九如亦严装被发而出，至供奉翻坛祖师之室。猎人与犬皆至，各屏息鹄立，人犬都无敢发声者。黄点香烛插炉中，烧黄表纸一张，口中祝不可解之词曰："太阳茫茫（按：即明明之转音），祖师上山。月亮光光，祖师还香（湘俗称神像游行归案，谓之还香，意谓还受香火也）。芋头聋个耳，茄子毛得肠，吾奉祖师爷，稳坐中央。"祝毕，并不叩拜，若习体操之拿顶者，于翻坛祖师前倒竖数秒钟，起而取龛中神筊，掷之于地。一阴一阳者为圣卦，出猎则吉。否则，云有凶，不敢出也。余初次见黄祝毕，投筊得圣卦。黄拾筊吹唇作声，诸猎人皆喜形于色，精神陡振，各从壁间取枪与弹药之囊。可异者，犬闻吹唇之响，即时昂头摇尾，狂吠数声，以表示其欢欣勇往之状。黄束发荷枪。诸犬绕黄数匝，鱼贯而出，为人前导。余时亦特制猎服，持购自日本之双管猎枪。黄亦知此枪之效力远胜己所用之土制鸟枪。顾以习久成性之故，谓转不如土制者之合用。

余犹忆是日为十月中旬，连日阴雨之后，一行与余共九人，牡犬四头、牝犬一头。

　　犬之性质各有殊异，因之各有所长。有所谓善捡急骚者、善捡热骚者、善捡冷骚者。凡兽所经之地皆有气味，或经一二日不散，或竟数日不散。一兽有一兽之气味，猎人谓此种气味统名之曰"骚"。急骚者，兽飘忽而过于时，又适有大风，在不善捡急骚之犬，即不能继续追去。甚至遇南风则向北追，遇北风则向南追。因风吹荡其气味，犬即误认为兽所逃逸之路也。犬性之善捡急骚者，遇此等时，能不为风乱其嗅觉，追寻不误；热骚谓兽方经过不久，气味尚热也。不善捡热骚之犬，一嗅此热烈之味，即嗥不能抑。兽已经过一二或三数日，气味已渐稀薄，谓之冷骚。善捡冷骚者，多系牝犬。虽在六七日后，犹能追踪及之。他犬初亦能同时嗅着，第苦不能继续。不能继续者，猎人谓之塌骚。又犬之性有专善捡某种兽类之骚者。非其性之所善触之，亦即连嗥不止，或竟退缩不追。猎人蓄养既久，各犬三性皆所熟悉。一入山中，察各犬之形，即能预定是山有无野兽，及兽之种类与所藏匿之远近。而由猎者之头目分配守候之人与应守之地。

　　所守地在猎人中，统谓之"当"，有第一当、第二当、第三四当之别。当有定例，一种野兽有一种守法，不可错乱。错乱即纵兽脱逃矣。此种定例全从经验得来，非曾经习猎者绝不能与知。兽之种类既殊，性质亦因之各异。有平时在山中游走不定，一闻人声或一见犬影，即伏匿不稍动者，如兔是也；有平时伏匿不动，遇犬即惊窜无方者，獐麂是也。惊窜时，除兔与野猪无一定之方向，四处乱窜外，余兽皆有其一定不移之几条逃路。如虎喜登山脊，向四面张望，择人多处猛奔而下。故猎时遇虎，头目分派之当，多在山脊最高者为第一当，头目自守之。次高者为第二当，高足之徒守之。以下递相守。有虎之征候，视猎犬之尾下垂者，必有虎；绕人脚不离者，虎必在百步之内；衔人衣不舍者，则在五十步以内矣。豹性最狡，较虎尤为凶毒。守之当，因不能如虎之简单。猎人遇豹必用声东击西之法。犬欲前而却顾，若欲人之从其后者。尾半垂半竖，平与其身等，则是山中有豹矣。猎者于此时遣一善走者，周山而奔，旋奔口中旋作呼和声。犬必相随奔走，以鼻柱地触骚，即不随奔者而自向骚路追寻，此之谓"发山"，不特遇虎豹为然，入山之始必须有此一动作也。不发山则犬不奋勇，百兽皆无由使之窜出也。豹闻犬声，从容出丛莽，初亦若虎登山脊。守第一当者，十丈以内即须发枪。不问中否，急以枪贴身抱持，飞滚下山。不能立身而跑。缘豹性狡而狠，闻枪声不顾己身受创与否，必向有烟处猛扑。若相离过近，滚下稍缓者，鲜不遭其扑杀。豹一扑不着，若已知山脊不可行者，折身疾趋山麓。

山麓之当，较猎一切野兽皆有特殊之点。必三人为一组。一持枪，枪中实长二寸许钢丁，猎人谓之"抛钎"，亦名"大子"，专用以猎虎豹野猪等猛兽者。二人各持钢叉相守，若品字。持枪者居中而略後。俟豹至五丈以内始瞄准。发枪中头则不能扑，扑亦无力。次之则中腰与腹，皆足减其猛扑力。若中其足与股，无济也。豹扑至但举叉拟之，不可便刺。豹遇叉则逡巡而退十数步外，方转身反奔，不敢登山脊，仍绕山麓而行。守第三当者，一如第二当之对付。有二三大子中其要害，负痛愈甚，腾跃愈猛。斯时持叉者可出而要击之矣。因已伤及要害，不复有持久之抵抗力也。

猎人所最忌者，厥为野猪。无一定之当可守。其皮又粗糙，非数枪所能毕其命。力大于虎豹数倍，任如何武勇者亦不能徒与手搏。虽以极锋利之钢叉迎前猛刺之，深入至不能立拔，彼能带叉而奔，不流血，不叫号，一若未尝感受痛苦者。闻枪亦如豹之迎烟而扑。合抱之树但用其长大之嘴，一击即断。略掘地即连根倾拔矣。纵能辛勤猎得其肉，复不佳美，皮尤无所用之。故猎者遇野猪，或轰击数枪，任其逃去，或竟置不理。

余乡之猎，重在麂、雉。麂类羊而无角，非肉食兽，故不伤人。善走而不能远，远则其蹄流血。肉味极佳，皮值亦昂，更易猎获。余此次偕黄九如入山，即见黄手获一头。

余等所猎之山名白石岭，居平江之西乡，高可十余里，广袤及六十里。山上少居民，山下惟猎户与锯厂二业者。因山中产木料甚富，就近伐木，锯成条板，输运各地，供建筑之用。山中起伏之低陷处，猎人为立名目，呼某某坡。猎人等引余抵一坡，坡中多小树、荆棘之属，亦秾密。将发山，余询黄九如曰：是坡中亦能藏虎否？黄摇首曰：不能，虎所藏处乃有荆丛而无树木者。余问故，黄曰："虎最恶鸟粪，一着其身即脱毛，烂及皮肉，故不敢止于有树之所也。"此解于物理是否能通，余识浅，不足以知之。但猎人皆持此说，当亦有经验之言也。

第二章

发山者为黄之首徒，姓高名桂荣，时年二十七，为平江有名拳师潘厚懿之得意弟子。拳棍皆出黄九如上，从黄习猎才一年。后即于是年十二月见噬于善坑山中之虎，殊可惜也。

高桂荣恃其拳勇，每猎必争先，任发山之事。他人发山只周山而呼，不敢深入丛莽中也。高既无所畏惧，单身入丛莽，遇兽，有犬不及见，而已为高所击毙者。黄屡戒之，略谨饬，数日故态复作矣。此时黄目既不良于视，非远猎则不亲往。以近山无猛兽，同伙与其徒足了之也。此次以余请偕行，故亲出为余指点。

余与七人立山阴处，高从弹药囊中取发火之铜帽，猎人所称为洋炮者，按之鸟枪火门之上，长呼如啸，急走入山坡，五犬相从其后。此坡之大约可十亩，高走未及半，五犬同时折向左方。有大吠者，有声若出自鼻中者，有不发声而直追寻者。黄笑而顾谓余曰："吾犬捡得麂骚矣。"余问何以知之。黄曰："闻犬声知之。五犬中有一犬恶麂骚，狂吠者是也。一犬不善检急骚，声自鼻中出者是也。"黄语毕，随指点六人宜守之当，而己则立原地不动。余曰："君不守当乎？"黄笑曰："此即守麂之第一当也。君可举枪以待，不虑无麂来也。"语未竟，荆棘分披而动，窸窸有声，果向余与黄所立处而来。余方转枪头，已闻枪声砰然发自坡中，盖高桂荣所发也。枪既作，三犬皆改涂而趋。黄顿足詈曰："蠢哉！蠢哉！习猎一年，隔青犹不知耶？"隔青云者，枝叶蔽禽兽之体之谓也，一叶之隔，枪即不能中。黄立弃枪于地，一麂突从丛莽中奔出，距余才数步。余拟枪不及，黄已一跃蹴麂扑地，随俯身提其头。麂长几二尺，较寻常守当之麂为大也。高桂荣奔至，于腰间出一索，系麂之颈，牵之以行。麂性甚燥急，见被絷不得脱，跳踉无停趾。黄复责高曰："汝诚不率教哉！脱守此，非吾者，不失却此一大注财乎？"高曰："吾因疑师之视不良，而向先生又为初次入山者，即发枪未必准。於时麂适露峰，吾故不能不抢当也。"黄颔首大笑曰："我目诚不如人，然在三丈以内，犹未有能脱免之禽兽者。但省却我一码药弹亦是佳事。"

余旁立不解露峰与抢当之语，因询之黄。黄曰："吾侪猎人於丛莽中猎兽，得睹兽全体之时甚少。有莽为之蔽，而兽走又甚疾也。但得见其头或脊于一瞥而过之时，即当急击。若必待其全见而后击之，是永无可击之时矣。此头与脊之偶见，吾侪即称之曰'露峰'，盖头脊在兽身为最高，犹山之有峰也。'抢当'则有两种用法，兽在山中，吾侪发山后，彼犹在山中盘旋游走，或四处乱窜，谓之兽不抢当，犹言不向所守之当而来也。一经发山，即向所守之当直奔，是谓兽肯抢当。第二种用法即是适间高桂荣所发之枪。守当者是我，我枪未发，而彼枪抢着先发之谓也。吾侪出猎，若遇猛兽，每有抢当先发者。如守虎当，每当相离不能过十丈，取其救援得快也。尝有第一当与第三当同时发枪，而第二当之枪转发在末当之后者。此中又有'迎当'与'送当'之别。如虎可打迎当，不可打送当。迎当者，迎面而击之也。送当者，待其过而从后击之也。虎性最托大，惟疑有人在后暗算，不疑有人敢当面击彼。故枪虽近头击去，彼犹以为发枪者在后，急返躯觅发枪之人。若击送当则适符其心理。以虎之猛力，忿而与人致命，人岂有幸免者？豹与野猪则不然，闻枪声，见烟即扑，决不反顾。于此二兽多击送当。但送当难中要害。故同辈中猎得豹者二十余户之中，数年不过三头，而此三头中我实猎其二。惟我等敢击迎当也。猎豹击迎当，远者吾不知，长、平二邑，当自吾黄九如始矣。"言时颇有自得之色。

守当之六人皆至，麂见犬益惶急思遁，犬亦作恶形相向，黄叱犬勿尔，犬即帖耳顿驯。七人者复率犬前行。

余与黄独后。余遂问黄曰："犬闻枪即舍兽不追，何也？"黄曰："非不追也。吾侪猎人于驯犬时，严禁不令作枪响后之追也。吾侪猎兽，重在得皮。兽已中枪倒地，若数犬丛集而咋之，皮将破裂，无所用之矣。肉能值几何哉？又犬经发山后，性发如狂，不顾生死，虽遇虎豹亦不似未经发山以前之退却瞻顾。舍枪声而外，任谁何亦无能止之者。犬若不知此种禁令，不将尽膏虎豹之吻哉？故未发山之前，知山中有虎，即不发山，第举枪向丛莽中连击。虎豹即闻枪发动矣。发山之后，始知有虎，则亦急向丛莽中鸣枪，以收回发出之犬。吾侪之犬得之不易，训练尤难。有一头值数百千者见噬于异兽，岂不可惜？".余问："君家之犬购自何许？"黄曰："长、平二邑之猎犬佳者，十九购自华容。华容为猎犬聚会之所。每年春秋二季，贩犬者定期集于华客，谓之'开考'。已训练成熟者极多，然价值恒昂。富贵家之公子少爷所争购，吾侪乏赀，不足以得之。惟有择其质佳而未经训练者。购归自训之值不过数千、十数千耳。"

余初闻犬亦有开考之语，颇致诧异。若非出自老年而诚实之黄九如之口者，余必将斥其诞妄。后叩以开考之情形如何，黄笑曰："猎犬开考，亦世上奇观也。所至之犬以千计，犬之主曰'考头'。每考头所携犬多者百余头，少亦十数头。训练成熟者各有所长。考头携犬至，必至专司考之里正家报到，谓之'挂名'。按挂名之迟早为次，齐集广场中，以次各显其所训犬之能。此五犬者，皆陆续购之于华容开考之广场中者也。五犬当时皆无所能，并不在考试之列。"余问考试之法若何。黄曰："无一定之考法，一视各考头平日训犬之成绩如何，而各当场表演之也。"

余与黄九如之话言未竟，忽有枪声发自山脊。余举首见同来猎人皆伫立山脊，亦不审枪发于何人，与射击者为何禽何兽也。黄回顾余曰："君卜此枪声得中物未？"余曰："不及知也。"黄曰："此枪宜是中一雉。非兽，亦非高飞之禽，故其声低微而不扬。又枪作后微闻扑翅之音，非雉无此强健之翅也。"无何至山脊，高桂荣果提一文采烂然雉，欣然告黄九如曰："顷始得行吾师所授响脚扒火之法，乃有神验也。"黄从高手中取雉示余曰："吾适言如何？此物击之非易，见则无所逃者。长、平二邑惟吾与童□〔注：此处原刊本脱一字〕聋子耳。"

余问何谓响脚扒火之法，黄曰：雉之毛羽坚密而光滑，当其蹲踞不动时，非从彼头部及胸部发枪，不易入木。头部地位过小，非枪法高妙者殊难命中。而雉不栖於树枝，枪尤难出其胸下。故击雉栖不如走，走不如飞，飞则毛羽毕张，目标亦较大。但击飞难准，而待其飞始拟枪，益无命中之望。我击雉之法不同于人，见雉栖山阿，则拟枪于其首所向之前尺许，食指临机（发火之机，以食指拨之）待发。猛以脚顿地作声，雉闻声惊起，翅方张而弹丸已至。不于其头必于其项背矣。"余趋视雉，果伤在其首也。是时，天复欲雨，遂罢猎而归。

第三章

余既得从黄九如数数出猎，习久渐知飞走之性。民国六年，里居多暇，辄荷枪入山为单人之猎。

单猎之目的在获鸠、雉与竹鸡。三者之肉皆肥美，足供朵颐之快。鸠不能高飞，飞亦不如鹰隼之疾，且毛羽松动，容易受弹。故每出必获鸠二三尾。雉与竹鸡则非有驯养之媒，不易得也。

余初从黄九如许乞得雉媒，入山不鸣，屡试皆如之。忿而返之黄。黄诧曰："吾用此媒二年矣，其鸣极佳，何于君独否？"余乃请黄入山以验其鸣。黄遂持棚荷枪。（猎雉与竹鸡，须用带叶竹枝编一高二尺余、长三尺余之篱，以为猎者掩护之具，猎人名之曰"棚"。棚中有小孔，名"枪眼"。以枪纳孔中，猎者亦于此孔中窥伺雉与竹鸡之来未。)媒若知其将出猎者，飞集黄肩。余相随至山中，黄曰："此非猎雉之所，但验其鸣于君可也。"言毕，植棚于地，以枪纳孔。黄以目力不良之故，窥棚之前须用手拨开竹枝之障眼者。才一撩拨，雉媒已振翼高鸣，声澈里许，逾数分钟始息。黄笑顾余曰："他人之媒能为此长鸣乎？方里之内，但有雉无不应声而来者。"余仍笼归。

次日出猎不鸣如故。余乃效黄植棚、纳枪、拨枝状。枝甫动而媒鸣矣。盖其习性如是，非猎者有拨枝之表示，彼知不在应鸣之候。虽微物亦具此头脑，为可异也。媒引他雉至，即向棚下趋走。他雉认棚为篱，不知有暗算者，尾追之。猎者不俟其逼近棚际，发枪击之，百不失一。余用此媒，匝月之间获雉二十余尾。

一日，媒鸣未毕，一雉骤来。余拟枪未及发，雉已追媒入棚下。余欲回枪击之，惧伤媒。方在犹疑，雉已见余，狂窜飞去。余从孔中拔枪出，已无及矣。因往叩黄，遇此等时当以何法处之？黄笑曰："君不尝询响脚扒火之法乎？亦惟此一法耳。枪不可动，但一顿脚，雉必离棚而飞，击之不甚易耶？"余大服。自后猎雉，不复有穷于应付之时。

媒供余用者三月又十一日，一夕为狸奴所伤，二日而毙。余痛惜之十余日，不能去怀。狸奴左目亦为媒啄瞎，不复能捕鼠，未几即见弃于其主人。余闻之，心始稍稍怡悦。

余书至此，忽忆及一猎雉之滑稽事，颇能引人发噱。

去余居三里许，有陈岱生者，年四十许，性极猜忌。善猎雉，其法不轻以示人。有胞侄名桂芬，年甫弱冠，亦喜猎雉，而苦不得所以猎之之道。屡请于岱生，吝不与教。桂芬乃谒黄九如求教，适黄以事他往。桂芬素识高桂荣，语高以来意，因求指示。猎户以猎法授人，循例非奉脩金（缃俗称师傅钱），无肯语实者。高复年幼，喜滑稽，知桂芬无资，亦非能习猎者。乃故矜重其辞曰："雉猎之法最不易授人，故汝叔虽善此，亦不肯传汝也。汝不能送我师傅钱，我安能白教？"桂芬固求，且询师傅钱至少须若干。高曰："猎户皆有旧例，不可移易也。拜师为徒，所有猎法皆学得，奉师傅钱二十四千，饮食之费与购具之需不与焉。今汝专学猎雉，目较全学者为廉。但猎雉为个人出猎之最要方法，非猎其他飞走之法可比。汝能奉吾八千者，吾即以法授汝。"桂芬性亦狡黠，乃佯诺而求迟其缴纳之期。

高已觉其诈，而表面一若深信其诚然。叮咛缴纳之时日毕，正色而言曰："吾今姑授汝朝猎之法，以后依次相授，半月可竟也。"桂芬额首欣然静听。高曰："猎雉以日初出时为最适宜之时间，因雉喜迎日长鸣也。雉之性喜居山脊而迎日之鸣，尤未有在山腰与山麓者。其鸣时必延颈向日。故朝猎之法于日未上时，荷已实弹药之枪而出，循山麓潜行。一闻鸣声，急从西方阴处上山，于将至山脊时匍匐蛇行，不得有极纤微声息惊窜之也。行时两眼巡视左右，不可少瞬。雉顶朱殷，甚易识也。但得见顶，急对准其顶发枪，迟则无及。"桂芬问曰："从西方阴处上山，东方之日不射眼发花乎？"高笑曰："雉迎日而鸣，汝若背日而上，汝未见雉，雉已得见汝矣，汝枪安从拟其顶哉？此吾侪猎人累代相传屡验不爽之法，非汝我交好，而又许奉我以八千师傅钱者，安肯举以相示？"桂芬喜极归家。因不满其叔之吝不授己，遂亦不语于其叔。其意盖欲一朝而猎数雉以夸示之也。自是黎明即起，携枪潜出后户，不令其叔知之。乃数日无所获，志亦稍懈矣。

一日晨起，正将出猎，忽闻屋后之山有雉高鸣。桂芬喜出意外，念后户适朝西，急实枪拔关而出。因山不甚高，恐足音惊雉，未至山腹即蛇行而上。时在残腊，日已不烈，又属朝暾，虽射目犹能启视，第苦睹物不分明也。桂芬在山腹时，已极力睁注，不凝不瞬，及至山脊，已模糊不能辨数丈以外之物。惟其目的在得见朱殷之顶，颇自信朱殷若触眼帘，必能辨认。正伏地如猫伺鼠，突觉有朱殷之顶触眼。念师传迟则无及之言，砰然一响，已弹随声去。自谓此番可获一雉矣。谁知"哎哟"之声随枪声而发。桂芬此时之惊直如遇猫之鼠，心胆俱裂！慌忙起视，则中弹卧地者乃其岙教之叔也。其叔冠瓜皮帽而红其顶，亦因闻雉鸣而出猎。盖猎朝鸣之雉者必背日匍匐登山猎法，一如高桂荣所传。惟迎日与背日之殊也。岱生冠红顶之冠，又延颈左右探视，桂芬模糊之目但见蠕蠕而动之朱顶，焉暇审睇？所幸桂芬枪法非高，中于岱生之头者仅有数粒，又有瓜皮帽为之蔽障，不过一时受震而昏卧耳。桂芬负之归，移时始苏。桂芬述高所授朝猎之法。岱生惧桂芬因得悟背日之理，竟不自承其出为猎雉，但责桂芬卤莽而已。其性之猜忌有如此者！

　　岱生善养雉媒，月有数日入山觅雉卵。雉卵多在荆棘丛中，一窝二枚者多。猎人谓有三枚，则孵出后必一为锦鸡，语属不经。不审研究动物学者于此可得相通之理否？猎人固言之凿凿也。岱生得雉卵，裹以棉，日夜纳于肋下，眠时尤为注意。约三十日而雏出，气候暖则二十余日即出。初出与家鸡之雏绝相类，饲以小米、沙虫之属。半年可施教，八月可用矣。一媒教成，佳者可易十余千，次亦数千，视饲鸡、猪之获利多矣。其难不在觅卵与施教，而在此三十日之孵覆也。亦有杂鸡卵中，令家鸡孵之者，十难得一可用之媒。盖因雉卵脆薄易于踏破。即位置适宜，而鸡卵化雏较迟，雉出独早，且形小于家鸡之雏，每有方在破壳即遭踏毙者。又雉雏虽与家鸡之雏相类，而性质极不相能。最显明之点，即为步趋。雉雏出卵即奔窜无正步，啄食之形亦与家鸡迥异。故不死于家鸡之足，则死于家鸡之啄矣。出卵后单独饲养，可望长成。然家鸡之性过驯，遗传于雉亦胆小，不能成佳媒。由山中获得雉雏，养驯而后训之，极为佳妙，但不可得也。故陈岱生所养之媒，猎户争购之，恒纳金于雏时也。

第四章

猎户之信奉其翻坛祖师，几成为猎户之天性。出必祭祝，谓之起神；归必陈所获于龛前之地，复点香烛、焚黄表纸，但不祝、不倒竖，谓之"安神"，其意盖谓神适随彼等出猎，归须有以安之也。在今日之新学家，若睹彼等信奉之状，必无不嗤其迷信无识者。余亦非迷信神权之人，但目击数事，觉彼等之所谓翻坛祖师者，实有佑护彼等不可思议之效力。非敢提倡迷信，亦以其事有足纪者。

一日为十二月初十，雨雪浃旬，是日始霁。猎户习惯，雨雪初霁，最宜出猎，以飞走胥乘时出而觅食也。大地皆被雪，飞走无所得食，莫不饥疲垂毙。有时饿极，竟不避人，径入人家，见可食之物辄强攫吞咽。故大雪之后为猎户丰获之时期。

是日晨起，九如之徒见气候良好，皆整备猎具，将一举而偿此浃旬所受封锁之失。九如忽召诸徒，语曰："吾昨梦祖师训示，谓今日不能出猎，猎则第三枪有险。并嘱戒之、慎之。吾素无梦，梦必有征。且祖师见示，尤无虚妄。吾因不欲出也。"高桂荣曰："师傅殆因久不出猎，精神不振。临睡时回思昔日遭遇猛兽之险，而有戒心，故生恐惧之梦。今日而不出猎，是坐失良时。若同辈闻所以罢猎之故，必笑吾侪悾恇。师傅一生英名，尽此一无稽之妖梦矣！"九如仍犹豫，高又曰："祖师既明言第三枪有险，我等何不发三枪后始出，则三枪有险之说无可应验也。"九如曰："无故发枪为猎人所忌，汝等须出，当以二枪为限。不论二枪有无所获，即罢猎归耳。过此则无所患矣。"

诸徒皆谨诺，及起神以珓为卜，非阴即阳，圣卦终不可得。九如复中馁，不欲行。高夺珓祝曰："死生有命，猎者宁惧见戕於兽哉！险而非兽，家居亦不能免。望祖师赐一圣卦。"祝毕投珓，竟得圣，三投三复，诸人神为之王。遂欢欣而出。

近黄居数里之山，为多数猎人朝夕蹂躏之地，黄莺反舌之属且不敢栖止。其中其他飞走更无足供猎人之一顾者。以是出必数里之外。是日，九如率徒四人、雇伙三人（猎人家雇伙较寻常人家所雇长年之工，身价略高。当民国六年时，湖南生活程度尚低，寻常长年之工，月给至多不过一元。而猎家雇伙，则在一元五角以上。因气候之关系不能出猎时，则在家以棕编织蓑衣及棕荐之类贩卖。各地分红之法各有定章。猎兽以兽之驯猛与发枪之次第而定分肉之多寡，皮则属之主者。遇虎豹，发头二枪者多得肉外，尚有酬金一二三千不等。故击虎豹抢当者多也）、猎犬四头。余因不耐严寒，不欲偕往。九如亦以妖梦之故，不令余与俱。

九如等行十里许，于山中第一枪猎獾一头，第二枪得一鸠。九如曰："归休乎，祖师之训不可忽也。"诸徒无言，遂相将归。

途经善坑，憩于茶舍。茶舍主为六十许老媪，九如等常经其地，素所识者。老媪见九如等至，喜曰："君等久不出猎乎？吾正日盼君等之至也。连日雨雪，后山有麂穴，不得食则入吾园中食吾诸叶及蔬，日来为蹂躏几遍矣！君等曷一往园中观其蹄痕乎？"高桂荣即欣跃入园，须臾出语九如曰："吾察蹄痕，似不止一麂，大小深浅宛然可识。至少亦当有二麂。"九如闻有二麂，不免心动。缘麂为猎人所极欲得者（肉甚美，每斤可易钱二百文。重者可得肉五六十斤。皮每张大者值三四千，小亦二三千。猎时又最易擒获），乃偕高入园，诸人皆相从。九如遍察蹄痕曰："此中虽有大小深浅之辨，可断定实有二麂。然无一雨雪rg新踏之痕。故其下陷处为雨所崩溃，无有崭然新踏者。是二麂或已为人猎去，否则已窜入他山也。"高曰："有人来此猎麂，媪宁不与闻之？尚何日盼吾等之至也。雨雪至昨夜始止，今日虽晴，麂胆小，安敢白日入园！有麂不猎而妖梦是惧乎？"言已，不俟九如之许，即率犬呼啸发山。

九如只得与诸人同上。见随高奔驰之犬皆弹尾不敢发声，亦不以鼻柱地捡骚。九如知有虎，急大呼止高。高回顾犬，或绕膝战粟，或衔衣令退。高即于囊中出大子，加硝药半码实枪中，易新购可靠之铜帽（猎人所用以发火之铜帽，必拣选最可靠者数颗，另置药囊中，以备遇猛兽时之用。寻常铜帽时有因受潮湿击之不响者。当危急时若遇此等不响之铜帽，则性命交关矣），回身至九如许。九如等亦已更帽、加大子，顾谓高曰："果有虎矣，事将奈何？"高曰："善坑为往来要道，焉可纵虎当之！我等即不能歼除，亦宜驱之使去。老媪平日相待甚殷，又安忍坐视其居有虎患而不一为之计也！"

九如亦颇负侠气，闻高语，深壮之。顾心中犹不忘其祖师第三枪有险之言，乃谓诸徒曰："依犬之情形观之，虎即伏匿此山中。此山但有四当须守。余自守第一当，高与二伙守第二当，三四当四人分守之。发枪须要沈着心，目中不以为是虎，自可减少惬怯。心定手自定，手定枪自准。若七人不能杀一虎，吾老矣，名誉不足惜；汝等正在争名之时，将贻人笑耳。"六人者无言。高独曰："师傅目力有限，我愿守第一当，保无误。"九如不可，曰："第二当亦殊紧要，吾目尚及三丈，有何可虑？汝但慎守第二当足矣。"九如之意，实惧第三枪有险。是日已发二枪，若令高守第一当，适符第三枪之数。高系学徒，脱受创于虎，九如将无以自解于人。且九如平日甚爱惜高，而高又未尝猎虎，无经验，故坚不令守第一当。实则若令高守第一当，转无是日之惨祸。事由前定，或亦有诸。

当时，九如分拨既定，遂各如所指守当。九如纵犬使吠，复令第四当守者向荆棘发枪。须臾，吼声陡作，一斑文若锦之虎自丛错中奋跃而出。四犬立九如左右，至是伏地栗栗，不敢仰视。满山树木都鸣，森严之气，袭人肌栗。斯时，万类无声，但有寒风怒号，山谷震撼。虎跃登山腰一巨石，昂首四顾，尾挺如戟，徐徐左右旋动。视线所及，若已见犬，即不复如初出之雍容。若锦之毛，遍体倒竖，忽延伸其爪，殆类呵欠。略触石作响，一踔已至山脊，距九如不及二丈。九如见虎长逾四尺，知不易猎，举枪一发，中其下颔。虎负痛回身，以前爪触颔数四，殆痛不可忍也。守第二当之一伙，见虎伤颔蹲地，以爪抚伤，不待临身，即拟枪击之。奈势过远，弹虽中的而创之不深，所击又在侧面，仅中其臀。虎遂怒吼，猛扑发枪者。高正举枪以待，迎头一击。此时高与相距才数尺，弹力大，洞脊而过。虎若不知者，仍扑至。二伙相离略远，得以滚逃下山。高知无可逃，乃弃枪抱持虎。然肩背已为虎爪所伤。高以头抵虎颔下，虎一爪为高肩所格，一爪困于高肋后，二爪着地不能用也。口向天抵高头下，噬不得人。虎遂相持不动。第三四当之守者，欲发枪则惧杀高，仓皇无可为计，皆趋虎前。见虎张口怒目，则以枪首捣其口。惶急之际，且不知发枪也。及九如奔至，连呼扒火，四人方悟。或拟其口，或拟其腹，四枪齐发，虎乃就毙，与高同倾扑地。九如呼："桂荣放手！"高若不闻。辟其手，牢不可开。盖十指深入虎体者几寸，已僵如石人矣。舁归治之，逾时始苏。然终以肩背流血过多、用力过分，未数日亦毙。

呜呼惜已！高与余同生于庚寅年，其人虽未尝读书，而知尚义重然诺，其勇迈之气尤有足多者。死生诚有命，不然高更祝投珓，何变卦之速也哉！

第五章

猎时不贵人多。有经验者三五人，任猎何种异兽，皆足分布。集十数或数十无经验者于一山，转足害事。一缘责任不专，一恐弹伤同伴。故人多之猎，除猎芦雁外，无多至十人者。

猎芦雁之法有二，一昼猎，一夜猎。芦雁最能群，多者数万头。飞则翳云日，集则蔽原野。羽翼搏空之声，较百十航空机之音为尤烈。昼猎以枪，枪长大倍寻常。一枪之弹能歼雁数十。猎者恒十余人，择良于掩护之地，拟枪以待。浮水上者不能击，必投石使惊飞，然后击之，无不纷堕水中。能飞而逸者，里许复集。猎人从之击如前，三数复，雁无噍类矣。此昼猎也。夜猎则有水与陆之

插图：龙家小傲

别，皆不用枪。群雁夜宿，不论水陆，必有警者，若司夜然。时引胫四瞩，有异则延颈长鸣。雁皆有偶，司夜之雁则无偶之孤雁也。孤雁长鸣，群雁即惊飞。猎人伺其旁，燃线香一束，以竹管笼之，露其颖，上下扬动。孤雁见火辄狂鸣，猎人急纳颖管中。群雁飞起，见无警，复相将下集。集后约半炊许，猎人复举火，孤雁复鸣，群雁复惊飞。见又无警，则相与噪孤，若诟病其妄者。噪已，复集。猎人更举火，孤急鸣如怒。绕群而飞，亦似甚病群雁贪交颈之眠者。群不飞而四望，线香之颖既纳，仍不知警之所在。乃群起啄孤，孤不能堪，离群而立。更见火则作悲苦之鸣，群鼾睡如不闻。孤知不见信，惧同及于难，遂嘎然一声高飞引退。

群集于水者。猎人系囊于腰，囊以麻为之，其制类网，大可容三人。其口范藤为圆，略一折叠，囊中之物无由出。距雁群数十武入水，渐泅而近。猎者必善泅，非第不能激水成声，且不能有激荡之浪。但有柔靡之波，雁认为风，不之觉也。猎人近雁，一一捉其足，曳入水而纳之囊。手法习练有素，雁足入手，无有逃者。一雁得逃，群雁皆惊逸矣。猎人若遇一雁脱手，则皆不动声色，亟潜伏水中。群雁盘空下视，睹无异状，又下集如故。如是乎群就歼焉。其宿於洲渚者，则于孤雁引退后，张四面之机网。网以丝为之，其制绝巧。雁一触网，鲜有脱者。即脱于彼，亦复罹于此矣。惟张机时须人多敏捷，方不至机未全张而群雁惊逸也。

其地之猎，皆以三四人为率。而猎虎豹竟有以二人为之者。以余所见，有宋乐林者，不知其籍何许，民国七年始率其一子来吾乡。自构屋居山中，初不与乡人通庆吊。一年后方渐识诸猎户。人无审其何以为生者。有猎人入其居，见室中张虎豹之皮数十具，有新剥血肉未干者。猎人骇询所自来。宋乐林笑曰："君等业猎，乃不知虎豹之皮之所自来耶？谚云羊毛出自羊身上。则是虎豹之皮，当亦出自虎豹之身也。"猎人曰："然则子亦业猎者乎？顾何弋获之多也？"宋微颔其首曰："凡业贵专，专者所获自厚。吾父子专猎虎豹，是区区者乃一年之积。君视之曰多，吾犹甚不慊于怀也。"猎人骇极而疑,因叩为猎之状,且请示其猎具,宋不欲。固请,乃于床头出铁锹一具,示猎人曰:"是即所以猎虎豹者也。"猎人视锹大于寻常者三之一,重可十余斤。上黏泥土,一如农家物。猎人怒其妄曰:"是不足以杀犬豕,三岁之童犹将知之,乃以欺我乎?"宋大笑曰:"吾固知君之不见信也,吾父子视虎豹,犹不若犬豕奈何。"猎人忿而出,言于诸猎者,莫不谓宋乐林诞妄。然与白石岭对峙者,为指尖岭,皆为长、平二邑之大山。平日藏匿虎豹极多,无日不伤数人。宋乐林至,不及二年,已渐少虎豹之迹,更不闻有伤及行人者。诸猎人亦稍稍怪之。余识猎者最多,有以猎人见宋乐林事相告者。余独深信其非妄,欲猎人为介以谒宋。猎人或忌嫉,或患见慢,皆不愿往。

余乃专诚诣其居而投刺焉。宋方当门织屦,起迎之态殊落莫,无世俗工于酬应之容。观其年约四十许,躯干短小,不及中人。皮肤尤黧黑,黝然如漆。十指瘦锐若鸡爪。时方九月,衣青绢制之短裌,头亦以青绢裹之。两鬓有长须露出,可知其尚蓄发也。双眉浓黑如帚。目深陷,睛小而有光,白为赤筋布满,若患火眼者,形至可怖。准隆而正,气宇温雅,不类野人,尤不类多力能猎虎豹者。逊余坐,叩余姓氏,且谢曰:"吾愧不识字。"余时甚悔投刺之无谓。道姓名、居址毕,告以仰慕而专谒之诚意。宋亦无挚谦之语,但询余何所业。余笑应曰:"尝读书,然非赋性所近,独喜猎耳。第苦术不能高,故来求指示。愿闻君家猎虎之法。"宋曰:"吾父子流落于此,猎虎固非素习,因其皮可易衣食,是间又多藏此物,故偶为之。今已猎将尽,不日将当舍此他适矣。"余知其异人,初见不敢探其身世,乃曰:"虎豹为百兽中之最凶猛而多力者,君当之不异犬羊,神勇固足惊。然所以猎之之道,必有足言者。君不日既将他适,安可不留此震烁今古之绩于响慕者之脑海乎?"

言时,适一壮士将茶出,年约二十,体壮硕于宋将倍之。余立为礼。宋曰:"此小儿也,不敢当礼。"余请其名。曰:"乳名能官。"因语能官曰:"客欲知吾猎虎之法,其取刀叉来,与客观之。"

能官诺而退。须臾，一手执一器出。一为三刃之叉，木柄长可四尺，叉与柄相衔接处，贯薄铁饼二枚，摇之当郎作响。三尖皆不锋利，且锈生其上，不似可以杀虎之具；一为奇形之刀，余生平不曾寓目者。五刃相排如扇页，每刃长及二尺，锋可吹毛而断。檀木之柄大如杯，柄端有三铁镶，若渔人之叉柄。刃共长八尺余。思此器诚能杀虎，但长大如此，重亦当在六十斤以上，安能挥使裕如也？

余正疑度，宋已笑谓余曰："客知此刀之用乎？曾数十虎戕于是矣。"余答不知，并请其说。宋曰："虎有所恶，亦有所惧，猎者不可不知也。恶铜铁之声，惧朱红之色。吾既察是山有虎，则择地掘丈许之深坑。坑宽不过二尺，长不过七尺。吾居其中，而植此刀焉。吾儿悬宽大之红布于坑之左右，而以身当坑立，舞此叉作响不绝。虎闻声必趋至，见吾儿则猛扑。吾儿善纵跳，退跃过坑。虎扑势猛，无不堕坑者。堕坑则胸腹陷吾刀矣，百无一免者。吾岂真有杀虎之神力哉？虎来自杀也。"

余初闻其说而惊疑，继思虎之性质、行动，果富胆力者。以此法猎之，实是妙不可阶。宋之言绝无欺饰也。但不审以何法，能察此山有虎，而掘坑布置以待？因质之宋。宋笑曰："有何难察？但人不之察耳。兽中以虎之鼻息最巨，其所止无林木，无风动枝叶之声，以乱其音浪。于夜深万籁俱寂之时，潜至类能藏虎之处，匍匐以耳贴地，凝神听之。方里之内，但无高峰阻隔，其息音未有不入吾耳者。至其行步之声，尤易察出。落地柔靡而沉重，轻捷而稳实者，非虎豹之步而何哉？"余大钦服，曰："君诚善格物者矣，以如此知识能力猎虎豹，无惑乎虎豹之俯而就歼也！"

余别后十余日，更往访之。则茅屋三椽已倾覆於荒烟蔓草中，宋乐林父子不知以何时他适何所矣。怅然神往者久之。询诸猎人，无一知者，亦无一注意及之者。特志其居吾乡之绩，并其姓氏容态于此。有心者倘遇其人，或不类余之无目而失之交臂也。

第六章

余既纪宋乐林父子事，可知猎猛兽不贵人多，而人多转足偾事。余曾两度与多人之猎，皆险极，几濒于死。

一为民国癸丑年七月，余从讨袁第一军驻岳之云溪，住于土绅徐某之家。徐为云溪之巨室，饶有赀财。其人年已五十，少时曾习拳勇，亦略解文字。宾主接谈颇惬。余因喜猎，曾购日本制之双管群子猎枪，入军亦以之自随。徐见之，爱玩不释手。余问："亦喜猎乎？"徐笑曰："寝馈其中半生矣。某有枪与此枪同其口径，为友人所购赠者。惟弹仅二百发，已用将罄，屡托人购之沪汉，迄不可得。此刻尚存十余发，一旦用尽，是枪即废物矣。"余曰："但恐口径未必相若，余弹尚富，且购办甚易。果相若者，可资君一年之需。"徐大喜，立趋出。须臾荷一枪至，与余枪实同一号码者。余有弹三千发，第行箧中只二百五十发（每盒五十发）。遂举二百发遗之曰："吾有便返岳城，尚可畀君二百发。"徐固谢已足。余询附近有可猎之山否，徐言去此不数里，有一山多狸。惟狡黠不易猎。雉兔之属则所在皆有。

时前线司令为赵恒惕，正与北军剧战于羊楼。余方旁午于后方勤务，无暇事游猎也。迄停战令下，日有余闲，徐乃请余偕猎。团长胡某与秘书孙某在侧，皆欲俱往。于是各率护兵马弁数人欢欣而出。徐原有同猎之伙三人、犬四头，至是见余等人多，乃摈斥不令俱。犬亦仅率一头。余时虽喜猎，实无纤微经验，不知徐之用意，因询其故。徐曰："无他，彼等皆山野之夫，不习礼貌，且枪法荒疏，所用又系土制之散子鸟铳。略有不慎，恐伤从者。犬有一头即足，人少则恃彼以获兽，人多则仅需彼以发山。犬多转增人投鼠之忌，无补于人，有害于事，故不必悉率也。"余不以为然。后乃知其意别有在。盖徐深知，余等及护兵马弁之属，无一善猎者。临时伊又不便指挥守当,即指挥亦不知所以守,且所携非五响快枪,即十响自来得(亦名驳壳枪,效力略与马枪等。四枝可抵水机关枪一架)。遇兽出,必争先射击,枪法又未必能佳。人犬遭之皆无幸,更无责偿之望(战时武人横肆无忌,小民畏之甚于猛虎,即无故杀人亦无敢过问者)。初以为只余一人,往见余以猎枪自随,必非绝未尝习猎者,可不虑误杀。及见趄趄者成群而往,以是不得不摈斥其伙而饰词语余也。

忆此猎同行者并徐共十五人。徐导至一山,林木丛密,然皆拱把之树,无合抱者。山不甚高,而多顽石,大者几半亩。余问:"此即多狸之所乎?"徐颔首曰:"石下每多小穴,深不可探,连贯如地道,不能薰,不能掘,因穴穴相通,又有巨石以为之蔽也。"余曰:"不能穷穴之所止乎?"徐曰:"吾游猎于此山者二十余年矣,尝尽一月之力穷其所止,不可得。环山五里之内,一草一石皆可指数,未尝见有与此山相连之窟穴也。问之老年猎者,谓连穴当在三十里之外。夫百里之周,安从觅此一穴哉?故此山之狸弋获殊不容易。今兹之猎,志不在多所弋获。某姑发山,或尚有其他易猎之兽,未可知也。但某登山未竟,君等虽见兽,不可遽发枪,必俟其退出山坡方可射击也。此山决无虎豹,可不虑有伤人。第恐误饮枪弹耳。"余闻语,即谓诸兵弁曰:"徐君之言,汝等实闻之否?非兽近身而妄发枪者,有处也。"兵弁中有数人谓曾习猎,余乃令自承习猎者,各率未尝习者二三人为一组,分守各要隘。孙、胡二君则与余共潜伏一巨石之后。巨石在山脊,俯瞰下方极为明显。孙、胡各持勃郎林拳铳,实弹以待。余因双管猎枪为群子,不便猎兽,改用自来得。

徐引犬发山未数十步,忽狂叫返奔,犬亦旋吠旋退走。余与孙、胡不约而同呼:"有虎!"三枪并拟。山下乃久不见虎出,亦不闻人与犬之声。余三人方相顾错愕,突闻山麓诸兵弁喧呼之声。细聆之,始知发见一绝大之野猪矣。余三人皆不知野猪之凶顽,以为此不足惧,欣然谓足供一饱。第怪兵弁胡再不发枪。又有顷,见一野猪前奔。身长三尺许，嘴长几半之，毛色灰黑，晦暗无光彩。瘦露骨腹，不似家豕之下垂若囊。步趋迅速类奔马，项间有血流出，似为枪刺所伤者。余等正欲发枪击之，忽见一弁挺枪而追，枪刺有血。余等之枪遂不敢发。胡曰："此弁谁乎？其勇可尚也。"余曰："吾之乡人也，姓彭名少和，夙为拳师，有能名。原任国技学会教师，特征来作卫士者。"言时，野猪已改途向余等潜伏处而奔。余等之枪更不敢发。彭虽能拳而不善走，山路崎岖尤不易行，与野猪愈离愈远。彭见无追及之望，即卧下举枪，对野猪之臀一发。

彭初与野猪博，已用力过猛。继以追逐，更苦力乏。力乏则瞄准不能确，而彭平生又未尝习用快炮。因是，弹从猪脊飘过，砉然剧响，正射余等面前石上。碎石溅激，续发巨音。余面为溅石所伤，血溢如沸。其时最足惊人者，厥为枪响时，胡君大呼"哎唷"，一跃起立，向后便倒，手枪抛掷寻丈。其情形俨若中弹倒毙者。余惊魂未定，猝睹斯状，诚所谓不知如何是好也。当场之人莫不谓胡团长已中弹殒命者。余与孙君虽强自镇定，然不暇详审，亦以为果中弹也。方将察中何要害，胡君已从容坐起，作申申之詈曰："荒唐！荒唐！"余等既庆胡君不伤，乃复觅野猪，则已不知所窜矣。

一为丁巳八月，余任湖南东路清乡事，率直隶军一连，驻长沙东乡。东乡有高山，曰隐珠山。从麓至顶高十五里。山之阴势稍缓，至顶二十余里，属湘阴界。自长沙界登山，则巉岩壁立，虽仅十五里，而登跋之劳，倍蓰山阴之二十余里也。

山中野兽极多。兵士屡请登临观览。余乃于中秋日，尽集平日所识猎户，于黎明入山，拟作长杨大猎。幸是日未遇虎豹、野猪等猛兽。若但逢其一，即不知将伤几许人也。

缘直隶军并不为余所统属，另有营长胡某统之，以供清乡之调遣者。胡某是日以病未得偕。直军又素无纪律，至是恃其徒众，四散蹻跃。连排长本无统驭之力，更从而附益之。余与诸猎户相顾，不敢发山，然彼等之奔蹻且甚于发山矣。獾麂豺狼之类，屡被逐出。每一兽出,但目力所能及者,皆发枪射击之。一时枪声如攻坚垒,然实无一弹及于兽者矣。兵士中自伤三人,一弹穿余草帽而过,去发才累黍。不可谓非险也。

至午后,彼等皆疲乏。余始与诸猎户计议复猎。是日,集猎人二十余、犬十余头,四人为组,分猎前后山,各不相同。猎毕而较,所获乃不少也。

（原载《星期》1922年第27、28、29、30、33、35期）